代序 國色朝酣酒，天香夜染衣[1]

一千多年前照在長安的那輪明月，應該和如今的月亮沒有多大的分別。然而，明月依舊，人世間卻煙塵飛散，歷盡滄桑。那美輪美奐、面積相當於北京故宮三倍的大明宮，平坦如砥、可以讓四十五輛車齊行並進的朱雀大街，蓮葉接天、荷花映日的太液池，弦樂喧天、絲竹匝地的華清宮，這充滿大唐神采的種種華光勝景，都已在無情的歲月車輪碾壓下，零落成塵，不復存在，更不消說那些素有「大都好物不堅牢，彩雲易散琉璃脆」[2]之稱的薄命紅顏。

「長安春色本無主，古來盡屬紅樓女」[3]。一千年前的流水、清風、春花、秋月是屬於唐代紅顏的。如果說後世的古代女子往往更像是脆弱易傷、多愁善感的瘦梅、幽蘭，那麼唐代的女子則恰似國色天香的盛世牡丹，雍容中帶著自信，華貴中時顯激情，更帶著略顯跋扈與張揚的野性。整天吐血吃藥的「病西施」在唐代絕少得見，相反地，豪放女卻數不勝數：「紅線女」可以一夜千里，於戒備森嚴的郡衙中盜出金盒；十、七八歲的「車中女子」可以深入大內禁宮中盜寶，又輕而易舉地在天牢中救人；腦後藏隱形神劍的聶隱娘更是劍仙級的高手。唐代傳奇中有眾多的女俠，她們可以「逾牆越舍，身如飛鳥」，更時常有「右手持匕首，左手攜一人頭」的令人咂舌之舉。

或許，有些人覺得上面所列的女子多為小說家言，不足為憑。然而，小說是反映現實的一面鏡子，正是因為唐代現實中有這一類女子，才會有這些令人神往的佳話。我們且不提小說，來看正史。唐太宗李世民的妹妹平陽公主，在李淵晉陽起兵、自己的老公柴紹逃往太原，將她獨留在家的情況下，不但沒有像尋常弱女子一樣哭哭啼啼彷徨無措，反而自己扯旗舉事，招兵買馬，四處攻城掠地，統率的人馬也像滾雪球一樣愈來愈大，最終達到七萬之眾，隋朝名將屈突通也屢屢敗在她的手下。要知道，平陽公主糾集起來的人馬，多是些兵痞、悍匪之類的猛惡漢子，但平陽公主卻能讓他們俯首貼耳地聽從調遣，何等不簡單！又有一個姓王的女子，本是魏衡之妻，被賊將房企地搶去作了姬妾，尋常女人到這個地步常常是自己抹脖子上吊，但唐朝女子不然，這個王氏趁此賊醉臥，一刀砍了他的頭，並帶著他的首級獻給官兵，賊眾也驚駭四散。唐高祖李淵大悅，封她為崇義夫人。「西門秦氏女，秀色如瓊花。手揮白楊刀，清晝殺仇家。羅袖灑赤血，英聲凌紫霞。」[4] 李白筆下的秦女形象，正是唐代女子的風采寫照。

不得不承認，唐代的女子，絕對比明清時的女子們強健得多。

唐代的女子，沒有後世因纏足而致的畸形小腳，她們像男子一樣打馬球、蹴鞠，甚至騎馬打獵，杜甫詩中就曾說「輦前才人帶弓箭」[5]。唐武宗寵愛的妃子王才人常著男裝在郊原遊獵，和皇帝並馬而行，以至於來奏事的大臣誤以為王才人是皇帝。曾在長安市中耍把式賣藥一身腱子肉的薛懷義，居然被太平公主指使一群宮中壯婦按倒在地，一頓棍棒活活打死。反觀明朝，數名宮女合力，居然連個昏睡中的嘉靖皇帝都搞不定！

唐代女子的強勢，不單單是在體力上。大唐的政治舞臺，尤其是初唐、盛唐時期，一雙雙纖纖素手，不時伸向那可以「號令天下，莫敢不從」的最高權力。這個綿延萬里，威震八方的大帝國，其神經中樞有不少時間是被這些紅顏女子們左右著。她們在政治上的冷靜、沉著和狠辣，為很多的男性帝王所不及。當然，這其中最為有名的就是「慈氏越古金輪聖神皇帝」武則天，她堂而皇之地登上那至高無上的帝王寶座，讓千萬男人在自己的腳下戰慄臣服。她是女皇，在中國的歷史上獨一無二，空前絕後。其他如韋后、太平公主、上官婉兒等也是權傾一時。所以在唐傳奇的故事中，常有太陰夫人、后土夫人等非常高貴的女性形象，男人們常因為她們的恩賜而發達。

美人如花花似夢，作為女兒家，唐代女人不單單有強悍的一面，也有嬌豔嫵媚的亮色。

唐代的女子沒有後世所謂「珍重芳姿晝掩門」[6]的矜持和矯情，她們熱情、奔放、張揚、浪漫，她們追求美麗和時尚的激情絲毫不亞於現代的女性。花顏雲鬢，有反綰髻、半翻髻、三角髻、雙環望仙髻、回鶻髻、烏蠻髻多般名目，真可謂「寶髻巧梳金翡翠」[7]；黛眉輕挑，有鴛鴦眉、小山眉、五嶽眉、三峰眉、垂珠眉、月棱眉、拂雲眉萬千花樣，不時問「畫眉深淺入時無？」[8]她們時而濃妝豔抹，披金戴銀，華服霓裳溢彩流芳中透出高貴而典雅的氣質；時而酥胸半露，粉頸如蝤，輕紗羅裙下的雪膚玉肌間透著火熱而性感的誘惑。「日高鄰女笑相逢，慢束羅裙半露胸。莫向秋池照綠水，參差羞殺白芙蓉。」[9]這樣的情景在其他的朝代是看不到的，唐代女子衣著之大膽，幾乎只有現代的性感女孩才差堪相比。

唐代女子的才情也是斐然可觀的。辛文房在《唐才子傳》中曾說：「唐以雅道獎士類，而閨閣英秀，亦能薰染，錦心繡口，蕙情蘭性，足可尚矣」，上官婉兒、李冶、薛濤、魚玄機……唐人詩集中時常可見她們留下的芳痕倩影，女詩人口角噙香的詩句，為美不勝收的唐代詩歌寶庫，平添了一縷悠遠的紅袖馨香。

唐代女子的感情熾熱真摯，大膽直率，她們敢愛敢恨，敢於將自己的愛恨放聲表白：「春日遊，杏花吹滿頭。陌上誰家年少、足風流。妾擬將身嫁與，一生休。縱被無情棄，不能羞。」[10]這是何等狂熱灼人的愛，那樣的癡，那樣的狂，那樣的無可抵擋，那樣的直白無礙，直到今天，還有不少人被它的熾烈所打動。身為家妓的李節度使姬也說過：「囊裹真香誰見竊，鮫綃滴淚染成紅。殷勤遺下輕綃意，好與情郎懷袖中。」[11]

可惜的是，如同帝王家史一般的史書中，有關女子的記載少之又少，尤其是那些並非金枝玉葉的平凡女子，更是難以留下什麼蹤跡。隨著時光的流逝，後人對於唐代女子真正的神韻，愈發遙遠和隔膜。於是在後世文人的筆下和當代的影視劇中，就出現了小綿羊版武則天、薄命情種版的太平公主、有胸無腦版的楊玉環，她們或被理想化，或被簡單化，甚至庸俗化，但這並不是她們的真實生活、真實的思想和情感。

所以，我力求從浩瀚的《全唐詩》中鉤沉出她們的身影，搜尋千年前她們的喜怒哀樂。「少女情懷總是詩」，也許唐朝女子的情絲恰恰是織在這些塵封已久，變脆發黃的詩頁中吧。真實的歷史往往不像刻意編出來的故事一樣唯美、浪漫，讓人感覺如夢如幻，如癡如醉，但是卻更加真實、質樸、耐人尋味，發人深思。

不要只期盼「人生若只如初見」[12]，其實人間正道是滄桑。然而繁華剝落之後，未必盡是蒼涼的底色。激情不變，真愛可尋，看遍千餘年的悲歡愛恨，讀盡歷史中的喜樂纏綿，我們會更加明達睿智，平靜坦然，真正地把握好自己的人生。

目錄

唐朝及武周年表

廟號	姓名	在位時間	
高祖	李淵	618 年－ 626 年	
太宗	李世民	627 年－ 649 年	長孫皇后（601 年－ 636 年） 徐惠（627 年－ 650 年） 文成公主（623 年－ 680 年）
高宗	李治	650 年－ 683 年	太平公主（665 年－ 713 年）高宗和武則天的女兒， 中宗及睿宗的妹妹
中宗	李顯	684 年	安樂公主（685 年－ 710 年）中宗和韋皇后的女兒
睿宗	李旦	684 年－ 690 年	玉真公主（690 年代－ 762 年），睿宗女兒、玄宗之妹
	武曌	690 年－ 705 年	上官婉兒（664 年－ 710 年）
中宗	李顯	705 年－ 710 年	金城公主（約 698 年－ 739 年）
	李重茂	710 年	
睿宗	李旦	710 年－ 712 年	李季蘭（713 年－ 784 年）　王維（692 年－ 761 年）
玄宗	李隆基	712 年－ 756 年	楊貴妃（719 年－ 756 年）　李白（701 年－ 762 年） 宜芳公主楊氏（？－ 745 年）　杜甫（712 年－ 770 年）
肅宗	李亨	756 年－ 762 年	王韞秀（？年－ 777 年）
代宗	李豫	762 年－ 779 年	薛濤（768 年－ 831 年）　白居易（772 年－ 846 年）
德宗	李适	780 年－ 805 年	元稹（779 年－ 831 年）
順宗	李誦	805 年	
憲宗	李純	806 年－ 820 年	杜秋娘
穆宗	李恆	821 年－ 824 年	太和公主，穆宗之妹
敬宗	李湛	824 年－ 826 年	溫庭筠（812 年－ 870 年）
文宗	李昂	826 年－ 840 年	李商隱（813 年—約 858 年）
武宗	李炎	840 年－ 846 年	魚玄機（844 年－ 871 年）
宣宗	李忱	846 年－ 859 年	
懿宗	李漼	859 年－ 873 年	
僖宗	李儇	873 年－ 888 年	
昭宗	李曄	888 年－ 904 年	
景宗	李柷	904 年－ 907 年	

卷一　金輪垂照掩日光——女帝卷

如果按傳統思想中的高低貴賤來說的話，武則天（武曌）這位中國歷史上獨一無二的女皇帝理所當然地要占第一位。她以女子之身，卻擁有整個天下，正式登上帝王的寶座，這是歷史上的一個異數。她那雍容華貴、君臨天下的氣勢也成為千年來讓女人感到驕傲的神話。

古代的女子，能嫁給皇帝就算是相當尊貴了，而武則天居然嫁過兩個皇帝（唐太宗李世民和唐高宗李治）。這其中，能成為皇帝的生母的當然就更少，但武則天卻又生下過兩個皇帝（唐中宗李顯和唐睿宗李旦）。然而，最絕的是她本人也是皇帝，就這一點，堪稱一錘定音，歷史上任何女人都望塵莫及。

武則天這一生，給後世留下了無窮的話題。她的墓前立了一塊由完整的巨石雕成，繞有八條螭龍的巨碑。然而這塊雄渾莊重，巍峨壯觀的石碑上卻一字不寫，因此稱為「無字碑」。雖然武則天只樹其碑，不書其頌，但對於她的一生後人眾說紛紜，關於武則天的文字又何止千萬！

武則天是如何一步步邁向自古以來女子就從未坐過的紫殿玉座，又是如何一步步拆掉重重疊疊的障礙，制伏形形色色的對手，最終讓大唐帝國的所有人都因她的一舉一動，一喜一怒而戰慄。這似乎是個永遠難解的謎團。

這裡，我們不想從頭到尾地敘述女皇的一生。我們僅僅從《全唐詩》裡找一下和武則天相關的詩句，遙想一下女皇當年的人生片斷。這些詩句，都是來自那個遙遠的年代，那個八水圍繞的長安和滿城牡丹的洛陽。九重金闕中，御苑桃花前，或許當時，她還不是令人生畏的女皇，她還只是那個活潑嬌柔的武媚……

一、望仙駕，仰恩徽——當年的武才人

卷五四【唐享昊天樂．第二】
瞻紫極，望玄穹。翹至懇，罄深衷。聽雖遠，誠必通。垂厚澤，降雲宮。

卷五十四【唐享昊天樂．第十二】
式乾路，辟天扉。回日馭，動雲衣。登金闕，入紫微。望仙駕，仰恩徽。

武則天所作的詩篇，在《全唐詩》卷五中收錄了四十六首之多，但是其中像〈唐享昊天樂〉就占了十二首，〈唐明堂樂章〉又有十一首，〈唐大饗拜洛樂章〉有十四首。這些詩都是朝廷典儀中所唱的歌詞，所以套話空話居多，並無多少個人的情感在其中。我們選看的這兩首詩，三個字一句，非常像電影《滿城盡帶黃金甲》上唱的：「風昭祥，日月光；四海升，開城疆，仁智信，禮義忠；敦厚德，利聖王……」呵呵，其實是說反了，應該說電影是借鑑模仿了類似的古詩才是。

據說這〈唐享昊天樂〉十二首是武則天尚為唐太宗宮裡的才人時，太宗命她做的。依我看，倒也很有可能。因為這一組詩中有很多謙卑恭頌的詞句，透著一種小心翼翼的感覺，絕沒有武則天後來詩作中那種不可一世的霸氣。同樣是此類題材的詩，後來武則天大權在握，百官懾服時所寫的就大不一樣。永昌元年，即將正式稱帝的武則天寫的〈唐大饗拜洛樂章〉就是這個味道了：「神功不測兮運陰陽，包藏萬宇兮孕八荒……」這裡面一副躊躇滿志的語氣，大有八荒六合，唯我獨尊的氣勢。

武則天當年初入宮時，是唐太宗李世民的才人。唐朝後宮中的編制是這樣的：皇后一人，下立四妃——貴妃、淑妃、德妃、賢妃各一人；以下有九嬪——昭儀、昭容、昭媛、修儀、修容、修媛、充儀、充容、充媛各一人；再下就是婕妤九人，美人九人，才人九人，寶林二十七人，御女二十七人，采女二十七人。諸女各有品位，共一百一十二人。所以武則天當時在後宮的地位，只是一個中等偏下的角色。

武則天初進宮時，才十四歲。雖然她沒有像一般性格懦弱的女子那樣哭哭啼啼，反而比較高興地說「見天子庸知非福」（見到天子怎麼可能不是一種福氣），但恐怕誰也不會認同她一開始就是奔著當女皇帝這個崇高的理想去的。她當時也就是一個普通的女孩。不過，在很多的事情上，還是反映出了她豪邁果敢的一面，武則天當了女皇之後，親口說了這樣一段舊事：「當年太宗有馬名獅子驄，無人能制。朕言於太宗曰：『妾能制之，然須三物，一鐵鞭，二鐵檛，三匕首。鐵鞭擊之不服，則以鐵檛其首，又不服，則以匕首斷其喉。』太宗壯朕之志。」意思是說，唐太宗有匹烈馬名「獅子驄」，沒有人能馴服，但武則天說她能制服，只需要三件東西：鐵鞭，鐵棍和匕首。先用鐵鞭打，如果不服就用鐵棍打它的頭，再不服，乾脆一刀割斷它的喉嚨！太宗當時很讚賞她。

然而，也許是需要性格互補，一向英武勇猛的唐太宗並沒有太寵愛野蠻女孩武媚娘，相比之下，他更喜歡體態嬌柔，心性玲瓏的才女徐惠。徐惠一開始也是一個才人，但不久就升為正二品的充容，而武媚娘，從十四歲到廿六歲這十二年間，卻始終原地踏步，依然是個正五品的才人。或許她已經認識到自己剛猛有餘而柔韌不足的性格缺陷，這十二年間，她應該或有意或無意地從太宗和徐惠那裡學到了不少的東西。因為按《新唐書》的記載，她的性格後來被錘煉成：「城宇深，痛柔屈不恥，以就大事。」她已經修成了剛柔並濟的境界，這也為她最終登上那尊霞光萬丈的女皇寶座墊上了一條石階。

「望仙駕，仰恩徽」，這時的武媚娘和一般的嬪妃們並沒有太大的不同。都是可憐兮兮地盼著皇帝的寵幸，一直沒有子息的她，想必也極少得到太宗的臨幸。然而，她卻抓住了另一根稻草，那就是皇子李治——即將登上皇位的儲君。

二、看朱成碧思紛紛——在人生低谷中忐忑不安的武媚娘

卷五　四十七【如意娘】武則天

看朱成碧思紛紛，憔悴支離為憶君。不信比來長下淚，開箱驗取石榴裙。

這首題名為〈如意娘〉的詩，應該是武則天被迫在感業寺出家時寫的。當時，唐太宗駕崩，作為太宗的嬪妃，既無高貴的名分又無子女的她，面臨的不是青燈黃卷的古寺，就是寒雨秋窗的冷宮。有些學者考證，武則天並未真正落髮出家，而是以出家為名，李治將她另置別所，好方便兩人偷歡幽會。

然而，無論是身在佛寺，或是幽居別院，這在武媚娘的一生中應該是她最忐忑不安的時刻。雖然李治當時當上了皇帝，或許李治也曾信誓旦旦地許諾。然而此時的李治，不知有多少大事要辦，更為可怕的是，他現在身邊美女環繞。按唐朝制度，除太子妃外，太子的姬妾編制應該有這麼多：良娣二人，正三品；良媛六人，正五品；承徽十人，正六品；昭訓十六人，正七品；奉儀二十四人，正九品。足有五十五人之多。而現在他又成了皇帝，粉黛三千就算暫時沒有配齊，也夠李小九眼花

的了。

而且，又有一個可怕的消息是，曾經以美貌和智慧著稱的徐惠的妹妹，也被李治收入後宮，封為婕妤。李治雖然不大喜歡王皇后，也沒有和她生育過子女。但是在李治未登基前就是良娣名分的蕭淑妃，早就生下了兩女一男。那個叫李素節的男孩子，長得相貌清秀，又聰明過人，李治非常喜歡，將來的太子位十有八九會是他的。在這種情況下，無名無分身分尷尬的武媚，被李治想起來的機會又有多少？

而這時候的武媚，已經有二十六歲了，在壽命短暫，十四、五歲就成婚生子的古代，已經算比較老了。她沒有時間再等了，「曉鏡但愁雲鬢改」，正是她此時的心情。雖然當時李商隱和〈無題〉這句詩並沒有問世，但是女兒家擔心青春不再的情懷卻自古以來就約略相同。一代女強人武則天，此時和天下普普通通的眾女兒一樣，擔憂自己的手中已沒有多少青春歲月可以把握，只有把渺茫的希望寄託在那個曾和她纏綿繾綣過的男人身上。她的命運，只在他的一念之間。所以這首纏綿淒婉的詩寫得非常出色，此詩也讓我們知道，後來殺人如麻，凌駕於萬眾之上的武則天也曾有過這樣一段柔情。

然而，舊時的文人囿於陳腐偏見，對武則天這首詩中的真情卻不能理解。明代鐘惺《名媛詩歸》中，雖然稱此詩好，但隨即就罵武則天「老狐媚甚，不媚不惡」。另一個腐儒周明傑也說：「恐可憶者不少，那得許多憔悴！」他是譏笑武則天一生中的男人太多。其實當時的武則天，心思肯定是只放在李治身上的。因為那是她唯一的希望。

當然舊時經過正統教育洗過腦的人，堅決不信這首頗有情意的詩是寫給李治的，他們誣為武則天寫給男寵的。明代楊慎的《升庵詩話》中曾引宋代張君房《脞說》中的話說：「千金公主進洛陽男子，淫毒異常，武后愛幸之，改明年為如意元年。是年，淫毒男子亦以情殫疾死，後思之作此曲，被於管弦。嗚呼，武后之淫虐極矣！殺唐子孫殆盡……使其不入宮闈，恣其情欲於北里教坊，豈不為才色一名妓，與劉采春薛洪度相輝映乎？」

姓楊姓張的這倆人，滿腦子後世的迂腐思想。他們雖然也不得不承認武則天這首詩中表現出來的才情（豈不為才色一名妓），但誣為是給男寵薛懷義所作。並覺得武則天淫蕩至極，情欲旺盛，去當妓女倒是得其所哉。這裡且不用和他們理論對武則天的評價問題，只是辯明一件事，這首〈如意娘〉絕對不是武則天寫給男寵的，且不說薛懷義是武則天厭憎之後，派太平公主將其打死的，就算像姓張的所說的那樣是被武則天「玩死」的，那詩中「不信比來長下淚，開箱驗取石榴裙」作何解，這個淫毒男子都死翹翹了，鬼魂來「驗取石榴裙」嗎？所以，這首詩必然是青年時代的武則天所寫，詩中透著前途莫測，悵惘無依之感，分明就是個幽怨女子，哪裡像後來傲視天下的聖神皇帝。

但是，在武則天的詩裡面，似乎這首詩寫得最為出色。因為詩中最貴有真情，正是因為當時的武媚娘有著和普通女子一樣的愁緒離情，所以這首詩才最為動人心扉。後來詩仙李白曾寫有〈長相思〉一詩，其中寫道「昔日橫波目，今成流淚泉。不信妾腸斷，歸來看取明鏡前」。李白的夫人看了說：「君不聞武后詩乎？『不信比來長下淚，開箱驗取石榴裙』。」李白聽了後「爽然若失」。因為他的詩和武則天的詩立意很相似，藝術手法上也並未超過武則天這首，所以心下很不爽。後來有「劌目心、掐擢胃腎」之稱的孟郊又寫出了「試妾與君淚，兩處滴池水。看取芙蓉花，今年為誰死！」這樣語出驚人的句子，但溯其本源，還是承襲了武則天的創意。

然而，被命運青睞的武則天，並沒有和眾多的後宮女子一樣成為終老宮中的「上陽白髮人」，仁厚的高宗李治沒有忘記她，一貫柔弱的高宗可能希望有一個堅強果敢如她的女子在身邊，作他的知心人。或許當時的武媚，恰好扮演了這個角色，於是武則天終於爬出這個泥濘難行的人生泥潭，她開始起飛，沖上九天雲霄！

三、風枝不可靜，泣血竟何追——追思懷念母親的武后

卷五 四十四【從駕幸少林寺】武則天

陪鑾遊禁苑，侍賞出蘭闈。雲偃攢峰蓋，霞低插浪旗。日宮疏澗戶，月殿啟岩扉。
金輪轉金地，香閣曳香衣。鐸吟輕吹髮，幡搖薄霧霏。昔遇焚芝火，山紅連野飛。
花臺無半影，蓮塔有全輝。實賴能仁力，攸資善世威。慈緣興福緒，於此罄歸依。
風枝不可靜，泣血竟何追。

這首詩，很多書中就當作一首普通的遊記詩來講，認為和武則天所作的〈遊九龍潭〉等詩沒有什麼大的不同。其實不然，這首詩並非一般的遊記詩，前前後後藏著不少的故事。

《全唐詩》集中，此詩的前面有一篇序：「睹先妃營建之所，倍切煢矜，愈淒遠慕。聊題即事，用書悲懷。」這裡面說的「先妃」，並不是隋朝或唐朝宮中的妃子，如果是她們，武則天犯不著「倍切煢矜」地感傷。這個「先妃」，指的是武則天的媽——楊氏。楊氏死後，武則天讓皇帝追封其父武士彠為太原王，所以她媽就成了「太原王妃」。

楊氏和她老爹武士彠乃是半路夫妻，武士彠原配妻子叫相里氏，生有武元慶和武元爽兩個兒子。楊氏是四十三歲時嫁給武士彠的，所以很多人懷疑楊氏從前也嫁過人，此事史料中無可查考，但在那個普遍早婚的年代，很難想像是四十三歲才考慮嫁人的吧。楊氏雖然年事已高，但生起孩子來卻絲毫不含糊，短短幾年內接連生下了三個女兒。其中第二個女孩就是武則天。

不過，可想而知，武則天降生時，楊氏肯定非常失望，因為接連生的都是女兒，她太需要一個兒子來給自己撐腰壯勢了。豈知，這個小小女嬰，後來能成為統治整個帝國的皇帝，雖然她沒有看到那一天，但楊氏生前就被封為「榮國夫人」，盡享榮華富貴，她也該滿意了。

武士彠死得比較早，他前妻的兩個兒子武元慶、武元爽當時早已長大成人，對楊氏這個後媽和武則天姐妹十分兇惡。武則天當上了皇后以後，這哥倆按禮制也沾上了光，雖然沒有當大官，但也算得上「中官」：一個是「司衛少卿」，一個當了「宗正少卿」，都是四品官。但是，有一次楊老太太擺了酒宴和這哥倆一起聚一聚，楊老太太想起舊事，忍不住語含譏諷說：「頗憶疇昔之事乎？今日之榮貴復何如？」還記得從前那些事嗎（當然指這哥倆欺負她們母女的事）？如今你們卻當上官享上了榮華富貴，這又怎麼看呢？其實，這樣的話，蘇秦功成名就後也問過他嫂子：「何前倨而後恭也？」為什麼當初那麼橫，現在這樣恭敬對我？當時蘇秦的嫂子趴在地上，臉貼著地，說的倒是老實話：「見季子位高金多也」，現在見小叔子您權位高又有錢了。然而，武則天這倆後哥哥卻不服，全然不知道自己幾斤幾兩，居然大言不慚地說：「俺哥幾個當官，是靠功臣子弟的恩蔭（武士彠當年算是和李淵有交情的功臣），哪裡是皇后（指武則天）的關係。」楊老太太聽了很生氣，立馬進宮告訴了武則天。

武則天的心腸是非常剛硬的，所謂「一飯之德必償，睚眥之怨必報」[13]，很快讓不知死字怎麼寫的這哥倆領教了一下她的鐵腕。一封詔書頒出，這哥倆立馬遠遠貶走，這還不算完，到了貶所不多久，這哥倆就被人幹掉了，武則天和她媽終於出掉十多年來埋在心頭的惡氣。而且，武則天此舉一箭雙雕，還在高宗面前贏得了信任，因為皇后亂政，往往從任命自己的娘家人開始，外戚掌權，朝廷是很忌諱的。武則天親手幹掉自己的哥哥，別人不知其中恩怨，都覺得武后竟然大義滅親，很是公正賢良，於是更得高宗寵愛。

然而，後來的一些事情，武則天卻不讓她媽歡喜了。武則天的姐姐被封為韓國夫人，早年嫁給賀蘭越石，生有一子一女，兒子是非常漂亮的帥哥賀蘭敏之，女兒封為魏國夫人。韓國夫人早早就死了老公，成了一個風流俏寡婦。她姐姐這個擁有成熟風韻的俏寡婦領著嫩花一般的女兒經常出入宮闈，很快就勾搭上了高宗。然而，臥榻之側，豈容他人鼾睡？就算是自己的親姐姐，武則天一樣不能容忍。很快，韓國夫人就不明不白地死去，魏國夫人這隻小狐狸很快也喝下了暗中下毒的肉湯，七竅流血而死。武則天又玩一手一箭雙雕的把戲，嫁禍於自己的兩個叔伯哥哥武懷良和武懷運，將他們全都殺了。弄死武懷良什麼的不要緊，反正武家這些人對楊老太太一貫不禮貌，但弄死她的大女兒韓國夫人和外孫女魏國夫人，楊老太太心中肯定也非常不樂意。所以，這時候母女間的關係也不像以前那樣融洽了。

此時，楊老太太的親人中，除了武則天這一脈外，就剩下了其姐韓國夫人留下的兒子賀蘭敏之。過去評書裡常說：「老兒子，大孫子，老太太的命根子。」賀蘭敏之作為楊老太太的頭一個外孫，自然是備受寵愛。雖然楊老太太的外孫不僅僅有賀蘭敏之，武則天生的李弘、李賢、李顯、李旦也都是她的外孫。然而，這四個外孫是龍子皇孫，常在深宮之中，老太太想疼也見不著面啊。加上賀蘭敏之父親早亡，所以楊老太太對他的寵愛是無以復加的。賀蘭敏之繼承了武家的美貌基因，長得「風情外朗，神采內融」，是個眉目如畫的翩翩美少年。武則天看在自己母親的面子上一開始並沒有為難他，對他非常照顧，讓他改姓武，襲位周國公，入弘文館修史，儼然是武家的唯一繼承人。但是這小子早年喪父失教，加上楊老太太如同賈母疼寶玉一般地溺愛，不免性情狂妄乖張，四處胡作非為。

賀蘭敏之的母親和妹妹都死在了武則天的手下，他不可能不明白這一切。《資治通鑑》中曾記載，高宗提起他妹妹魏國夫人暴死的事情時，賀蘭敏之伏地大哭，雖然沒有明說是武則天所為，但武則天卻早起了警惕之心，她說道：「此兒疑我。」賀蘭敏之心中滿懷怨恨，但他畢竟年小幼稚，他採取的一系列報復行為，主要就是一個目的——讓武則天生氣。

當然，賀蘭敏之搞的這些事絕不是砸幾塊玻璃那麼簡單。首先，武則天的長子李弘，已和楊思儉的女兒訂了婚，楊思儉的女兒出身高貴，又美貌出眾，是京城中有名的大美人。正在她即將成為太子妃時，賀蘭敏之卻找機會將她強姦了（也許是誘姦）。雖是未過門的妻子，但李弘也大丟面子，不得不另選裴氏女為妃。不僅如此，賀蘭敏之居然又將手伸向武則天的心肝寶貝——她最寵愛的小女兒太平公主。雖然事後，武則天公佈他的罪狀時，只說他「逼淫太平公主隨從宮人」，但稍有頭腦的人都明白，這只不過是一種委婉的說法，如果只是逼淫了太平公主的隨從宮女，在那個時代也算不上什麼大罪，所以賀蘭敏之做得最要命的一件事就是姦汙了當時只有八歲的太平公主。

這時武則天再也無法容忍了，她狂怒之下宣佈了賀蘭敏之的五條大罪，除了上述那兩件事外，還有三件是：一、武則天曾從宮裡拿出錦緞（當時錦緞一樣可以當錢），讓賀蘭敏之用來造佛像為楊老太太追福，賀蘭敏之自己揮霍掉了。二、在楊老太太喪事期間，賀蘭敏之不穿孝服，狎妓聽樂。三、和自己外祖母楊老太太有苟且之事。我們現在來看，前兩條似乎並非什麼大罪，不過在古時最重喪儀孝道的時代，也是相當嚴重的。當然，最為駭人聽聞的就是賀蘭敏之和自己的外祖母有姦情的罪狀，這幾乎是匪夷所思的事情。

楊老太太去世時已九十有二，以八十多歲的高齡還能和自己的小外孫，也太老當益壯了吧。但想想看，武則天也是七八十歲時依舊和張易之、張昌宗這兩個如花少年左擁右抱，不免也有點相信武則天和她媽在這方面確然天賦神稟，不可以常人之理度之。而且此事是從武則天的口中說出來的，她恐怕也不會故意編造這種事情。之所以將這些醜事全抖出來，我覺得只有一個解釋，就是武則天當時太氣憤了，一定要將賀蘭敏之這個無行浪子置於死地而後快。我們知道，賀蘭敏之是她姐姐韓國夫人唯一的兒子，韓國夫人又和高宗有染，如果罪行不夠分量，高宗肯定要念著舊情，對賀蘭敏之網開一面，加上群臣一再勸阻，甚至抬出楊老太太這個大招牌來，那麼賀蘭敏之很可能就會從寬發落。因此，武則天不惜將這個無行浪子的所有醜事都抖摟出來，尤其說明，他對自己的外祖母根本就不孝。

武則天既然下了如此的決心，那賀蘭敏之的下場就沒有什麼懸念了，他很快被貶到廣東去，到了韶州，立刻就被早已得到密旨的人用馬韁勒死。此時是咸亨二年的六月，離楊老太太逝世的日子還不到一周年。

咸亨三年（六七二年），唐高宗和武則天駕臨少林寺。正像詩中寫的那樣，武則天來此處，不單單是來遊玩，對她來說更重要的是來看一看為亡母楊氏在此建的一座塔。這塔計畫建有十層，稱為下生彌勒佛塔。武則天來了後，見塔依然沒有建好，思及母親生前的種種好處，不免心中悲傷。詩中最後那句「風枝不可靜，泣血竟何追」，用的是這樣一個典故：「樹欲靜而風不止，子欲養而親不待也。往而不可追者，年也；去而不可得見者，親也。」（漢．韓嬰《韓詩外傳》）

或許在生前，武則天和母親楊氏因為種種事情也有很多不愉快，但是現在楊氏死了，她生前最疼愛的外孫賀蘭敏之也被武則天殺死，雖然賀蘭敏之是個惡貫滿盈的壞種，但武則天內心想起來時肯定對死去的母親有所愧疚。武則天一向心如鐵石，但是對於自己的母親，她此時的心卻也像普天下的女兒家一樣柔軟。

四、花須連夜發，莫待曉風吹——號令百花，叱吒山河的女皇

卷五 四十六【臘日宣詔幸上苑】

明朝遊上苑，火急報春知。花須連夜發，莫待曉風吹。

對此詩，《全唐詩》中有篇小序說：「天授二年，臘，卿相欲詐稱花發，請幸上苑，有所謀也，許之。尋疑有異圖，乃遣使宣詔云云。於是，凌晨名花布苑。群臣咸服其異。後托術以移唐祚。此皆妖妄，不足信也。」

意思是說，大臣密謀對武則天採取行動，於是謊稱冬天的御花園裡開滿了鮮花，以此把武則天騙去，在那裡發動政變（這事說得倒像後來的「甘露之變」時的情況一樣）。但武則天識破了這一點，讓人借此詩宣詔（其實是暗中佈置），第二天，大臣們同去後花園中，見真的百花爭豔，無不大驚，以為武則天能役使天地鬼神，於是盡皆拜服，再無異心。此說屬無稽之談，從歷史上看，武則天稱帝後，政權一直非常穩固。除了晚年時張柬之策劃了「中宗復辟」外，朝野中並無真正的「謀反」活動。

相比之下，另一個版本的故事更可信些：武則天稱帝後，一次偶遊宮苑，恰逢幾枝蠟梅盛開，一時興起，就乘著酒意寫下此詩，下詔讓百花一齊開放。此事看來荒唐，但作為一呼百應的皇帝，武則天此時霸氣十足，早已自認為是無所不能的。對此可參看《鏡花緣》一書所寫的：

「武后道：各花都是一樣草木，蠟梅既不畏寒，與朕陶情，別的花卉，自然也都討朕歡喜。古人云：『聖天子百靈相助。』我以婦人而登大寶，自古能有幾人……這些花卉小事，安有不遂朕心所欲？即便朕要挽回造化，命他百花齊放，他又焉能違拗！」

結果第二天果然百花齊放，唯有牡丹未開。武則天大怒，使出周興、來俊臣他們慣用的酷刑，用炭火燒烤牡丹花枝，牡丹受不了後也只好紛紛開放，但武則天餘怒未消，還是將牡丹貶去洛陽。

所以品味一下這首小詩，我們會感覺和〈如意娘〉那首詩中的情調天差地別，因為此時的武則天，再不是感業寺中那個忐忑不安的緇衣女尼，她現在是女皇，她可以讓山河變色，萬眾臣服。縱使皇子皇孫、文武大臣，誰敢惹她不高興，就會到大獄裡嘗嘗「定百脈」「失魂膽」等聽起來就讓人發毛的酷刑滋味，再不就直接人頭落地，從世界上消失。所以當年扯塊紅布紮頭上就奮勇投軍，讓吐蕃聞之膽寒的好漢婁師德，也不得不縮起頭來大講「唾面自乾」的好處：婁師德勸其弟遇事要忍耐，他弟弟說「人有唾面，潔之而已」，人家唾我一臉，我自己擦擦就算了。但婁師德說，這樣也不行，你一擦，還是表明了自己的不滿，你應該連擦也不能擦，讓它自己乾。

武則天這首詩，大有「喝令三山五嶽開道，我來了」的味道。就這首詩來說，充分表現了帝王那種一言九鼎的霸悍之氣，從詩的格調來說確是不同凡俗，氣度超常，但這實非蒼生萬民之福。但凡最高統治者狂放無忌，自以為能呵神罵鬼、壓倒天地萬物之時，那危機就悄悄地來臨了。秦皇漢武雖然聲威赫赫，但在其治下的黎民，卻遠不如漢文景二帝時幸福。有人誇獎武則天是傑出的女政治家，並說在她的治下，唐代也在繼續發展，人口也持續增加。平心而論，武則天身為女子，能當上皇帝，在女權主義方面雖然是意義非常，但是她的統治期間給唐朝造成的破壞也是相當大的。

說是破壞，並非是固守傳統的迂腐觀念，認為武則天牝雞司晨，亂了綱常等等。「改唐為周」這些所謂的「篡政」，其實倒沒有什麼。主要弊端在於破壞了唐太宗當年辛辛苦苦建立起來的良好道德風尚和吏治。唐太宗非常注重社會道德風範和吏治的建設，對於殘忍暴虐的行為是嚴厲禁止的。大將丘行恭有一次為了表現自己的忠心，親手挖出反賊的心肝生吃，結果唐太宗不但沒有表揚他，反而痛斥他說：「典刑自有常科，何至於此！」（處罰罪人自然有國家的法律，你這樣做幹什麼！）在唐太宗的治下，真是「制度好了，壞人也能辦好事」，像裴矩、封德彝等在隋朝時是大奸臣，到了唐太宗這兒也成了良臣，真有隋朝「把人變成鬼」，唐太宗又「把鬼變成人」的感覺。不過到了武則天的時代，武則天又把人變成了鬼。一時期酷吏橫行，小人當政，親人朋友統統都可以出賣。

《資治通鑑》中曾記載過這樣一件事：大臣崔宣禮犯了罪，武后想赦免他，而崔宣禮的外甥霍獻可卻堅決要求判處崔宣禮死刑，並磕頭觸階直至流血，以表現他不私其親。霍獻可這人非常無恥，還煞有介事地用綠紗布厚厚地裹了傷口，每次上朝時還特意將官帽向上推，露出一截來給武則天和群臣看，以提醒人們注意到他的「忠心」。這種殘忍的做法大大毒化了當時的政治氣氛，如果是太宗在位，肯定也要呵斥，但武則天卻提倡這樣的做法。一時間朝堂上烏煙瘴氣，流氓無賴之輩紛紛登上天子之堂。社會風氣和人一樣，都是學壞容易學好難，武則天一朝很快就把太宗當年的成果破壞殆盡。

唐太宗當年非常重視吏治，治國首先在治吏，小人當官，危害極大。他早有明言：「為官擇人，不可造次。用一君子，則君子皆至；用一小人，則小人競進矣。」而武周時官員任用之濫是非常有名的，有人曾寫詩諷刺道：「補闕連車載，拾遺平斗量，欋推侍御史，碗脫校書郎。糊心巡撫使，瞇目聖神皇。」[14]意思是說，武后亂封的官車載斗量，「侍御史」之類的用耙子都推不過來，「校書郎」一類的多得如拿碗當模子扣出來一樣氾濫。用現在的說法就是，飛來一板磚，就能砸著三四個官。這樣的做法，破壞了李世民當時傳下的良好制度，也給唐中宗時的「斜封官」等弊端開了先河。與此同時，武則天還將大批忠直之士或殺或貶，像大將程務挺、黑齒常之等都被殺掉，以致邊患不斷，給後來的唐朝造成無窮的隱患。

所以，在讀李太白「我且為君搥碎黃鶴樓，君亦為吾倒卻鸚鵡洲」[15]之類的詩句時，我們完全可以會心一笑，因為像太白這樣的醉漢，什麼「搥碎黃鶴樓」之類的狂言，說多少也沒有什麼大不了的，無非摔碎幾個酒壺酒碗罷了。我們也不妨一起高歌暢飲，瘋狂一把。但是武則天這首小詩淡淡語句的背後，卻是女皇帝金口一開，百花都要聽命的威儀，在這其中，似乎帶著從酷吏們黑獄中吹出來的縷縷寒氣，讓人脊背生涼。

五、天下光宅，海內雍熙——大周朝穆穆重光中的女帝

卷五二【曳鼎歌】武則天

羲農首出，軒昊膺期。唐虞繼踵，湯禹乘時。
天下光宅，海內雍熙。上玄降鑑，方建隆基。

這首〈曳鼎歌〉在《全唐詩》的集子裡，是武則天集子中的第一篇。有些人不明就裡，以為第一篇肯定就是武則天早年寫的，於是不少寫小說編故事的人將此詩當成武則天當才人時寫的，其實大謬不然。

武則天寫這首詩的時間，倒是史有明載。《全唐詩》說此詩寫於萬歲通天年間（六九六年），但《資治通鑑》說此詩寫於神功元年（六九七年），似乎以《資治通鑑》中所說更準確一些。這首詩是說這樣一件事：武則天當了女皇之後，大興土木，讓自己的男寵薛懷義來造「明堂」，用錢靡費萬億。這個裝飾華麗，金碧輝煌的宮殿宏大無比，據說高九十一米，周邊長九十三米，相比之下，我們現在能見到的北京故宮的太和殿僅高三十五點五米，和唐代的明堂相比，簡直就相當於武大和

武松比個頭。

這還不算，武則天又讓薛男寵在明堂北面造了一座名為「天堂」的宮殿。天堂比明堂更高，據說登到第三層就可以俯視明堂，而天堂共有五層。這樣算來，天堂差不多有一百五十一米高，聽起來相當令人驚詫。天堂裡面供了一尊大佛，佛的小指頭就能容下十幾人。這兩樣巨大的工程，「日役數萬人」，可謂勞民傷財，武則天卻毫不在乎。遙想唐太宗當年，一貫地約束自己，營造宮室時慎之又慎，刻意節儉。《資治通鑑》中曾說：「上（李世民）營玉華宮，務令儉約，惟所居殿覆以瓦，餘皆茅茨。」堂堂的大唐皇帝造的宮殿居然連瓦都捨不得用，要用茅草來蓋頂，實在儉樸到了極點。到了武則天手裡，可謂「崽賣爺田心不疼」，盡情揮霍享受，太宗若得知，恐怕要氣得吐血。

更可惜的是，這些恢宏壯觀的建築沒過幾年，就被妒火中燒的薛男寵一把火給點了（當時武則天又寵上了御醫沈南繆）。好傢伙，這把火燒得整個洛陽城內如同白晝一樣亮，大火中心形成低氣壓，捲成旋風，把一個用血畫成的大佛像（薛男寵自稱自己刺血畫像，其實用的是牛血）撕成無數截，史書用凝練簡潔的文字記錄下這個恐怖的場景：「火照城中如晝，比明皆盡，暴風裂血像為數百段。」然而，武則天滿不在乎，燒了再造嘛。女皇的意志之下，何事辦不成？天冊萬歲元年（六九五年）三月，明堂重建完工，改名為「通天宮」。宮頂最高處，安置了一隻昂首而立的金鳳，想後來慈禧太后只不過是將「龍在上，鳳在下」的傳統小小地改動了一下而已，而堂堂正正地坐在女皇寶座上的武則天，當然比她要大氣得多。恐怕只有這隻上觸雲霄、下視四垠的金鳳才能象徵她的絕世風采。

四月，為慶祝新明堂的落成，由武則天親自主持祭祀之禮，大赦天下，改年號為萬歲通天元年。和原來明堂相比，又多造了幾件物事，那就是用銅鑄了九個大鼎，象徵著九州之地。最大的是神都鼎，象徵洛陽，因為這是「首都」所在地，故高一丈八尺，比其他的鼎要高四尺。名稱如下：冀州鼎名武興，雍州鼎名長安，兗州鼎名日觀，青州鼎名少陽，徐州鼎名東原，揚州鼎名江都，荊州鼎名江陵，梁州鼎名成都。共用銅五十六萬七百一十二斤。每個鼎上都畫著本地的山川名勝，地方特產的圖形。武則天為了好上加好，還想用一千兩黃金鍍在外面，使之更加金光燦燦。但大臣姚璹說「鼎者神器，貴於質樸」，弄得太華麗倒不好，武則天才作罷。

九鼎鑄成後，武則天命陳列在通天宮前。當時的情景非常壯觀，宰相和諸王親自率軍兵十餘萬人，加上大白象（南蠻國進貢的）、大黃牛一齊用力，將這九個大傢伙從玄武門中拉進宮內，武則天心花怒放之餘，不禁寫下了這首〈曳鼎歌〉。當然，從詩歌藝術的角度來看，這首詩全是套話，並無多少精彩之處。這首詩中有「上玄降鑑，方建隆基」的字樣，頗有諷刺意味的是，日後毀掉這些東西的人，正是武則天的孫子唐玄宗李隆基，這難道也是一詩成讖？

開元中，李隆基大概是嫌這些帶有大周朝痕跡的東西太礙眼，於是下詔將之統統毀掉，重新熔化後鑄錢。被稱為通天宮的明堂本也想拆，但為了愛惜民力，只是毀去了上面的金鳳，並拆去一層。到了唐代宗年間，回紇亂兵闖入東都洛陽，他們四處燒殺搶掠，火勢延及明堂，將其化為灰燼，於是華麗壯觀的明堂就永遠消失了，只留下後人的神往和嘆惜。

萬事萬物，有興必有衰，有生必有亡，這也算不了什麼。武則天的大周朝畢竟在歷史上輝煌過，她的千秋功罪，眾說紛紛，一時也難以評說。儘管她的大周朝遠不像這首〈曳鼎歌〉中說的那樣是「唐虞繼踵，湯禹乘時」，但有一點卻任何人也無法否認：武則天做了很多其他女人甚至男性帝王們也沒有做過的事情，這些事情，從古到今，她是第一人，而且，此後也難以再看到。

神龍元年（七〇五年）時，中宗復辟，武則天被迫讓位，徙居上陽宮。輾轉反側於病榻上的武則天足足又挺了十個多月，才終於合上了她的眼睛。這十個多月，她望著宮殿上的空梁在想什麼？帝位沒有了，如蓮花一樣貌美的那兩個美少年也不在了，她原來似乎以為自己會永遠掌控天下，但此刻死亡卻離她如此之近。

到了陰間，會見到被她殺掉的人嗎？被她殺掉的人實在太多了，不過她一定記得，這裡面有被她逼死的親兒子、親孫子孫女，她會怕嗎？不，在陽世她不會怕，陰世裡她一樣不怕。或許，也會見到太宗和高宗。然而，她可以坦然地說：我畢竟將江山社稷又交給了你們李家……

註

1 出自唐・李正封〈牡丹詩〉。

2 出自唐・白居易〈簡簡吟〉。

3 出自唐・韋莊〈長安春〉。

4 出自唐・李白〈秦女休行〉。

5 出自唐・杜甫〈哀江頭〉。

6 出自《紅樓夢》第三十七回，薛寶釵詠白海棠。

7 出自唐・章孝標〈貽美人〉。

8 出自唐・朱慶餘〈近試上張籍水部〉。

9 出自唐・周濆〈逢鄰女〉。

10 出自唐・韋莊〈思帝鄉〉。

11 出自唐・李節度姬〈書紅綃帕〉。

12 出自清・納蘭性德〈木蘭詞・擬古決絕詞柬友〉。

13 出自司馬遷《史記・范睢蔡澤列傳》。

14 出自司馬光《資治通鑑・則天順聖皇后中之上長壽元年》。

15 出自唐・李白〈江夏贈韋南陵冰〉。

卷二 西宮夜靜百花香——后妃卷

一、盛世牡丹——長孫皇后

舊時的人往往說「紅顏禍水」。歷代昏君的罪過，似乎也要有一多半算在后妃的身上。然而，在史冊中，也有被稱為「坤厚載物，德合無疆」足以母儀天下的賢后。這其中，長孫皇后當仁不讓地要占第一名。當然，長孫皇后能成為首屈一指的賢后，和她老公李世民是千古罕見的明君是有很大關係的。有人覺得：「李世民雖然是貞觀的核心人物，卻不能象徵它的靈魂」，溫厚賢德的長孫皇后才是貞觀時代的靈魂。我覺得此說法，未免有點誇大了長孫皇后的作用。但是，不能不承認，長孫皇后的行為可圈可點之處甚多，也幾乎找不出任何瑕疵，堪稱千古皇后楷模。

長孫皇后作為千古賢后，在人們心中自是雍容典雅，恰如一朵光照百代的盛世牡丹。這裡，且不去說長孫皇后是如何於十三歲時就嫁給了當時才十五歲的李世民，和李世民相伴二十三年，生育了七個子女；又是如何勸諫李世民，三番五次救下那個倔驢脾氣的魏徵；還有一生節儉，不驕不妒，堅決要求薄葬等等，這些光榮事蹟大家想必早已聽過不少。本篇只是想從長孫皇后留在《全唐詩》裡的唯一一首詩中，看一下長孫皇后鮮為人知的另一面：

卷五一【春遊曲】

上苑桃花朝日明，蘭閨豔妾動春情。井上新桃偷面色，簷邊嫩柳學身輕。花中來去看舞蝶，樹上長短聽啼鶯。林下何須遠借問，出眾風流舊有名。

如果這首詩不寫明作者，恐怕很多人猜不到是長孫皇后所作。作為賢后榜樣的長孫皇后，應該是正襟危坐，手拿《女則》，和廟堂中的泥菩薩一般不食人間煙火，無情無欲，沒有半點人情味才對。而這首詩中的長孫皇后，居然像個活潑可愛的嬌媚少婦一般，而且還挺開放的，什麼「蘭閨豔妾動春情」之類的話，既直白又大膽，不免讓舊時的一干老儒看得不時搖頭，尷尬萬分。

明朝鐘惺的《名媛詩歸》卷九中就這樣說：「開國聖母，亦作情豔，恐傷盛德。詩中連用井上、簷邊、花中、樹上、林下，一氣讀去，不覺其複。可見詩到入妙處，亦足掩其微疵。休文四聲八病之說，至此卻用不著。」我們看鐘惺雖然也誇長孫皇后這首詩寫得不錯，但卻覺得長孫皇后作為「開國聖母」有失莊重，說什麼「恐傷盛德」之類的酸腐之語。殊不知張揚個性、袒露著酥胸的大唐美女和後世裹了腳的病小姐是大不一樣的。

有人覺得長孫皇后這首詩是偽作的另一個理由就是，七律在唐初尚未成熟，且不多見。這一點說得有點道理，但也不能就此斷定此詩是偽作。我們看長孫皇后這首詩，表面上似為像模像樣的七律，中間兩聯從詞句上看倒也對仗工整，但如果仔細用七律的平仄來套的話，就會發現有好多「失粘」「失對」等出律之處。其實，這正表明了此詩應是長孫皇后所作。因為初唐時格律並未成熟，故有這種現象。隋唐初期，七言詩少見，但並非沒有，且不說庾信的〈烏夜啼〉，隋煬帝就有一首〈江都宮樂歌〉：「揚州舊處可淹留，臺榭高明復好遊。風亭芳樹迎早夏，長皋麥隴送餘秋。淥潭桂楫浮青雀，果下金鞍躍紫騮。綠觴素蟻流霞飲，長袖清歌樂戲州。」另外和長孫皇后同時代的上官儀老兒、許敬宗奸臣都寫有這種風格的七言詩。因此，偽作之說，不能成立。

其實透過這首詩，我們正好瞭解了長孫皇后也是有嬌豔嫵媚的一面，她同樣是有笑有歌、有情有欲的女人。大唐的風氣，正當如此。長孫皇后本為鮮卑女子，唐朝歷來也是胡漢交融，風氣開放的時代。其實這樣真摯坦誠的感情，比後世那種迂腐虛偽的風氣要健康得多，也可愛得多。

中國的歷史上，經常喜歡將人，尤其是他們所認為的賢人、聖人，木偶化、泥塑化，將他們抽離了真實的血肉，按自己希望的形象用泥糊起來，放在香煙繚繞的殿堂裡供奉。然而，幸好有這樣一首詩，能將我們帶回貞觀年間，充分瞭解到長孫皇后真實而又可愛可親的另一面。

二、蘭心蕙性——徐賢妃

最終獲得「賢妃」封號的徐惠，是唐太宗的嬪妃之一。徐惠是當時有名的才女，她比武則天還要小三歲，但是她聰明伶俐，深得唐太宗寵愛，不久就將她由才人升為充容。

徐惠是江南女孩，湖州人。湖州是個才子才女輩出的地方，幾十年後，這裡又出了一個才女——身為女道士的李季蘭。據說徐惠進了宮後，依然手不釋卷，好學不厭，因為李世民後來興兵動武，征伐高麗，勞民傷財，她就寫了一篇〈諫太宗息兵罷役疏〉，文采斐然，甚是可觀。其中道：

……是以卑宮菲食，聖王之所安；金屋瑤臺，驕主之為麗。故有道之君，以逸逸人；無道之君，以樂樂身……夫珍玩伎巧，乃喪國之斧斤；珠玉錦繡，實迷心之酖毒……是知漆器非延叛之方，桀造之而人叛；玉杯豈招亡之術，紂用之而國亡。方驗侈麗之源，不可不遏。作法於儉，猶恐其奢，作法於奢，何以制後？

這其中的文筆和見識實在不下於魏徵老頭的那篇〈諫太宗十思疏〉。可惜大概是重男輕女的原因，魏老頭那篇鄭重其事地收入了《古文觀止》，而徐惠這篇文章知道的人卻少之又少。

讓我們透過當年徐惠寫下的幾首詩，來領略一下她聰慧過人的風姿吧。

〈擬小山篇〉——八歲女童的詩作

卷五 四十九【擬小山篇】徐賢妃

仰幽岩而流盼，撫桂枝以凝想。將千齡兮此遇，荃何為兮獨往。

徐惠是有名的女神童，據說她生下來五個月就會說話，四歲即誦《論語》《毛詩》。這首詩相傳就是她只有八歲時寫的。當時其父徐孝德想考考她的才情，於是用〈擬小山篇〉為題讓她寫首詩。「小山篇」對於現在的我們可能比較陌生：漢武帝時淮南王劉安（就是傳說中和雞犬一起升天的那位爺）的一個門客，別號淮南小山，他寫過一篇賦，名叫〈招隱士〉。裡面的隱士指的是屈原。該文好長，節錄一段——

桂樹叢生兮山之幽，偃蹇連蜷兮枝相繚。山氣巃嵷兮石嵯峨，溪谷嶄岩兮水曾波。猿狖群嘯兮虎豹嘷，攀援桂枝兮聊淹留。王孫遊兮不歸，春草生兮萋萋……攀援桂枝兮聊淹留。虎豹鬥兮熊羆咆，禽獸駭兮亡其曹。王孫兮歸來，山中兮不可以久留。

徐惠的父親讓她學這個「淮南小山」寫一首詩，於是小徐惠就寫了上面這四句。雖然看來很有些比著葫蘆畫瓢的意思，但八歲的女童能「畫」成這樣，也相當了不起了。尋常的八歲女童，十有八九連這些字都認不全。可見小徐惠天資聰穎，既惠又慧。

〈長門怨〉——後宮中的寂寞心聲

卷五 五十【長門怨】徐賢妃

舊愛柏梁臺，新寵昭陽殿。守分辭芳輦，含情泣團扇。
一朝歌舞榮，夙昔詩書賤。頹恩誠已矣，覆水難重薦。

徐惠這首詩，說的是漢代的故事。「長門怨」指的是漢代皇后陳阿嬌失寵的故事，當時漢武帝曾許諾，「若得阿嬌作婦，當作金屋貯之也」，然而，舊愛難敵新歡，漢武帝有了衛子夫等美女後，就把阿嬌晾在金屋裡不管不問了。看似華貴的金屋，也不過是座黃金打造的牢籠罷了。

「守分辭芳輦，含情泣團扇。一朝歌舞榮，夙昔詩書賤」，這幾句說的又是漢成帝時班婕妤的典故。在《幼學瓊林》和《龍文鞭影》裡都有「班妃辭輦」一說，指的是這樣一件事：

漢成帝在後宮遊玩，有次想和班婕妤摟摟抱抱地同乘一輛車，這在一般嬪妃眼中是求之不得的恩賜，但班婕妤卻一臉正氣地拒絕了，她的理由是：「看古代留下的圖畫，聖賢之君，都有名臣在側。夏、商、周三代的末主夏桀、商紂、周幽王，才有嬖倖（以邪僻取愛曰『嬖』）的妃子在座，最後落到喪國亡身的境地，我如果和你同車出進，那就跟她們很相似了，能不令人凜然而驚嗎？」

皇帝給弄得非常掃興。這位子，班婕妤不想坐，自有別的女人搶著坐。不久，妖豔放浪的趙飛燕和她的妹妹趙合德就取代了班婕妤的地位，班婕妤只好凄凄涼涼地到長信宮去侍奉太后。班婕妤安分守禮反而被嫌棄，趙飛燕風騷放浪倒受寵愛，正所謂「卑鄙是卑鄙者的通行證，高尚是高尚者的墓誌銘」，因此自古以來就有無數人感嘆不已。

雖然這種題材的詩在後世文人中很常見，但徐惠作為宮中的嬪妃，可謂身臨其境，故此詩中所包含的意思就不能泛泛而論了，其中也反映出了徐惠幽居宮中的感慨和心聲。徐惠雖然也得到過太宗的喜愛，但是後宮美女如雲，唐太宗也不會專寵徐惠一人。說起唐太宗，雖然是一代明君，但是如果按「不好色」這一項指標來評估的話，那唐太宗的得分恐怕還不如崇禎皇帝呢。李世民後宮中除了長孫皇后外，比較有名的還有這些人：

一、韋貴妃：她家世顯赫，曾祖父是大名鼎鼎的韋孝寬。韋貴妃比李世民還要大兩歲，而且以前結過婚，並生過一個女兒。然而，李世民卻對她很寵愛，並讓她在長孫皇后死後，統領後宮，成為六宮之首。可見韋貴妃決不簡單，據墓誌中記載說，她「天情簡素，稟性矜莊。憂勤，肅事言容。春椒起詠，豔奪巫岫之蓮；秋扃騰文，麗掩蜀江之錦。」雖然墓誌中往往過於誇飾，但韋貴妃肯定是美貌出眾。

二、陰妃：她的父親陰世師曾是李家的仇人，殺過李世民的幼弟李智雲，並刨了李家的祖墳。後來陰世師被唐軍捉住殺死，陰妃被籍沒，罰入秦王府為婢，被李世民看上成為后妃之一。

三、楊妃：李世民皇宮的楊妃共有三個，其中一個據說是他哥哥李建成的妻妾，另一個叫巢刺王妃，乃是弟弟李元吉的妃子。因為這一點，李世民也頗受非議。明代賈凫西《木皮散客鼓詞》中就罵道：「貪戀著巢刺王的妃子容顏好，難為他兄弟的炕頭怎樣去扒！縱然有十大功勞遮羞臉，這件事比鱉不如還低一紮！」另外那個楊妃，也大有來頭，她是隋煬帝的女兒，也就是傳說中和李世民愛得一塌糊塗的「楊吉兒」。

四、燕德妃：也是家世顯赫的女子，講起來是武則天的表姐。

其他還有韋貴妃的堂妹韋昭容及當時尚為才人的武則天等等。大家可想而知，眾多後宮佳麗圍繞的李世民，能有多少時間和精力來陪伴徐惠呢？所以心思細膩敏感的徐惠，不免和班婕妤她們有一樣的哀怨。雖然李世民並非是昏君，徐惠也不是被打入冷宮的失意宮人，然而，她卻得不到像天下平凡夫妻一樣朝朝相守，夜夜相伴的幸福，這正是她所渴望的，卻是無法實現的。

千金始一笑，一召詎能來——嬌媚狡黠的徐惠

卷五　五十三【進太宗】

朝來臨鏡臺，妝罷暫裴回。千金始一笑，一召詎能來。

身居宮中的徐惠，作為江南女子，自有她多愁善感的一面。所以才有了像〈長門怨〉這樣的詩篇。然而，她並非如陳阿嬌、班婕妤一樣是個失寵的宮人，徐惠和太宗之間的關係，還是比較親密的。

對於戎馬一生，從刀光劍影、屍山血海中闖過來的太宗，徐惠的伶俐和柔媚另有一番風情。作為南國女兒，往往有些古靈精怪，正如金庸武俠小說中的黃蓉，能把豆腐削成圓球，當作二十四橋明月。

徐惠在感情上也會和太宗玩點小花樣，撒撒嬌，這首詩就給我們描繪了這生動的一幕：「朝來

臨鏡臺，妝罷暫裴回（即徘徊）」，詩中的徐惠一早起來就對鏡梳妝，精心打扮，作為後宮的妃子，每天的工作就是妝扮自己的容貌，等待皇帝的臨幸。但皇帝嬪妃眾多，未必就能召見自己，正像〈阿房宮賦〉中所說的：「一肌一容，盡態極妍，縵立遠視，而望幸焉；有不見者，三十六年。」徐惠深得太宗的喜愛，絕不像上面說得那樣慘。不過太宗來召她，畢竟也是一件難得的喜事。按理說徐惠應該喜上眉梢，趕緊跑過去吧？可是，聰明靈巧的徐惠偏偏在這個時候耍了一點小脾氣，她說：「千金始一笑，一召詎能來」，古時對於美人有所謂千金買一笑之說，現在陛下您一聲召呼就想讓我來嗎？

呵呵，女孩子的心事往往就是這樣的，琵琶遮面，欲迎還拒，半推半就，這更是如徐惠一樣的江南女子的拿手好戲。不過一般嬪妃和皇帝之間，關係可不等同於現在的女生和自己的男朋友。徐惠既然敢和太宗玩這一手，那麼我們可以推斷出她和太宗之間還是挺親密的，不然哪裡敢撒這種嬌。如果不是皇帝正喜歡她，好嘛，一召不來，妳就直接去冷宮，那時候叫破天也不會召你了。

太宗召徐惠不來，本來相當惱火，但看了徐惠這首詩，卻轉怒為喜，滿腔怒火頓時消散。明《情史類略》卷十五中評說徐惠「以嬌語解圍」，我看不然。此詩並非那種為解圍而寫的急中生智之作，而是早有預謀，你看詩的前兩句「朝來臨鏡臺，妝罷暫裴回」，並不是沒有打扮好，徐惠其實早就在徘徊等待，她是故意逗太宗來著。

徐惠對於太宗的感情是相當真摯和深切的，唐太宗雖然比徐惠大二十多歲，但是太宗英明神勇，文武全才，實在是千古罕遇的奇男子。徐惠對太宗有著深深的感情，這一點也不奇怪。所以太宗死後，徐惠悲痛欲絕，不久她就生了病。愁病相煎中的徐惠不肯就醫服藥，決心隨太宗而去，她說：「吾荷顧實深，志在早歿，魂其有靈，得侍園寢，吾之志也。」我受太宗的恩情太多，我只希望早早地死去，如果魂魄有靈的話，可以到地下繼續侍奉太宗，這正是我的願望。

其實在唐朝那個時代，是沒有人逼她去死的，如果徐惠也像武則天一樣「另闢蹊徑」，也不是說沒有機會。從唐高宗李治娶了她的妹妹來看，徐惠對李治來說吸引力恐怕決不比武則天小。她也完全可以選擇另一條人生道路，那就是像太宗的其他嬪妃如燕德妃等一樣，平平淡淡但衣食無憂地終老宮中。然而，深情不移的徐惠卻選擇了死，而她的死，與其說是殉節，不如說是殉情，在充滿狡詐和貪欲的皇宮中，徐惠是一個異類，正所謂：「人生自是有情癡，此恨不關風與月。」[16]

永徽元年（六五〇年），時年二十四歲的徐惠永遠閉上了眼睛，高宗李治感慨於她的真情，將她追封為賢妃，並將她葬在昭陵石室——這個位置在陵山主體內，在昭陵的墓中除了長孫皇后，徐惠就是離太宗最近的了。即使在長孫皇后去世後，一直統領後宮的韋貴妃也未能有如此待遇。她的一縷香魂就此伴在太宗身邊，這正是她的心願。

三、日邊紅杏——上官婉兒

上官婉兒這個名字在唐代的才女中應該是有一席之地的，她不僅詩作氣度不凡，不讓鬚眉，而且曾像神話中的文魁星一樣掌管著天下文宗。當年，她登上高高的彩樓，奉詔評詩，天下才士的文章全都歸她評點衡量。沈佺期和宋之問這樣的詩壇大腕也不得不恭恭敬敬地獻上詩去，然後乖乖地站在下面等待她的評判。另外，在政治舞臺上，上官婉兒堪稱「兩朝兼美，一日萬機，顧問不遺，應接如意」，她在一定程度上影響了大唐的最高權力中樞，以至於現在有人將她稱之為「巾幗首相」。

然而，上官婉兒的詩作在《全唐詩》中雖然存有三十二首之多，但多數是一些應制詩，真正表現她自己個人情懷的卻非常少。這也難怪，她一生都在險惡的政治漩渦邊徘徊，相當於在高空中的鋼絲上舞蹈。因此，她是那樣的謹小慎微、如履薄冰，所以在她的詩作中，也是小心翼翼地藏起個人的感情，寫出那一篇篇四平八穩，無可挑剔的應制詩，這世態人情，婉兒早早就懂得。

〈彩書怨〉——十四歲的小才女

卷五 五十六【彩書怨】上官昭容

葉下洞庭初，思君萬里餘。露濃香被冷，月落錦屏虛。

欲奏江南曲，貪封薊北書。書中無別意，惟悵久離居。

梁羽生的小說《女帝奇英傳》中，少女時代的上官婉兒一出場念的就是這首詩。歷史上也多傳說當時十四歲的上官婉兒就是因這首詩引起了武則天的注意。想想也有些道理，上官婉兒現存的詩作中，以這一首最具真情。而婉兒其他的詩作，幾乎是清一色的應制詩或者是「關係詩」。應制詩是應皇帝之命而作的，所謂「關係詩」是為了討好某些人而作的。就像酒席宴上一定要向掌管著你職位升降、薪資多少的人敬酒一樣，說來也是一種應酬。

我們知道上官婉兒的祖父是上官儀，因鼓動高宗皇帝廢武后而被殺。唐朝時，官員如果犯重罪，成年男人被處斬，家中女眷一般是沒入宮中為奴婢。當時上官婉兒還是個小小嬰兒，就隨著母親鄭氏一起被沒入宮中的掖庭，那是個專門讓受罰宮人幹粗活的地方。

娘倆在艱苦的日子裡慢慢熬，上官婉兒可能秉承了祖父上官儀的基因，另外其母鄭氏也是個知書通文的人，於是十四年後，婉兒不但出落成了一個如花美少女，而且還是個頗富文采的才女。這一首〈彩書怨〉，滿篇寫的都是怨婦離情，有人猜測是寫給當時的皇子李賢的，並給上官婉兒安排一段愛情劇本。但這種情況發生的可能性極少，當時被罰沒到掖庭的婉兒恐怕很少有機會能見到皇子李賢，即使能見到也不會接觸太多，也許上官婉兒自己暗戀這個儀容俊秀的皇子，但是李賢恐怕不會對她有太深的印象。

所以嘛，這首〈彩書怨〉，十有八九是婉兒模仿古時那些相思別離之詩而擬作的。當時婉兒尚且「小姑居處本無郎」[17]。然而，也不能說婉兒此詩就完全是無病呻吟，當時的婉兒已是十四歲了，這個年齡的女孩在唐代，已是談婚論嫁的年紀，婉兒在宮中為婢，根本沒有權利去選婿擇夫，念及於此，婉兒自然會覺得古詩裡離婦的哀怨和她的心情也是有相通之處的。

婉兒這首五律寫得還是相當不錯的，此詩也用了不少典故。第一句「葉下洞庭初」，似乎是泛泛而論，其實出自屈原《九歌．湘夫人》中的句子：「嫋嫋兮秋風，洞庭波兮木葉下」，此句既暗用古人典故，又營造出一種蕭瑟惆悵的氛圍。「露濃香被冷，月落錦屏虛」這一聯尤為巧妙，天寒露正濃，雖有香被，無人共寢，未免身寒心更寒；月落天將曉，錦屏華屋，空虛無人，自是室虛夢亦虛。

我們接著看「欲奏江南曲」，〈江南曲〉就是那首「江南可採蓮，蓮葉何田田。魚戲蓮葉間。魚戲蓮葉東，魚戲蓮葉西……」古人常把男歡女愛稱做「魚水之歡」，這首民歌在課本上出現時，雖然老師不那樣講，但應該承認，民歌本來有這個意思在其中的。這裡婉兒在詩中說，我想奏一曲比喻男女歡好的〈江南曲〉，於是匆匆地寫了一封寄往薊北（即河北北部，唐代是邊境，出征的男人多在此）的書信。「江南曲」和「薊北書」對仗相當工整巧妙。這薊北書的內容，不用說大家也知道啦，就是盼他回來和自己「魚戲蓮葉東，魚戲蓮葉西」。

詩中最後一句，又將信中的內容點出來，「書中無別意，惟悵久離居」，書信中只是表達我離居已久的惆悵心情而已。當然，要按後世的眼光，沒有這句反而更含蓄有味，但這也是初唐時的特色，初唐及以前的詩句，往往說得比較透徹直白。總體說來，這首詩寫得是相當不錯的。鐘惺《名媛詩歸》卷九中說：「能得如此一氣清老，便不必奇思佳句矣！」對此詩倍加誇獎，明朝謝榛在《四溟詩話》中誇得更高：「楊升庵（楊慎）所選《五言律祖》六卷，獨此一篇平妥勻淨，頗異六朝氣格」，婉兒這首詩成了這本五律集中最佳的詩作，可見十四歲的婉兒此時的功力就決非一般了。怪不得當時武后看了也驚歎她的才華，命她掌管玉璽，草擬詔書，並且「百司表奏，多令參決」，成為武則天的貼身秘書。

然而，武則天是何等人物，婉兒生活在她的威儀之下，也是整天膽戰心驚的。武則天稱帝之後，婉兒雖是宮中才人，但武則天是女皇帝，她這個才人當得有名無實。武則天自己廣選美少年入宮來侍候，卻根本沒有想過為婉兒找個夫婿。在武則天心中，只是視她為自己身邊的一把「總鑰匙」罷了。此時的婉兒，肯定實實在在地感受到了「露濃香被冷，月落錦屏虛」的滋味。

三冬季月景龍年——婉兒的幸福時光

如花的青春歲月，卻是如此的寂寞難耐。當時宮裡已經有了張易之、張昌宗二兄弟，要說二張也是經過全國選美挑出來的超級男生，自然是極品帥哥。婉兒也是有情有欲的女兒身，有次不免貪看了張昌宗幾眼，不料被武則天瞧見。武則天盛怒之下，扔了一支玉簪刺破了她的額頭，差點完全毀容。對此，婉兒當然是不敢怒也不敢言。從此，婉兒眉間落下了個傷疤，聰明的婉兒就剪了個花瓣貼住。後來這反而成為宮中的一種時髦打扮，宮妃們眉間沒有傷痕，也貼上個花。其實，這正像婉兒一生的寫照，她的一生總是被傷害，但她卻默默地忍受，用表面上的鮮豔明媚來掩蓋內心的瘡疤。

卷五　五十八【駕幸新豐溫泉宮獻詩三首】

三冬季月景龍年，萬乘觀風出灞川。遙看電躍龍為馬，回矚霜原玉作田。

鑾旗掣曳拂空回，羽騎驂驔躡景來。隱隱驪山雲外聳，迢迢御帳日邊開。

翠幕珠幃敞月營，金罍玉斝泛蘭英。歲歲年年常扈蹕，長長久久樂昇平。

這首詩寫於景龍三年（七〇九年），此時的婉兒，終於迎來了她一生中最滋潤的時刻。神龍元年（七〇五年），讓天下人無不膽戰心驚的女皇武則天終於病倒在床，再也無法處理政事。她像一棵被白蟻蛀空的老樹，再也沒有了當年那旺盛過人的精力。大臣們趁機擁中宗李顯復辟。一向夾著尾巴做人，不敢多說一句話，不敢多行一步路的婉兒終於迎來了好時機。

許多年來，婉兒一直陪伴在武則天的身邊，整日裡耳濡目染，對政治上那些奪權的把戲，以婉兒的聰明恐怕早已學了個八九不離十。武則天在世時，給婉兒一百個膽子，她也不敢在女皇面前耍花槍。但現在武則天一死，對於少說也有上百個心眼的婉兒來說，對付麵團一樣怎麼捏都成的李顯，以及野心大、才智少的韋后，簡直就是牛刀小試，輕鬆得很。或許當年的婉兒曾經是個純真的少女，但此時已經是四十多歲的婉兒，早已是個充滿欲望的女人。她壓抑太久，權力和男人，她都想要。當然，她明白，相比起來，更可愛的是權力。

於是，她一方面做了李顯的嬪妃，以婉兒的美貌和才情搞定李顯還不是小菜一碟，於是中宗很快就將她升為了昭容。另一方面，她為了不讓中宗的皇后韋氏吃醋，也特意和韋后套交情，並將自己的老情人武三思讓給韋后。我們平時常說「做人要厚道」，但說起來唐中宗實在是太厚道了，韋后公開在他面前和武三思調情玩樂，他居然也視如不見，當真是名符其實的忍者龜。婉兒見中宗如此好脾氣，於是愈發得意，請求在宮外私立宅第，中宗竟也點頭同意。婉兒在宮外蓋了一座豪宅，其母鄭氏也被封為沛國夫人，榮華無限。據說婉兒出生前，其母鄭氏曾夢見一個神人給她一桿非常大的秤，並說「持此秤量天下」，鄭氏以為肯定要生個男孩兒，豈料卻是婉兒這個小丫頭。鄭氏不禁好生失望，抱著繈褓中的婉兒刮她的鼻子說：「秤量天下的就是妳這個小東西？」繈褓中的小婉兒居然咿咿呀呀仿佛回答：「是。」到了這時候婉兒才終於讓她母親明白了神人的話決非虛言。

婉兒手中有權，可以翻雲覆雨，自然就有朝臣們來行賄。對於錢，婉兒來者不拒，並且明碼標價，花三十萬錢就可以當官，就算你是殺豬賣肉的，甚至奴婢下人，只要交了錢就有官做，哪怕是一無學歷二無才幹，當時稱之為「斜封官」。於是官員暴增，達數千人之多。這其中，也不乏對婉兒進行「性賄賂」的，最有名的就是崔湜。崔湜其人，長得非常帥，也很有才學，但人品卻不怎麼樣，他在政治上見風使舵，哪派強他就依附誰，崔湜不但自己賣身，而且讓自己的妻子和女兒也到宮中和太子勾搭。有人譏諷崔湜說：「托庸才於主第，進豔婦於春宮。」說來婉兒對崔湜還是挺有情意的，而且絕對是投桃報李，讓男人有付出就有回報。上官婉兒在中宗耳邊一美言，於是崔湜的官職就像火箭迅速竄升，直到相位。看來唐朝時這潛規則也挺厲害的。

此時的婉兒，正沉醉在金錢和男色的享受中，〈駕幸新豐溫泉宮〉這三首詩，就恰恰寫於這個時期。像清朝皇帝夏天時常到承德避暑一樣，唐朝皇帝每年冬天就要去驪山溫泉休養一下。這裡簡單地解釋一下此詩：

「三冬季月景龍年」，三冬季月指臘月，景龍是中宗的年號，這時候婉兒人逢喜事精神爽，詩也寫得頗有氣勢。冰封大地，雪滿郊原，按說是比較淒清的，但一切景語皆情語，在意氣風發的婉兒眼中，卻是「遙看電躍龍為馬，回矚霜原玉作田」，馬如龍般電掣而過，一片潔白的霜雪高原如堆瓊砌玉。「鸞旗掣曳拂空回，羽騎驂驔躡景來」，皇帝出行的隊伍旗幟招展，萬馬奔騰，煞是壯觀。「隱隱驪山雲外聳，迢迢御帳日邊開」這兩聯也頗為工整，又切合應制詩「頌聖」的要求，婉兒功夫之老到，於此可見一斑。明鐘惺《名媛詩歸》卷九說：「全首皆以猛力震撼出之，可以雄視李嶠等二十餘人矣。」說得也並非過分。收尾這一聯「歲歲年年常扈蹕，長長久久樂昇平」，意思是說希望年年歲歲都能跟著皇帝出行伴駕，這太太平平的好時光也一直長久下去。這句話恐怕倒並非應景之語，婉兒剛從武則天時代的陰霾中走出來，終於等到了陽光，她當然想一直這樣燦爛下去。

然而，她絲毫沒有察覺到危險就在眼前，她的生命已經只剩下幾個月了，幾個月後，她血濺於地，慘死在刀下。

昭容題處猶分明——留在後人記憶中的婉兒

卷三七一　四十四【上官昭容書樓歌】呂溫

漢家婕妤唐昭容，工詩能賦千載同。自言才藝是天真，不服丈夫勝婦人。
歌闌舞罷閒無事，縱恣優遊弄文字。玉樓寶架中天居，緘奇秘異萬卷餘。
水精編帙綠鈿軸，雲母搗紙黃金書。風吹花露清旭時，綺窗高掛紅綃帷。
香囊盛煙繡結絡，翠羽拂案青琉璃。吟披嘯卷終無已，皎皎淵機破研理。
詞縈彩翰紫鸞回，思耿寥天碧雲起。碧雲起，心悠哉，境深轉苦坐自摧。

金梯珠履聲一斷，瑤階日夜生青苔。
青苔祕空關，曾比群玉山。神仙杳何許，遺逸滿人間。
君不見洛陽南市賣書肆，有人買得研神記。
紙上香多蠹不成，昭容題處猶分明，令人惆悵難為情。

西元七一〇年，老好人中宗暴死，史書上一般都認定為是韋后和安樂公主毒殺。我卻總是懷疑，因為當時中宗已五十五歲，唐朝皇帝有家族遺傳病，到了這個年紀，多數有中風之類的疾病。中宗如果是突發腦溢血之類的疾病導致死亡也很正常。總之，中宗死得很突然，這就給李隆基一個最好的藉口——韋后和安樂公主毒殺中宗！

李隆基發動兵變，殺死了韋后、安樂公主，上官婉兒拿出一份偽造的中宗遺詔，為自己辯解，想靠自己的聰明再逃過一劫。然而，她和韋后一夥走得太近了，宮廷爭鬥，殘酷無比，沒有人敢說自己永遠是贏家。這一次，她失敗了，無情的刀劍砍了下去，鮮血濺滿了宮前的臺階，一代才女，就此魂消香斷。

而此時，當初千方百計給婉兒獻媚的崔湜，卻又一頭鑽到太平公主的裙下。婉兒死後，他躲得遠遠的，生怕沾上邊，更不用說給婉兒料理後事了。後來還是張說比較仗義，給婉兒收屍厚葬。李隆基對於婉兒的才情也是欽佩有加的，只是形勢所迫，才不得不殺婉兒。事後他下旨讓張說整理了婉兒的文集，於是張說在婉兒集子上作序說：

「敏識聆聽，探微鏡理，開卷海納，宛若前聞，搖筆雲飛，成同宿構。古者有女史記功書過，復有女尚書決事言閥，昭容兩朝兼美，一日萬機，顧問不遺，應接如意，雖漢稱班媛，晉譽左嬪，文章之道不殊，輔佐之功則異。」

將婉兒和歷史上的才女如班昭等作了對比，並說婉兒才學上不弱於古之才女，而在參政方面還強似她們，言下頗有稱許之意。婉兒雖然在濫封官方面有諸多不光彩的地方，但卻推動了當時的詩歌文化。正如《新唐書》中所說：

「婉兒勸帝侈大書館，增學士員，引大臣名儒充選。數賜宴賦詩，群臣賡和，婉兒常代帝及后、長寧安樂二主，眾篇並作，而采麗益新。又差第群臣所賦，賜金爵，故朝廷靡然成風。當時屬辭者，大抵雖浮靡，然所得皆有可觀，婉兒力也。」

所以，有唐一代的文人，提起婉兒的名字，都是相當的崇敬。我們看這首中唐詩人呂溫的詩作，詩中對婉兒極力地誇讚：像什麼「玉樓寶架中天居，緘奇秘異萬卷餘。水精編帙綠鈿軸，雲母搗紙黃金書」，居住玉樓中，擁有秘笈奇書萬卷，這些書全部是人間罕見的精裝本，水精裝訂，綠鈿作軸，雲母當紙，黃金印字。將婉兒說得高貴典雅、氣質如仙。後面更是直呼婉兒為神仙：「神仙杳何許，遺逸滿人間。」詩人最後說從舊書攤上買得一本書，上面尚有婉兒的題詩，於是惆悵歎息不已，「昭容題處猶分明，令人惆悵難為情」，此時婉兒離開人世已有了上百年，可婉兒在後人的心中還是那樣的令人傾慕神往。

婉兒這一生，始終周旋於最高的權力中心，她一生都在政治的刀尖上舞蹈，像是穿上了施著魔法的紅舞鞋，她停不下來了。權力給了她榮光，給了她金寶，給了她豪宅，但她卻無法擺脫被政治漩渦吞沒的宿命。

有時我曾想，如果婉兒不弄權，把所有的才華都放在寫詩和文章上，那有多好！然而，也許婉兒並不這麼想，初唐時的女子可能都不這樣想。她或許覺得與其悲悲切切地在蕭條冷宮中做些斷陽詩句，那還不如這樣：生時，讓激情綻放豔如夏花，死時，讓鮮血染紅滿地秋葉。她得到過，輝煌過，經歷過，於是，當冰冷的刀鋒劈進她的身體時，她依然要說——不悔。

四、名花傾國——楊貴妃

「名花傾國兩相歡，常得君王帶笑看。解釋春風無限恨，沉香亭北倚闌干。」這是李白為楊貴妃所寫的〈清平調三首〉中的最後一首。然而，如花美人，有傾國之名，也有傾國之實，雖然當年沉香亭前「解釋春風無限恨」，然而最終留給唐玄宗的卻是「天長地久有時盡，此恨綿綿無絕期」。

在《全唐詩》裡，也有楊玉環所寫的一首詩，不過這首詩寫的並不是她自己，而是寫給她的侍兒張雲容的。張雲容伶俐善舞，此詩名為〈贈張雲容舞〉：

羅袖動香香不已，紅蕖嫋嫋秋煙裡。輕雲嶺上乍搖風，嫩柳池邊初拂水。

按道理來說，楊貴妃既然能詩，恐怕不僅僅寫過這樣一首。可惜其他的詩句卻沒有傳下來，所以，我們只好從《全唐詩》中別人的詩句裡來回顧楊貴妃的一生了。

一朝選在君王側——父奪子妻的醜聞

卷四三五 十九【長恨歌】白居易（節選）

漢皇重色思傾國，御宇多年求不得。楊家有女初長成，養在深閨人未識。

天生麗質難自棄，一朝選在君王側。

眾所周知，楊玉環入宮的事情，講起來非常不光彩。其實楊玉環並不像〈長恨歌〉裡說的那樣「養在深閨人未識」，她是唐玄宗的兒子壽王李瑁的妃子。正所謂「髒唐臭漢」，唐代皇室中這種事數不勝數，正如焦大罵的那樣：「扒灰的扒灰，養小叔子的養小叔子」，扒灰當然首屬唐玄宗了，養小叔子也有，像安樂公主就是，另外還有李治搞上自己的小媽武則天，李世民搶了自己的弟媳巢刺王妃，同昌公主的母親郭淑妃居然睡自己的女婿，相比之下，高陽公主的「誘僧」之舉倒算是比較高尚了，起碼沒有亂倫。

「漢皇重色」，這一句說得倒是半點不錯，唐玄宗雖然早期算得上是英明神武之主，也一手創立了將大唐國力推上頂峰的開元盛世，但他一直非常好色。玄宗宮中嬪妃極多，據《開元天寶遺事》載，在他的後宮中曾經流行過「投金錢賭侍帝寢」的做法，意思是投錢開賭，誰贏了誰就陪玄宗睡覺。頗似金庸小說《鹿鼎記》中韋小寶家的做法。

但不久玄宗就迷上了武惠妃，這個規矩恐怕也就作廢了。武惠妃也是武則天一族的人，歷史仿佛在重演，唐玄宗的原配正妻，也姓王，這個王皇后和唐高宗的王皇后一樣生不出兒子來。於是一心一意放在武惠妃身上的唐玄宗借機廢了這個可憐的王皇后，她完全絕望，不到三個月就孤零零地死於無人過問的冷宮裡。

唐玄宗本想立武惠妃為皇后，但大臣們早已警惕起來了，他們感覺似乎武則天的故事在重演，於是極力反對。唐玄宗當時還不算太昏聵，立后之事，暫且作罷。但暗地裡武惠妃在宮中的待遇比皇后有過之而無不及。武惠妃所生的兒子就是壽王李瑁。為了讓壽王李瑁當太子，在武惠妃和奸相李林甫的唆使下，唐玄宗又殺掉自己三個兒子。沒料想武惠妃做了這件壞事後，就突然得了病，病榻上的她常恍惚中看到被害死的三個皇子來索命，不久她就死了。唐玄宗對壽王李瑁沒有多少感情，只是因為武惠妃才寵愛他，現在武惠妃一死，人死茶涼，不但沒有立他為太子，反而將他的老婆楊玉環搶了過來，說來這壽王實在是窩囊透了。

當然，唐玄宗搶自己的兒媳婦，也不好意思明搶，名義上先讓楊玉環出家當女道士，道號太真，以掩人耳目。沒過幾天，就正式將她召入宮中，冊為貴妃。據考證楊玉環和壽王至少生活了有三、四年的時間，他們當時應該還是有感情的。不過楊玉環和壽王並沒有生過孩子，壽王的兩個孩子為其他侍妾所生。當然，這不足以證明壽王和楊玉環關係不好，從後來她和唐玄宗一生沒有生育子女來看，楊貴妃似乎有生育能力的問題。

楊玉環不得不離開年少的李瑁，從此夜夜陪伴唐玄宗這個年近花甲的老頭子，她的心情恐怕也並不是多好吧。對於李瑁來說，心裡應該更加沉痛。唐代的詩人多數都有意迴避這件事，這件事看來在唐朝也是敏感詞，所以白居易也只好自欺欺人地說：「楊家有女初長成，養在深閨人未識。」然而，到了晚唐時，李商隱就毫不留情地揭露和諷刺了這一切：

卷五四〇 六十六【驪山有感】李商隱

驪岫飛泉泛暖香，九龍呵護玉蓮房。平明每幸長生殿，不從金輿惟壽王。

卷五四〇 七十三【龍池】李商隱
龍池賜酒敞雲屏，羯鼓聲高眾樂停。夜半宴歸宮漏永，薛王沉醉壽王醒。

這兩首詩中，雖然說得也是相當含蓄。但「不從金輿惟壽王」「薛王沉醉壽王醒」等句卻都表達出來一個意思：壽王的心中一直很不是滋味。唐玄宗這個行為，在自己兒子壽王的心中劃出來一道深深的傷痕。雖然壽王李瑁是他曾經最寵愛的女人武惠妃的兒子，但帝王對子女的感情往往平淡，他們不必事事躬親，一匙稀粥一塊尿布地親手將自己的兒女拉拔長大，所以在相當多的時候，父子母子之間，有的只是倫理上的道義，卻實在缺乏血濃於水的親情，甚至有時候，彼此之間是勢不兩立的敵人。

三千寵愛在一身——炙手可熱的嬌寵

長恨歌（節選）．白居易
回眸一笑百媚生，六宮粉黛無顏色。春寒賜浴華清池，溫泉水滑洗凝脂。
侍兒扶起嬌無力，始是新承恩澤時。雲鬢花顏金步搖，芙蓉帳暖度春宵。
春宵苦短日高起，從此君王不早朝。承歡侍宴無閒暇，春從春遊夜專夜。
後宮佳麗三千人，三千寵愛在一身。金屋妝成嬌侍夜，玉樓宴罷醉和春。

姊妹弟兄皆列土，可憐光彩生門戶。遂令天下父母心，不重生男重生女。驪宮高處入青雲，仙樂風飄處處聞。緩歌慢舞凝絲竹，盡日君王看不足。

也許楊玉環起初離開壽王進宮時，心中有些不情願。但是，楊玉環後來也並非像息夫人那樣整天愁眉苦臉、哭哭啼啼。作為唐代的女子，楊玉環不必像《紅樓夢》中的秦可卿一樣整天背著精神上的包袱，因為在唐代，對於亂倫這等事並不是太在乎。而且，當時的唐玄宗李隆基也不是糟老頭子，五十多歲的他還是相當有魅力的。

說起唐明皇李隆基，年輕時就是個俊美英武的美少年，現在雖然老了，但渾身上下依然充滿活力。唐朝皇帝多數都五十來歲就要掛，而李隆基一直活到七十多歲，和他兒子唐肅宗差不多一塊上路去陰間，可見身體不是一般地好。而且，李隆基多才多藝，他酷愛音樂、舞蹈等藝術，曾廣納樂工、優伶等數百人，像李龜年、雷海青、黃幡綽、公孫大娘、李仙鶴等當時知名的「藝術家」都聚在他身邊，可謂是星光燦爛。李隆基本人的音樂素養也極高，甚至遠高於某些專業的樂工，《新唐書．禮樂志》載：「玄宗既知音律，又酷愛散曲，選坐部伎子弟三百，教於梨園，聲有誤者，帝必正之。」他居然能指正樂工們的錯誤，而能夠選拔出來給皇帝演奏的樂工，水準決不會太低。著名樂師李龜年以善擊羯鼓聞名天下，他曾誇口說：「臣苦練技藝，單是鼓杖，我就打折了五十隻。」玄宗聽了哂笑道：「這算什麼？我把鼓杖打折了三櫃。」所以，同樣喜歡音律、歌舞的楊玉環，肯定也會為玄宗的風采所傾倒。

當然，比起這些來，更能打動楊玉環之心的是那出格的嬌寵和隨之而來的潑天富貴。一國之君的李隆基，以大唐的雄厚國力來滿足一個小女人的虛榮心，簡直是綽綽有餘。一時間「姊妹弟兄皆列土，可憐光彩生門戶」，楊玉環有姐三人，皆有才貌，李隆基都毫不吝嗇地封為「國夫人」之號：大姨封韓國夫人；三姨封虢國夫人；八姨封秦國夫人。這姐妹仨隨意出入禁宮，勢傾天下，據說連玄宗妹妹玉真公主都要給她們讓座位。當然，據說唐玄宗和這姐妹幾個也有非同一般的關係，也是，唐玄宗既然兒媳婦都敢搶，泡上這幾個大小姨子更是不在話下。對此，晚唐詩人張祜曾寫詩諷刺道：「虢國夫人承主恩，平明騎馬入宮門。卻嫌脂粉汙顏色，淡掃峨眉朝至尊。」

楊家這時自然是「烈火烹油，鮮花著錦」之盛：楊玉環的父親楊玄琰，被封為一品太尉、齊國公；母親封涼國夫人；叔叔玄珪封光祿卿。堂兄楊銛、楊錡等都做大官，楊釗（後賜名為國忠）後來當上了宰相。楊家人的府第修得富麗堂皇，耗資千萬，修成後，如果發現別人家有比自己的宅院更闊氣的，馬上毀了重新再蓋，一定要強過其他人才甘休。虢國夫人更是驕橫，誰家房子好，搶過來就住，倒是更省事。

正如後來元稹〈連昌宮詞〉中所寫的：「平明大駕發行宮，萬人歌舞塗路中。百官隊仗避岐薛，楊氏諸姨車門風。」當時楊家的威風可著實非同一般。據說有一次，正月十五元宵之夜，楊家人夜遊時，因與廣平公主的隨從爭道發生了衝突，楊家的僕人居然揮鞭將公主打下馬來，駙馬程昌裔上去保護，也挨了好幾鞭子。楊家的僕人居然連公主都打，可見已驕橫到何等地步。所以《舊唐書》曰：「開元已來，豪貴雄盛，無如楊氏之比也。」由此也可以看到，楊貴妃的政治手段不高，她不懂得像長孫皇后一樣勸誡皇帝，不要使自己的親戚榮寵太過。正是這些外戚的胡作非為，給楊貴妃後來的悲劇埋下了種子。《紅樓夢》中薛寶釵說過一句氣話：「我倒像楊妃，只是沒一個好哥哥好兄弟可以作得楊國忠的。」正是說明，楊國忠等人才是真正敗壞國家的人。楊貴妃之死，和楊國忠等人干係甚大，假設沒有他們，兵變時也不一定非要殺楊貴妃才甘休。

對待楊家人尚且如此，對楊貴妃本人的嬌寵就更不用說了，楊貴妃乘馬時，高力士親為執轡拿鞭。要知道當時高力士地位極高，諸王公主都稱高力士為阿翁。一般人別說讓他侍候，想侍候他都不夠資格。女人們都喜歡漂亮衣服，於是宮中專門給楊貴妃織錦刺繡的工匠，就達七百多人，給貴妃雕刻熔造諸般金玉寶器的，又達數百人。不單宮中，外邊的地方官們，也爭先恐後地巴結貴妃，他們各顯神通，召集能工巧匠作「奇器異服」獻給楊貴妃，以求得升官。「一騎紅塵妃子笑，無人知是荔枝來」[18]，遠在南國的荔枝，也有辦法弄來新鮮的。只要楊貴妃高興，唐玄宗總會想方設法地滿足她，曾經打造過開元盛世的李隆基，現在把心思都花在她這樣一個小女人身上，當然哄得她心花怒放，樂不思壽王瑁。

對於楊貴妃來說，幾乎一切都有了，珍饈美味、華服綾羅、金銀珠寶在她的眼中早已經不稀罕。就算是驛馬奔馳，不遠千里送來的鮮荔枝恐怕也無法讓她再有第一次品嘗時的驚喜。於是李隆基又有了新花樣，不但專寵於她，另外還稱呼她為「娘子」，讓她稱自己為「三郎」，來模擬做一對民間夫妻。這就是〈長恨歌〉中的「七月七日長生殿，夜半無人私語時。在天願作比翼鳥，在地願為連理枝。」對此〈長恨歌傳〉中說得比較詳細：「秋七月，牽牛織女相見之夕……上（李隆基）憑肩而立，因仰天感牛女事，密相誓心，願世世為夫婦。」好一個動人的浪漫片斷。然而，對於這些，天真無知的楊玉環可能信之不疑，但對於李隆基來說，恐怕只是他讓小美人高興的一種手段罷了。馬嵬之變時他的表現，就足以證明，他愛楊貴妃是有的，但更愛的是他自己，還有那至高無上的權力。相比這兩樣，在他心中的天秤上，楊貴妃雖說素有豐滿之稱，但還是輕飄飄的沒有半點分量。

歷史上真正不愛江山愛美人的男人極為罕見，因為有了江山，自然有美人，不要江山的後果，往往是美人也從身邊跑掉。

宛轉蛾眉馬前死——凋落的紅顏，蒼白的愛情

過華清宮絕句（其二）．杜牧

新豐綠樹起黃埃，數騎漁陽探使回。霓裳一曲千峰上，舞破中原始下來。

連昌宮詞（節選）．元積

開元之末姚宋死，朝廷漸漸由妃子。祿山宮裡養作兒，虢國門前鬧如市。

傳統的說法中，經常把楊貴妃當做一個紅顏禍水的典型，似乎沒有楊貴妃，那開元盛世就會一直延續下去，其實大謬不然。開元年間的盛世讓玄宗早就有點飄飄然，常年的太平無事，也讓唐玄宗早就麻痹了一直繃緊著的神經。他開始厭倦了朝政，他曾對高力士說：「我十多年不出長安城了，現在天下太平無事，我想把政事都交給宰相李林甫處理好了，怎麼樣？」高力士倒遠比玄宗清醒得多，說：「天子到地方各處巡視，是古制，而且君王的大權不可以給別人，如果權力都給了李林甫，他的羽翼威勢一成，誰還能再動他！」高力士這話按說很有道理，但李隆基卻因聽得不順耳而發了怒。高力士一看，風頭不對，於是只好自己請罪道：「臣狂疾，發妄言，罪當死。」可見，安史之亂的責任，全在玄宗身上，什麼楊貴妃紅顏禍水，什麼高力士奸邪亂國，都是替罪羔羊而已。正所謂「問題出在前三排，根子就在主席臺」。亂自上作，皇帝一昏，很快就滿朝文武俱是奸邪。反之，如果皇帝確實英明，那自然滿朝忠臣良將。在歷史上，楊貴妃弄權的事情其實幾乎沒有，當

快埋到脖子啦，他也決不會陪楊貴妃到地下去做連理枝。對此，元代《瑯嬛記》中就借已成了鬼魂的楊貴妃之口指責說：「以天下之主，不能庇一弱女，何面顏復見妾乎！沉香亭下，月中之誓何在也！」大家不要太相信什麼「君王掩面救不得，回看血淚相和流」，白居易這句詩雖然很煽情，但李隆基其實是個心腸很硬的人，他的原配王皇后在他當初還是臨淄王的時候就一直相伴，他屢次冒險發動政變時還傾力相助，然而，一旦有了新歡武惠妃後，就毫不留情地將之打入冷宮，讓她無助地死去，一點悲憫之心也沒有。當然，目送楊貴妃走向死亡，李隆基此時也可能真的哭過，但他的淚絕對不是只為楊貴妃而灑，「行宮見月傷心色，夜雨聞鈴腸斷聲」，這不僅僅是悲悼楊貴妃，更是哀痛他那已經失去了的權力——沒有了權力的他，就真的只是個糟老頭子罷了。

晚唐詩人李商隱說得很是深刻犀利：

卷五三九 一八一【馬嵬】李商隱

海外徒聞更九州，他生未卜此生休。空聞虎旅鳴宵柝，無復雞人報曉籌。

此日六軍同駐馬，當時七夕笑牽牛。如何四紀為天子，不及盧家有莫愁。

「如何四紀為天子，不及盧家有莫愁」，說得好。為什麼做了四十多年皇帝的唐玄宗卻保不住自己口口聲聲要與之「世世為夫婦」的女人？正如《唐詩鑑賞辭典》中對此首詩解讀時說的那樣：玄宗當年七夕和楊妃「密相誓心」的時候，譏笑牽牛、織女一年只能相見一次，而他們兩人，則是要「世世為夫婦」，永遠不分離的。可是當「六軍不發」的時候，結果又怎麼樣呢？楊妃賜死的結局中，就不難於言外得之，而玄宗虛偽、自私的精神面貌，也暴露無遺。

如果這世上真有純真美好的愛情之花的話，她一定是存在於普普通通的清寒之家，一粥一飯，相濡以沫的夫妻之間，而華美堂皇、紙醉金迷的宮廷中，是不可能盛開愛情之花的。縱然楊玉環和李隆基的愛情相簿裡充斥著水陸八珍、滿頭珠翠，可謂富貴已極，然而這種愛情骨子裡卻是那樣的脆弱和蒼白，縱然有〈長恨歌〉的傳唱，我依然覺得，他們之間所謂的愛情正應了這句話：一襲華美的袍，上面爬滿了蝨子。

五、梅花一夢——江采萍

卷五 六十二【謝賜珍珠】江妃

桂葉雙眉久不描，殘妝和淚汙紅綃。長門盡日無梳洗，何必珍珠慰寂寥。

《全唐詩》第五卷中有這樣一首詩，題為江妃所作。相傳唐玄宗曾一度嬌寵一個被稱為「梅妃」的女子，她叫江采萍。據說在唐玄宗寵愛的武惠妃死後，玄宗終日鬱鬱不樂。太監高力士想排解一下玄宗的煩憂，於是到江南尋訪美女。他在福建的莆田縣發現了一個蘭心蕙質的女孩，她就是江采萍。

唐玄宗一見，極為喜歡，從此專寵她一人，將後宮中的其他妃子都「視如塵土」。江采萍性情孤高，目無下塵，且知書通文，常以東晉時的著名才女謝道韞自比，在穿衣打扮上也是喜歡淡妝素服。她最喜歡品性高潔的梅花，所以她住的宮苑中種了不少梅花，每逢花開之時，常在梅花間苦吟徘徊良久，甚至直到半夜也不忍回室，活脫脫一個唐代林妹妹，唐玄宗因此戲稱她為「梅妃」。據說她還寫有〈蕭〉〈蘭〉〈梨園〉〈梅花〉〈鳳笛〉〈玻杯〉〈剪刀〉〈絢窗〉八篇文賦。

然而，當楊玉環進宮以後，「但見新人笑，那聞舊人哭」，梅妃頓時被冷落。在楊貴妃的挑唆下，江采萍被趕到冷清寂寥的上陽東宮裡居住。有一次，她聽著外面有驛馬馳來，便問可是送梅花來的？原來梅妃得寵時，各地爭相用驛馬傳送梅花進獻。但如今哪裡還有人給她送梅花，都是快馬加鞭給楊貴妃送荔枝的。梅妃不禁淚濕羅巾，她想起漢朝時陳阿嬌千金買賦的故事，拿出千兩黃金來給高力士，想請高力士找個人寫賦獻於皇上，從而打動玄宗。高力士油滑得很，藉口無人寫賦，加以推諉。於是江采萍自己寫了一篇〈樓東賦〉給唐玄宗看，文賦如下：

玉鑑塵生，鳳奩香殄。懶蟬鬢之巧梳，閒縷衣之輕練。苦寂寞於蕙宮，但凝思乎蘭殿。信摽落之梅花，隔長門而不見。況乃花心颺恨，柳眼弄愁。暖風習習，春鳥啾啾。樓上黃昏兮，聽風吹而回首；碧雲日暮兮，對素月而凝眸。溫泉不到，憶拾翠之舊遊；長門深閉，嗟青鸞之信修。憶太液清波，水光蕩浮，笙歌賞宴，陪從宸旒。奏舞鸞之妙曲，乘畫鷁之仙舟。君情繾綣，深敘綢繆。誓山海而常在，似日月而亡休。奈何嫉色庸庸，妒氣衝衝。奪我之愛幸，斥我乎幽宮。思舊歡之莫得，想夢著乎朦朧。度花朝與月夕，羞懶對乎春風。欲相如之奏賦，奈世才之不工。屬愁吟之未盡，已響動乎疏鐘。空長歎而掩袂，躊躇步於樓東。

可這男人的心一旦變了，九頭牛也拉不回來。玄宗看了這篇賦後，雖略微有些觸動，但他只是派人封了珍珠一斛，悄悄賞給梅妃就算了。梅妃見了，大為失望，於是寫下本篇這首詩，和珍珠一起送還給玄宗。梅妃詩中說，在寂寞的冷宮裡，她滿懷愁緒，無心打扮（唐代流行桂葉狀的眉），說來也是，自古就是「女為悅己者容」，她打扮給誰看呢？她要的不是珍珠寶貝，就是再多的珍寶也無法安慰她寂寞傷感的心。

「漁陽鼙鼓動地來，驚破霓裳羽衣曲」。安史之亂中，玄宗顧不上帶走失寵的梅妃，於是梅妃落入賊兵手中，有人說她被安祿山的亂兵殺死，有人說她投井自盡了。也有的故事說，多年後，官軍收復兩京，從一棵梅樹下找到了梅妃的屍體。此時垂垂老矣的唐玄宗，看著梅妃的像，往事一幕幕又在他眼前浮過，對著梅妃的畫像，他滿懷傷痛，寫下這樣一首詩：

卷三 六十一【題梅妃畫真】李隆基

憶昔嬌妃在紫宸，鉛華不御得天真。霜綃雖似當時態，爭奈嬌波不顧人。

擁有時不珍惜，失去時才懷念。梅妃被他拋棄後死去，輝煌一時的大唐盛世也在他的手中結束，暮年的李隆基，在悔恨和思念中度過，他思念當年被他貶斥的賢相張九齡，思念靈秀過人的梅妃江采萍，思念嫵媚如牡丹的楊玉環，更思念那曾經光芒四射的開元盛世。然而，這一切都彷彿是昨天的一場夢。顯得那樣的不真實，他再也回不去了。

附：關於梅妃實無其人的爭論

上面關於梅妃的故事，講起來非常動人。但對於是否真有梅妃這個人物，多數人卻都持懷疑的態度。梅妃的故事最早見於相傳為唐末曹鄴所作的《梅妃傳》。然而，有人考證說這也是偽託，其實大概是南宋人的手筆。魯迅先生、鄭振鐸、劉大傑先生，都否認梅妃的存在。他們認為，一切有關梅妃的記載，都出自《梅妃傳》，而不見於唐代當時的文獻中，於是斷定梅妃實無其人。魯迅認為：「蓋見當時圖畫有把梅美人號梅妃者，泛言唐明皇時人，因造此傳。」更有人指出《梅妃傳》含有宋代文化特徵的多種印記，如愛梅、詠梅的風尚，鬥茶的風習，以及以體瘦輕盈為美，將體態豐盈的楊妃蔑稱為「肥婢」等，這都是宋代的審美風格。這樣的說法，我覺得倒也有幾分道理，梅妃那種孤傲清高的形象更像宋代以後的女子。

對於此事，我的看法是，宮中確實曾有過一個甚至多個因被楊貴妃嫉妒而受冷落的女子，白居易〈上陽白髮人〉一詩中就描寫過這樣一個宮女：「未容君王得見面，已被楊妃遙側目。妒令潛配上陽宮，一生遂向空房宿。」有道是「後宮佳麗三千人，三千寵愛在一身」，楊玉環得意了，那二千九百九十九個佳麗誰不是氣憤難平，所以她們的淚水和感傷，和故事中的梅妃是相通的。但是，這個「梅妃」可能不是一個人，而是糅合了很多人的故事創造出來的一個文學形象，如果真的有像傳奇中描寫的「梅妃」的話，作為被「紅顏禍水」楊玉環打擊欺壓的弱者，當時的唐人筆記和詩詞中肯定會大書特書的。正像當年班婕妤失寵、趙飛燕姐妹得勢一樣，多好的題材啊，虢國夫人那種醜事都有人敢寫，這事更該理直氣壯地寫啊。所以梅妃應該實無其人。

然而，關於梅妃的故事，我們還是不妨來看一下。正如這樣一句話：「歷史都是假的，除了名字；小說都是真的，除了名字。」（英國歷史學家卡萊爾語）梅妃也好，江采萍也好，這些名字或許都是虛構的，然而「長門盡日無梳洗，何必珍珠慰寂寥」的淚水卻是真實地流淌，而且並不僅僅是梅妃一人，也不僅僅是有唐一代。

註

16 出自宋・歐陽修〈玉樓春・尊前擬把歸期說〉。

17 出自唐・李商隱〈無題〉：「神女生涯原是夢，小姑居處本無郎。」

18 出自唐・杜牧〈過華清宮絕句三首〉。

卷三 秦樓魯館沐恩光——公主卷

一、權傾天下——太平公主

說起來，當公主要比后妃幸福得多，她們不像后妃那樣只有表面上的榮光，背地裡卻不但要常常忍受那難耐的冷窗空床，還要提防其他妃子詭異莫測的機關算計。而公主往往得到加倍的寵愛，盡情地享受。有道是，做公主好，做唐朝的公主更好。唐代公主，驕寵無極，吃喝玩樂奢侈排場且不說，玩起男人來也是令後人咂舌地生猛。尤其是初唐時期的幾個公主，好多都有成群結隊的情夫男寵。

不過說起在政治方面參與得比較多，真正對大唐的國政產生影響的，卻只有太平公主一人而已。真實的太平公主是個很貪婪的人，無論是情欲方面，還是權欲方面。

《全唐詩》中太平公主自己留下的詩就只有卷二中那首〈景龍四年正月五日，移仗蓬萊宮御大明殿，會吐蕃騎馬之戲。因重為柏梁體聯句〉中的一句：「無心為子輒求郎」，用的是《後漢書》上的典故：「昔館陶公主為子求郎，明帝不許，賜錢千萬。」意思是說漢朝時館陶公主請求皇帝給自己的兒子封官（這裡「郎」是官的意思），皇帝說賞錢行，給官不行，因為當官關係到一方百姓的安樂。太平公主引用此典故是說，我是公主，但不會像漢朝館陶公主一樣亂干預朝政，為自己的兒子求官。但太平公主是說一套做一套，中宗當政時，太平公主把持朝政，胡亂封官的事情很多。

太平公主雖然自己就寫了這麼一句，但在《全唐詩》中，她的影子還是經常出現的。

鳴珠佩曉衣，鏤璧輪開扇——遙想當年，公主初嫁了

卷二一【太子納妃太平公主出降】唐高宗李治

龍樓光曙景，魯館啟朝扉。豔日濃妝影，低星降婺輝。玉庭浮瑞色，銀榜藻祥徽。

雲轉花縈蓋，霞飄葉綴旗。雕軒回翠陌，寶駕歸丹殿。鳴珠佩曉衣，鏤璧輪開扇。

華冠列綺筵，蘭醑中芳宴。環階鳳樂陳，玳席珍饈薦。蝶舞袖香新，歌分落素塵。

歡凝歡懿戚，慶葉慶初姻。暑闌炎氣息，涼早吹疏頻。方期六合泰，共賞萬年春。

這是太平公主的父親唐高宗李治親自為她寫的詩。提起唐高宗李治，在人們印象中比較窩囊，然而他倒不失為一個慈愛的好父親。此時是開耀元年（六八一年）七月，太平公主已經二十歲了，這在古代已算比較晚的了。原因嘛，是因吐蕃國來求婚之事耽誤了一陣子，事情是這樣的：

在太平公主十六歲時，吐蕃要求和親，請求將太平公主下嫁到吐蕃去。然而，太平公主是武則天的愛女，哪裡捨得讓她遠去異國他鄉？大概因為武則天掐死過自己的頭一個女兒，心中也不免有愧疚之情，故對太平公主倍加寵愛。於是宣稱太平公主出家修道（「太平」就是道號），拒絕了吐蕃。說來在早期大唐國力強盛時，從來沒有將直系親女嫁出去「和親」過。太平公主作為高宗和武則天的眼珠子，吐蕃人想娶她，無非是癩蛤蟆想吃天鵝肉罷了。

然而，吐蕃人這麼一打岔，太平公主的婚事就耽誤下來了，或許武則天也想讓她在自己身邊多待幾年，所以一時就沒有考慮她的婚事。然而，春情萌動的太平公主等不及了，於是她在一次宴會上，身穿紫袍，腰束玉帶，頭戴黑巾，在高宗及武后面前跳舞。這身衣服當時是武官的打扮，逗得高宗和武后大笑之餘，不免問她道：「妳一個女孩兒又不能做武官，怎麼扮成這樣子？」太平公主趁機說：「那就賜給駙馬吧。」於是「帝識其意」，高宗和武后這才突然發覺女兒長大了，馬上開始張羅她的婚事。

最終為太平公主選中的駙馬是薛紹。薛紹是名門貴族，其父薛曜也是駙馬，母親是公主（城陽公主）。現在看來算是近親結婚，但古時常常是「親上加親」，這是慣例。像賈寶玉無論娶林妹妹還是寶姐姐也都是近親結婚。當時薛紹並未婚娶，倒是後來太平公主嫁的武攸暨，前面有個妻子，被武則天毒死。對於這門親事，十有八九是高宗拿的主意，武則天卻不怎麼贊同，她很有可能是想從武家人裡選一個。所以她一開始就對薛紹並不是太喜歡，於是雞蛋裡挑骨頭，說什麼薛家雖然是貴族，但薛紹的兩個哥哥娶的媳婦身分寒微，配不上太平公主的身分。但當時高宗主意已定，又有不少大臣為之辯解，武則天也沒有再堅持。不過這也為後來發生的一切埋下了禍根。

此時武則天又給繼位為太子的李顯重新娶了一個妃子，這個太子妃就是後來的韋后。李顯原來有過一個太子妃，姓趙。趙妃的母親，是太宗的女兒常樂長公主，武則天對常樂長公主母女很討厭，居然找個機會把趙妃關了起來活活餓死了。此時太子公主，雙喜臨門，尤其太平公主的婚事更是辦得隆重無比，一時間到處張燈結綵，鼓樂喧天。

唐朝時的婚俗，是在夜間迎親，當時一路點的燈籠火把將道旁的樹木都烤焦了，公主的車駕異常龐大，好多地方門口太窄，過不去。不用說，派人當場拆牆多處，以方便公主車駕經過。

唐高宗李治親自寫下了這一篇〈太子納妃太平公主出降〉（出降即公主出嫁）。群臣們見皇帝都賦詩道賀，哪裡敢落後，於是紛紛和詩稱頌。於是《全唐詩》裡有了許多篇〈奉和太子納妃太平公主出降〉這樣的詩，分別為任希古、劉禕之、郭正一、胡元範等所作。這些詩當然都是大拍馬屁之作，其中胡元範說的最為卑下，居然說「小臣同百獸，率舞悅堯年」，把自己和牲畜動物們歸於一類，這裡就不列舉了。李治這首詩，典故倒用了不少，但一味地堆砌詞藻，大有迎風灑狗血、過於矯飾做作之感。這類詩堪稱「如七寶樓臺，炫人眼目。碎拆下來，不成片段。」[19]

然而，這首詩華麗中的蒼白卻正恰恰如太平公主的這次婚姻，駙馬薛紹，只和太平公主生活了七年，就被一直看不慣他的武則天找藉口杖打一百，餓斃於獄中。這期間，太平公主和薛紹當然也不能說完全沒有感情的，他們共生育了四個孩子。但是，在一貫嚴厲的母親面前，太平公主也不敢堅持為自己的丈夫求情。其實在真實的歷史中，哪有那麼多的情癡情種，哪有那麼多的浪漫愛情？通常，人們最愛的還是自己。

後來，太平公主又嫁給了武則天的遠房侄兒武攸暨，真實的武攸暨應該是個風度翩翩的美男子。其實武家人大多數挺帥，不然就難以理解，為什麼韋后要和武三思私通，安樂公主為什麼要將武崇訓和武延秀通吃？不過武攸暨性格挺老實，這倒是真的，政治上的事他從來不參與，甚至太平公主大玩男寵，他也不吭聲，非常本分地默默當「賢內助」駙馬。

紅綃帳中，遍嘗洛陽城中如花少年之際，太平公主還會想起薛紹嗎？這我們無從得知。然而，史書中卻記載了一件事情：太平公主和薛紹所生的兒子薛崇簡，經常被太平公主鞭打。由此或可以推想，在太平公主心中，她的第一任丈夫薛紹根本就沒有佔據重要的位置，或許，受武則天的薰陶，她同樣覺得，身邊男人嘛，不過是一種玩物。

仙人樓上鳳凰飛——躊躇滿志，鳳儀仙姿的太平公主

卷一一五七【奉和初春幸太平公主南莊應制】李邕

傳聞銀漢支機石，復見金輿出紫微。織女橋邊烏鵲起，仙人樓上鳳凰飛。流風入座飄歌扇，瀑水侵階濺舞衣。今日還同犯牛斗，乘槎共逐海潮歸。

太平公主在武周時期，雖然深受武則天寵愛，但是在朝政上她的影響力還是頗為有限。有人不理解宮廷中的事情，他們覺得武則天既然不喜歡她的兒子們，為什麼不傳位給太平公主？這一方面是因為沒有這樣的制度，更重要的是其實武則天不是不喜歡她的兒子，但任何人只要影響到她執掌大權，都會毫不猶豫地除去，哪怕是自己的親生兒子。太平公主為什麼討她喜歡，正是因為她不會搶自己手中的皇權。所以才有「公主方額廣頤，多權略，太后以為類己，寵愛特厚，常與密議天下事」的情況出現。當然也正是因為如此，太平公主在政治上也愈來愈成熟。

神龍元年，中宗被大臣們擁立復辟時，太平公主也參與其事。或許她也看到自己的母親已經沒有多少日子了，所以她站在支持政變這一邊，她親自向武則天陳說利害，勸武則天正式下詔傳位，堪稱功不可沒。中宗當了皇帝後，加封太平公主為鎮國太平公主，這就是《新唐書》所說的「預誅二張功，增號鎮國，與相王均封五千」，太平公主本來食邑就有五千多，現在又添了五千，加起來就有一萬戶了。太平公主當時的權勢氣焰熏天，中宗是個老好人，韋后雖然囂張，但對於朝政大事所知甚淺，安樂公主雖然驕橫，但她一個小丫頭知道什麼，就知道浮華排場和奢侈享受。所以實際

上的大權，多半還是在太平公主的手中。

所以，這時到太平公主府上逢迎巴結的可是不少，唐中宗雖然比較昏庸，但還是比較注重親情的，不時到自己的妹妹家去串個門。當時的太平公主山莊之中，羽節高臨，霓旌搖曳，歌管聲吹，美酒華宴，好不熱鬧。同時也在《全唐詩》中留下了〈奉和初春幸太平公主南莊應制〉〈太平公主山亭侍宴應制〉等幾十篇同題詩作。這些詩的作者可都是當年一等一的名流學士，例如有「一時沈宋」之稱的沈佺期、宋之問，「燕許大手筆」之一的蘇頲，「文章四友」之一的李嶠等。但作為應制詩，依然無一例外地帶有辭藻華麗，內容空洞的通病。我們嘗一臠知一鼎之味，看一下李邕這首詩。李邕是誰？也是一時的名士，他死後，李白為之感嘆：「君不見李北海。英風豪氣今何在」，所以這裡選看一下李邕這首詩。

做應制詩，也是一門學問，對於應制詩來說，不怕鋪陳空乏，言之無物。什麼天河仙宮、華日祥雲一通胡謅，看來不是很著邊際，但也不會出大錯。此乃第一要訣。第二，多用典故，顯得華麗高雅。當然，還有一點，就是多說吉利話，討個口彩，用典故可以，一定不要用上不祥的典故。像《紅樓夢》中元春娘娘讓大觀園眾女兒做詩時，林黛玉那首就有點問題，她的「香融金谷酒，花媚玉堂人」這一聯，雖然小巧精緻，但「金谷」這個典故說的是石崇的金谷園，石崇後來可是被殺了。反觀人家薛寶釵的詩，就老辣得很，中規中矩，一點毛病也沒有。怪不得後來娘娘似乎比較喜歡寶釵。

好了，回過頭來看李邕這首詩，也不出這個模子。由詩中可見，這個太平公主的南莊是依山傍水而建，高樓飛橋，蔚為壯觀。當時群臣泛舟水上，盡興遊玩，於是李邕就搬來一堆典故：第一句中的「支機石」是說相傳漢朝張騫尋河源時得到一塊石頭，拿給東方朔看。東方朔說：「此是天

宗下旨分給了自己的幾個兄弟──甯、申、岐、薛四王。

一百多年後，韓愈來到此處，頗有感慨地寫下了這首詩：

卷三四四 四【遊太平公主山莊】韓愈

公主當年欲占春，故將臺榭押城闉。欲知前面花多少，直到南山不屬人。

人心苦不知足，如果當年的太平公主，沒有那麼多的貪欲，她可能也會真的太太平平地度過自己的一生。然而，權力是讓人如此著魔，正所謂「身後有餘忘縮手，眼前無路想回頭」[20]，所以，太平公主難得太平。

二、窮奢極侈——安樂公主

卷六十九 九【夜宴安樂公主新宅】閻朝隱

鳳凰鳴舞樂昌年，蠟炬開花夜管弦。半醉徐擊珊瑚樹，已聞鐘漏曉聲傳。

這首詩寫於景龍三年十一月一日，安樂公主又修了一座輝煌壯麗的新宅第，她的父皇中宗率修文館眾學士及眾多大臣前去「溫鍋」。此夜，華燈盛宴，舞樂歌吹，熱鬧非凡。眾人賦詩道賀，於是在《全唐詩》中又留下一組〈夜宴安樂公主新宅〉的詩作。順便提一下，這個修文館是上官婉兒成立的，有大學士四員，學士八員，直學士十二員，象徵著四時（春夏秋冬）、八節（立春、春分、立夏、夏至、立秋、秋分、立冬、冬至）及十二個月。當時是李嶠、宗楚客、趙彥昭、韋嗣立為大學士；李適、劉憲、崔湜、鄭愔、盧藏用、李乂、岑羲、劉子玄為學士；薛稷、馬懷素、宋之問、武平一、杜審言、沈佺期、閻朝隱等為直學士。所以大家翻看《全唐詩》時會發現，這夥人常有「奉和……」「夜宴……」之類的同題應制詩。

閻朝隱這首詩表面上也全是歌功頌德，渲染太平熱鬧的詞兒，但似乎背後也隱隱有所譏諷。

好像屬於元代范德機在《詩學禁臠》中所說的「頌中有諷格」。大家看「半醉徐擊珊瑚樹」這句，就暗中將安樂公主的驕奢之態刻畫地非常生動。這個典故源於《晉書．石崇傳》，是說當年晉武帝曾把宮裡收藏的一株兩尺多高的珊瑚樹賜給大臣王愷之後，他到處炫耀，而以豪富著稱的石崇看了後，拿起一個鐵如意把他的珊瑚樹打得粉碎，王愷大怒，說你這是什麼意思？石崇說：「不足多恨，今還卿」，這有什麼值得著急的，還給你一株就是了。於是他將自家的珊瑚樹拿出來，高三四尺的有六七株之多，都遠大於王愷的珊瑚樹，王愷大丟面子，石崇卻得意洋洋。然而，正是因為石崇過於驕奢，引起很多人的嫉妒，不久他就被殺死，財產也盡歸他人。

閻朝隱此處，或有意或無意地用了這個典故，卻十分恰當地預示了安樂公主的命運。

說起這安樂公主，其豪奢之處實在不下於石崇。安樂公主是唐中宗李顯和韋后生的女兒。她出生的時候，正是李顯和韋后的艱難歲月。當時武則天將他們貶到房州，能不能活下去還難說，因為李顯的哥哥李賢就被逼自殺，這是活生生的例子。據說安樂公主出生時，連包她的繈褓都找不到，只好用李顯從自己身上撕下來的袍子裹住她。因此，她的小名就叫李裹兒。然而，有失也有得，所謂「得」，那就是中宗和韋后對她的親情特別濃，我們前面說過，帝王家父母子女間的感情往往平淡，因為兒女不用自己親手帶，生下來自有奶媽宮女抱走撫養，而安樂公主卻正是中宗和韋后一手帶大的。所以，父親當了皇帝後，備受嬌寵的安樂公主，確實就差點連天上的月亮也要摘下來。

《新唐書．五行志》記載：「安樂公主使尚方合百鳥毛織二裙，正視為一色，傍視為一色；日中為一色，影中為一色，而百鳥之狀皆見。」《資治通鑑》中說得更詳細些：「安樂有織成裙，直錢一億，花卉鳥獸，皆如粟粒，正視旁視，日中影中，各為一色。」這條裙子隨視角的變化而呈現不同的顏色，更繡有小米粒一樣大的花卉鳥獸，可謂巧奪天工，但花費達億萬錢，極為奢侈。

安樂公主本來嫁的是武三思的兒子武崇訓，武崇訓按說長得也不錯，因為安樂公主的母親韋后就和武三思偷情，有些小說和電視劇編成是韋后以美色取媚於武三思，大錯特錯，其實當時武三思只有去巴結韋后的份兒。韋后之所以和他通姦，主要取決於武三思的個人魅力。然而，安樂公主卻不滿足，她想要加倍的寵愛，於是又搭上了武崇訓和堂弟武延秀（武承嗣之子）。後來安樂公主的異母哥哥太子李重俊起兵殺了武三思、武崇訓等，安樂公主也不悲傷，反正還有武延秀這個替補情夫，沒有過半年，安樂公主就和武延秀正式成婚。筆記小說上有段文字這樣寫：「安樂公主擁駙馬武延秀至……公主褫駙馬褌手其陰誇曰：『此何如崔湜耶？』昭容曰：『直似六郎，何止崔湜，此皆天后選婿之功，不可忘也。』」意思是說安樂公主居然當著上官婉兒的面，撩起武延秀的袍子，拿出他男人的東西問婉兒：「這個比崔湜（婉兒情夫）的怎麼樣？」婉兒當然要謙讓一下，說：「比得上六郎（張昌宗），比崔湜強多了，這都是天后（武則天）給你選了個好夫婿。」由此可見安樂公主的荒淫驕橫。

這些倒還罷了，只算是個人問題，但安樂公主還收賄賂，亂封官職。她拿了封官的詔書，用手把中宗的眼睛蒙住，讓中宗簽字蓋璽，中宗也不以為忤，全都依她。安樂公主見姑姑太平公主修了個佛寺，很是闊氣，於是自己也修了個安樂佛寺，更加宏大壯觀，一切開支全記在宮中的賬上。姐姐長寧公主的宅子不錯，她也不高興，於是奪了臨川長公主的宅子做自己的府第，這還嫌不足，於是又強行拆遷宅子旁的民屋，以擴大自己的府宅，弄得民怨沸騰。更離譜的是，安樂公主又盯上長安城裡的昆明池，要中宗將昆明池給她。但這次唐中宗倒明白了一點，沒有答應她的非分要求。安樂公主大怒之下，又強拆無數民宅，硬是在長安城裡又開鑿了一個「定昆池」，意思是定要超過昆明池。然後為了填充自己偌大的庭院池宅，安樂公主又縱使家奴外出，到處強搶百姓的兒女，做為自己的奴僕侍婢。這其中，有個叫趙履溫的小人最為可恥，他不惜傾國家資財為安樂公主大修宅第，「築臺穿池無休已」，在野蠻拆遷老百姓房子時也最賣力。此人也算是朝廷命官，但為表現巴結公主的誠心，居然掖起自己的紫衫袍，親自把公主坐車的韁繩套在自己脖子上給公主拉車。然而，後來李隆基兵變時，安樂公主被殺，趙履溫飛奔到安福樓下對李隆基的老爹李旦「舞蹈稱萬歲」，李旦雖然懦弱，但恨透了這個聲名狼藉的傢伙，於是「聲未絕，相王令萬騎斬之」，這小子喊「萬歲」的音還沒有落，李旦就命軍兵將他砍了。頗受其苦的老百姓們沖上前，將這廝的肉割走，不一會，就只剩下了骨頭架子。

安樂公主的新宅，正是在這種情況下蓋成的。豪華新宅的背後，不知有多少人的血淚在淌。然而，沉醉在物欲海洋中的安樂公主，是不會顧念到這些的。而且，她也不會料到，她這座豪華的新宅子，只能再住上半年的時光。景龍四年（七一〇年）六月，中宗暴死。據傳為安樂公主和韋后母女倆下毒所致。李隆基和太平公主在暗中已經佈置好了兵變的計畫，對於這一切，頭腦簡單的安樂公主絲毫沒有察覺。當軍兵衝進她的宮室時，她還在照著鏡子，結果被一刀殺死。她的人頭後來被掛在天津橋上示眾。接著新皇帝頒詔，去掉她的公主封號，改稱為悖逆庶人。此時，她只有二十六歲。相比之下，她的同胞姐姐長寧公主沒有她那麼驕橫，那麼霸道，卻得以平安終老。正所謂「財大禍也大」，受用太過，是禍非福。

三、儂本多情——玉真公主

在唐代諸公主中，有一個非常獨特的現象就是好多公主自願出家為女道士。這其中最有代表性的就是唐睿宗李旦的九女兒玉真公主了。

雖然太平公主應該算是最早出家為道的，但前面也說過，太平公主的出家只是掩吐蕃人之耳目罷了。等風聲一過，太平公主就又風風光光地嫁人，而且還嫁了不止一次。所以真正一生住進「道觀」，開公主當女道士之先的就是這位玉真公主了。但是，大家可不要認為，當了女道士後，就立馬「緇衣頓改昔年妝」，過枯井空潭一般的寂寞日子。與此相反，唐代出家的公主過得比嫁人的公主更滋潤，她們的道觀華麗異常，以至於惹得大臣上奏，勸皇帝不要因過於溺愛公主而大修道觀，靡費國財。可李旦的做法是，一方面稱讚這個大臣說得對，另一方面掉過頭去卻依然一切照舊，將玉真公主的道觀建得比皇宮還華麗。

唐玄宗李隆基繼位後，對九妹玉真公主也是十分親切，倍加關懷。這不能不提起這樣一件舊事：玉真公主是唐玄宗的親妹妹，而且是一母所生。他們母親竇德妃被聽人讒言的武則天叫到宮中秘密處死，連屍首也不知所終。到了玄宗做了皇帝後，將宮中掘地三尺，幾乎翻了個遍，也沒有找到母親的屍骨。他們的母親死時，李隆基才九歲，玉真公主只有兩三歲。共同遭受失母之痛的兩兄妹，在互相安慰中度過了那段陰霾的日子，因此這兩兄妹之間的感情，自然要比一般的皇家兄妹濃得多。所以玉真公主雖然出家，但照樣錦衣玉食，不亞於宮中。李群玉〈玉真觀〉詩云：「高情玉女慕乘鸞，紺髮初簪玉葉冠」，《全唐詩》中附小注一條：「公主玉葉冠，時人莫計其價」。玉真公主的物質生活之豐富可想而知。《開元新制》云：「長公主封戶二千……主不下嫁，亦封千戶，有司給奴婢如令。」也就是說，玉真公主雖然入道，但照樣可以吃國家財政飯，依然有千戶人的賦稅收入供其開支。

作為女道士的玉真公主，雖然不正式下嫁某個男人，但是她隨時可以和自己中意的男人來往，而且和她來往的男人可都不是一般俗人，這裡面就有放在整個盛唐詩卷中也稱得上大名鼎鼎的王維、李白、高適等人。

如何連帝苑，別自有仙家——王維和玉真公主的故事

卷一二七九【奉和聖制幸玉真公主山莊因題石壁十韻之作應制】王維

碧落風煙外，瑤臺道路賒。如何連帝苑，別自有仙家。此地回鑾駕，緣谿轉翠華。
洞中開日月，窗裡發雲霞。庭養沖天鶴，溪流上漢槎。種田生白玉，泥灶化丹砂。
谷靜泉愈響，山深日易斜。御羹和石髓，香飯進胡麻。大道今無外，長生詎有涯。
還瞻九霄上，來往五雲車。

這首詩是王維和皇帝一起到玉真公主的山莊時寫的，從詩句中看，似乎非常一般，不外乎就是稱頌公主的山莊是人間仙境，公主超凡脫俗，渾似仙人天女罷了。然而，細查王維和玉真公主的關係，還真是不那麼一般。

我們來看《唐才子傳》上有這樣一段文字：

維，字摩詰，太原人。九歲知屬辭，工草隸，閑音律。岐王重之。維將應舉，岐王謂曰：「子詩清越者，可錄數篇，琵琶新聲，能度一曲，同詣九公主第。」維如其言。是日，諸伶擁維獨奏，主問何名，曰：「〈鬱輪袍〉。」因出詩卷。主曰：「皆我習諷，謂是古作，乃子之佳製乎？」延於上座曰：「京兆得此生為解頭，榮哉！」力薦之。

這就是「鬱輪袍」故事的出處。王維首次應試是在開元八年（七二〇年），結果卻落第。看來當時科舉中的潛規則也挺厲害的，不拜謁一些名人權貴，也很難高中。於是王維就在甯王、岐王（都是玄宗的兄弟）府中出入，第二年將應舉時，岐王就勸他去「九公主」的府上。九公主即玉真公主，有的地方說成是太平公主，大錯特錯，太平公主死時王維才十二歲，他們不可能有什麼故事。於是出現了這樣一幕：「妙年潔白，風姿鬱美」的王維懷抱琵琶，像個歌妓一樣在酒宴間為玉真公主獻藝。玉真公主聽了王維演奏的〈鬱輪袍〉後，才又看過王維的詩文，並對王維的才氣大大地誇獎了一番。

關於此事，我們仔細推想一下，就會發覺這似乎是個粉紅陷阱，岐王和王維關係既然也相當好，直接和考官說句話推薦一下，不就得了。何必非要找玉真公主？而且大家看岐王安排王維出場的情景，根本不像介紹一個文人學子，倒像是招呼自己的家妓出來待客一樣。十有八九，天真幼稚、有才有貌的王維實際上成了岐王給自己的小妹妹玉真公主物色好的情人。唐朝公主一向如狼似虎，玉真公主當時已是三十多歲，閱男人多矣，很難相信飲宴之後的王維不會和她發生什麼故事。於是在玉真公主的舉薦下，王維如願以償地高中了。

這時候，公主們的行為似乎也有所收斂，不像千金公主、太平公主那樣肆無忌憚地大玩男寵，而且有過二張、崔湜等人聲名狼藉的前例，男人們也不好意思公然地以做公主的情人為榮。然而，細心考證一番，不難發現，王維和玉真公主還是藕斷絲連的。

大家細看王維的年譜，會發現王維因事被貶為濟州參軍，這是一個九品小官。但是四年後，王維棄官悄悄地回到了長安，他在長安閒居了七八年，這期間沒有任何官職。然而，就在這段時間裡又發生過我們熟知的另一個故事，那就是孟浩然鑽床底的那件事：開元十七年，孟浩然到長安來求官，這天他正好在王維府上聊天，唐玄宗突然駕到，嚇得老孟鑽到床底下去了。王維見玄宗情緒不錯，於是說出了孟浩然在此的事情。玄宗也沒有見怪，還讓孟浩然吟首詩聽聽。結果老孟賴狗扶不上牆頭去，哪首不好念，念了首什麼「不才明主棄，多病故人疏」的詩，惹得唐玄宗大為不悅，老孟的官運也就此被封殺。

這故事想必大家都聽過，但其中卻有很多疑點，孟浩然和王維是朋友，又是兩個大男人，在一起談談詩文有什麼不可以的，往床底下鑽個什麼勁兒？再者，玄宗為什麼到王維家去串門？還來得這樣突然。就算皇帝到大臣府上去，一般也是前呼後擁，早有太監之類的前去通知準備，大臣早就恭迎在大門外了，怎麼會出現這樣的情況？皇帝倒像是學生公寓裡查宿舍衛生的，說來就來？所以我們可以推測，王維此段時間定是常住在玉真公主居處。可能這天正好公主不在，出去玩了，孟浩然想開開眼界，看看公主住處什麼樣兒，王維就私自請了他來，所以皇帝一來，他才嚇得朝床底下鑽。而且正因為是在玉真公主的住處，以玄宗的兄妹情深，肯定不時來看看；玄宗兄妹間親密得很，一切禮儀從簡，也並不會事先傳報什麼的，故而才有這個故事。

「雲裡帝城雙鳳闕，雨中春樹萬人家」[21]，禁宮中、玉觀裡帷幕重重的背後，隱藏著溫文爾雅的大唐才子和公主的情緣，只是隨著時光的遠走，這背後的故事已是此情可待成追憶，只是當時已惘然。

相看兩不厭，只有敬亭山——李白和玉真公主的不了情

卷一六七十【玉真仙人詞】
玉真之仙人，時往太華峰。清晨鳴天鼓，飆欻騰雙龍。
弄電不輟手，行雲本無蹤。幾時入少室，王母應相逢。

這首〈玉真仙人詞〉是唐朝第一大詩人李白所作。這是在開元十七年時，李白和玉真公主見面時寫下的。李白一生好道，玉真公主怎麼說也是修道之人，和道家方面的人頗有些來往。於是經人推薦，李白得以和玉真公主相會。太白寫詩豪放不羈，雖然在公主面前，也不失飄逸狂放的本色。什麼「鳴天鼓」「騰雙龍」「弄電行雲」之類的，把玉真公主寫得像九天玄女一般地浪漫，比起王維那篇拘謹呆板的詩來要好得多。太白本性就是個飛揚跳脫、風流多情的人物。《全唐詩》中有李白這樣一首詩，題為〈白微時，募縣小吏。入令臥內，嘗驅牛經堂下。令妻怒，將加詰責。

白亟以詩謝云〉：「素面倚欄鉤，嬌聲出外頭。若非是織女，何得問牽牛。」我們看，當時的小李白，就敢和縣令夫人調笑。在此詩中，李白牽了牛跑到縣令的後堂臥室中吵鬧，縣令夫人就在帳後露出半彎玉臂，探出頭來斥責李白，小李白不但不怕，還吟了這樣一首詩，詩中也充滿調笑之意，自稱為牛郎，把縣令夫人比喻成織女。由此可見，太白生來就是個風流種子。

所以嘛，當太白遇上玉真公主後，肯定會有一些故事的。可是太白來的時機卻也太不巧了，我們前文說過，開元十七年時，王維正好也回到了長安，此時的王維和玉真公主可能正甜甜蜜蜜哪。這裡也可以解釋一下這個問題。有不少人疑惑，為什麼李白和王維雖為同時代的兩大詩人，他們也都和孟浩然關係不錯，但他們彼此的詩作中居然誰也沒有提過誰？其實答案正在這裡，王維和李白都是玉真公主的情人，既有這種關係，他們當然都不願意搭理對方。

說來玉真公主一開始對李白並不是太好，她曾把李白晾在「玉真公主別館」裡好多天，一直不管不問。玉真公主有好多住處，像玉真觀、安國觀、山居、別館之類的。所以她幾個月不來這裡也很稀鬆平常。李白因此寫了〈玉真公主別館苦雨贈衛尉張卿二首〉，發了一會兒牢騷後悵然而去：

秋坐金張館，繁陰晝不開。空煙迷雨色，蕭颯望中來。
翳翳昏墊苦，沉沉憂恨催。清秋何以慰，白酒盈吾杯。
吟詠思管樂，此人已成灰。獨酌聊自勉，誰貴經綸才。
彈劍謝公子，無魚良可哀。

但是玉真公主對李白並未完全忘情。天寶年間，在玉真公主的推薦下，玄宗宣李白入京，封他為翰林學士，並曾有「御手調羹，龍巾拭吐」之寵。但李白毛病不少，一是太狂妄，二是好喝酒，整天醉得昏天黑地，「天子呼來不上船」[22]，天子都叫不醒，公主恐怕也叫不動他。李白和同僚間的關係也十分差，他看別人不順眼，別人看他更不順眼，另外又得罪了高力士等人。於是天寶三年，唐玄宗只好將他「賜金放還」，但此時玉真公主並不同意，於是玉真公主賭氣對玄宗說：「那將我的公主名號去掉吧，包括封邑中的財，也都去掉。」玄宗開始不答應，但玉真公主還是堅決散去了財產，辭掉公主的名號，並離開京城，遠去安徽宣城修道。這時候玄宗有了楊貴妃在側，不是說凡事都依著自己的妹妹玉真公主了。所以雖然知道公主是在賭氣，也沒有再順著她的意思，聽任她去除名號，散財修道。

李白終其一生，都對玉真公主充滿愛慕之情。李白有一首廣為流傳的詩〈獨坐敬亭山〉：「眾鳥高飛盡，孤雲獨去閒。相看兩不厭，只有敬亭山。」如果不瞭解這首詩的背景，還以為太白真對著座山發愣哪。其實玉真公主後來正是在安徽敬亭山上修煉，所以李白對著敬亭山，終日心馳神往。太白又曾有詩〈寄從弟宣州長史昭〉道：「常誇雲月好，邀我敬亭山。五落洞庭葉，三江遊未還。相思不可見，歎息損朱顏。」這其中的相思之情，不可謂不深，太白和玉真公主的情緣，可謂不淺。

也許就像太白和玉真公主這樣，在歲月深淵，望明月遠遠，挺好。

西元七六二年，玉真公主去世，時年七十多歲，葬於敬亭山。李白也於同一年死於敬亭山下的當塗縣。

註

19 出自宋·張炎《詞源》。

20 出自《紅樓夢》第二回，智通寺門聯。

21 出自唐·王維〈奉和聖制從蓬萊向興慶閣道中留春雨中春望之作應制〉。

22 出自唐·杜甫〈飲中八仙歌〉。

卷四　公主琵琶幽怨多——和親公主卷

這裡之所以將遠去異國他鄉和親的公主們單列一卷，是因為雖然同為公主（當然其中有些並非嫡親的公主），但她們的一生卻和前面的太平公主、玉真公主等大不相同。留在國內的公主，大都平安一生，富貴終老，駙馬爺低聲下氣地服侍著。但和親公主們的境遇卻大大地不同：她們辭親離鄉，去國千里，杳無歸期，玉貌花顏，漸漸老去，在漫天風沙中凋零。

《紅樓夢》中有這樣一曲歌，名為〈分骨肉〉，那些和親公主們的心緒應該亦是如此：

一帆風雨路三千，把骨肉家園齊來拋閃。
恐哭損殘年，告爹娘，休把兒懸念。
自古窮通皆有定，離合豈無緣？
從今分兩地，各自保平安。
奴去也，莫牽連。

但是，和親公主們在歷史上卻留下了濃墨重彩的一筆，《全唐詩》中的詩句也經常為她們或感慨，或惋惜，或代為不平，她們的故事也將永遠流傳。

一、金城公主

和親公主中最為大家熟知的應該是文成公主，這可能是因為文成公主被寫入歷史教科書。之所以做為唐朝和吐蕃和親的例子被歷史書選上，大概是這兩個原因：一是文成公主是第一個走進雪域高原的漢家公主；二是主持這次和親的是唐太宗，他是大唐實際上的開國之主，而和文成公主成婚的松贊干布，也是吐蕃王國的創建者。這兩人可都是歷史上少有的重量級人物。

然而，在唐朝當時，文成公主和親時的排場遠沒有金城公主的大，因為，文成公主只是無名宗室女——和李唐家族雖有親緣關係，也是疏遠得很，要不絕不會不提及。而金城公主和皇室的關係就比較近了，她是當時的皇帝中宗李顯的侄孫女，她的祖父就是當年被武則天逼死的太子李賢。她雖然不是嫡親的公主，但也算是非常近的皇親了。

所以，唐中宗李顯當時極為重視，景龍四年（七一〇年）正月，吐蕃人來迎親了，中宗當時還很是不捨，親自送金城公主到距長安城百里外的始平縣。中宗李顯雖然昏庸懦弱，是有名的綠帽皇帝，但此人也有優點，就是比較善良，容易動感情，「帝悲啼歔欷」，中宗當場淚下沾襟，為了給金城公主祈福，特赦始平縣的死因不死，並免老百姓一年徭役，更將始平縣改名為金城縣。當時中宗那批修文館的學士也紛紛做詩送別，這就是題名為〈送金城公主適西蕃應制〉的這樣一組詩，我們且看一下當時尚為青年才俊的張說所寫：

卷八十七 三【奉和聖制送金城公主適西蕃應制】張說

青海和親日，潢星出降時。戎王子婿寵，漢國舅家慈。

春野開離宴，雲天起別詞。空彈馬上曲，詎減鳳樓思。

此詩作為應制詩，基本上也是平鋪直敘，「青海和親日」，因公主入吐蕃要從青海邊過，故有此稱，「潢星出降時」，潢星，指皇族。公主下嫁稱「出降」，說了這十個字，無非就是「公主和親了」。「戎王子婿寵，漢國舅家慈」是說吐蕃王得了唐廷子婿般的寵愛，漢家人從此成了吐蕃的舅舅家了，這倒並非虛言，據說後來藏族老人常以「舅舅」的稱謂尊稱來自長安附近的漢族男子。接下來，張說描寫了在曠野中設宴送別金城公主的情景：「春野開離宴，雲天起別詞」，最後借用昭君出塞的典故，說「空彈馬上曲，詎減鳳樓思」，公主寂寞時只有彈一下思鄉的琵琶，但這又怎麼能減去她對故鄉的思念呢？

其他的文人也紛紛替公主感傷，像閻朝隱就說「回瞻父母國，日出在東方」，唐遠悊道「那堪桃李色，移向虜庭春」，徐堅曰「簫聲去日遠，萬里望河源」……然而，感嘆歸感嘆，金城公主還是要走的，她不得不離開熟悉的故鄉和親人，走入一個完全陌生的世界。

唐中宗大概心腸確實比較軟，他誠心誠意地想對金城公主好一點，於是當一個月後，金城公主已經走到了吐蕃時，他又宣佈將唐朝的河源九曲之地贈予吐蕃，追加為金城公主的陪嫁，說是「為公主湯沐」。當然這只是託辭而已，公主怎麼可能到黃河裡去洗澡，再說洗個澡，又哪裡用得上黃河之水？這和送人幾萬元，卻說讓「喝茶」用的意思差不多。

但中宗這一窮大方不要緊，留下了無窮後患，所謂河源九曲之地，是在黃河上游，現在的湟水谷地和洮河一帶。此地物產豐富，又多出產馬匹，吐蕃盤踞此地後，嚴重威脅到唐王朝的安全。後來在此地征戰不斷，成為唐朝的心腹大患。唐中宗當初的「好心」，反而成了惹事的苗子，比後晉石敬瑭割讓幽雲十六州之舉還糟糕。

金城公主嫁入吐蕃後，有這樣兩個傳說，一個傳說是：金城公主本來要嫁的是吐蕃國年輕英俊的王子，哪料想王子迎親途中，奔馳過快，不慎墜馬摔入深谷，從而命喪黃泉（一說為他人暗中加害）。公主走到半路，聽到這個消息，驚得手中寶鏡滑落，摔成兩半，變成兩座山，這就是現在青海境內的日月山。王子雖然沒有了，但和親之事早已定下，不可中斷，沒辦法只得嫁給了王子的老爹赤德祖贊，作一偏妃。

另一傳說是：金城公主生了一個王子，叫赤松德贊，但是一直沒有孩子的大妃子納朗妒火中燒，仗著金城公主人生地不熟的，於是她派人將公主剛生出來的嬰兒搶走，然後宣稱孩子是她的。直到一年多後，經多番周折，兒子才又回到金城公主身邊。

以上兩個故事，和真實的歷史資料有很多不吻合之處，不過從這些故事裡，我們似乎也能感覺到，金城公主過得並不是很如意。這也難怪，金城公主雖然嫁過去了，但是唐朝和吐蕃還是經常開戰，她如何能過得安穩呢？她的心情誰又能體會？

一百年後，晚唐詩人雍陶寫下一首詩〈陰地關見入蕃公主石上手跡〉：「漢家公主昔和番，石上今餘手跡存。風雨幾年侵不滅，分明纖指印苔痕。」雖然他寫的是另一位和親的崇徽公主（嫁

二、宜芳公主

卷七一【虛池驛題屏風】

出嫁辭鄉國，由來此別難。聖恩愁遠道，行路泣相看。
沙塞容顏盡，邊隅粉黛殘。妾心何所斷，他日望長安。

唐代和親公主不少，但相關的詩作卻多是他人有感而發時所寫，真正出於公主本人手筆的，大概只有宜芳公主（《全唐詩》中誤錄為「宜芬公主」）這一首詩了。而且在歷代和親公主中，最為悲慘的大概就是這位天寶四年，被派去北方和奚族人和親的宜芳公主。談起和親來，人們經常感嘆的是「一去紫臺連朔漠，獨留青塚向黃昏」[23]的王昭君，但王昭君作為一個宮女，如果沒有和親一事，最有可能的結局是終老宮中，正所謂「君不見咫尺長門閉阿嬌，人生失意無南北」[24]，可能還不如遠嫁更好些。並且她雖遠在他鄉，青塚獨立，但畢竟是平安到老而死。而這位年僅十幾歲的宜芳公主來到北方，和蠻族頭目奚王和親後，過不到半年，這些北方狼族就起兵叛唐，而他們第一件要做的事，就是將唐朝的公主殺掉祭旗！於是可憐的宜芳公主，就這樣慘死在刀下。

關於宜芳公主，《全唐詩》中是這樣介紹的：「公主本豆盧氏女，有才色。天寶四載，奚霫無主，安祿山請立其質子，而以公主配之。上遣中使護送，至虛池驛，悲愁作詩一首。」這裡說的可能不是太準確，《全唐詩》中的資料訛誤甚多，不能全信。據《資治通鑑》和兩唐書上說，宜芳公主是唐玄宗的外甥女，姓楊，臨時被冊封為「宜芳公主」。我們看一下睿宗諸公主即唐玄宗的姐妹諸人，無一人所嫁駙馬姓楊。然而唐中宗的女兒中，安樂公主的姐姐長寧公主嫁的是楊慎交，他們的女兒，也應該算是唐玄宗的外甥女。所以宜芳公主極有可能就是楊慎交和長寧公主的小女兒。長寧公主是韋后親生，韋后被殺後，她雖然沒有被誅殺，但也被驅出京城，她那豪闊無比的府第也被沒收和變賣。我們知道和親這差事，絕不是什麼好事，所以在唐朝鼎盛時沒有皇帝親生女兒去和親的。尤其是北方的這些蠻族，忽降忽叛，更是危險。因此這倒楣的差事，就安排到楊家小妹妹頭上了。查兩唐書中的記載，此時她父親楊慎交已經死了，母親長寧公主又嫁了一個叫蘇彥伯的人，真可謂是「爹死娘嫁人，各人顧各人」，退一步說，即便是她母親想幫她說話，但「勢敗休云貴，家亡莫論親」[25]，又能如何呢？皇帝的聖旨一下，誰又能違抗？

太監們捧著黃綾鑲裱的聖旨來了，她被加封為「宜芳公主」，她和親族們一起歡呼叩謝皇恩。然而，對於她來說，正像這樣一個情景：人們牽過來要給太廟裡做祭品的牛，給它餵幾口精美的飼料，然後披上紋飾華麗的織繡，看似風光，但等待它的卻是磨得雪亮的屠刀。此時的宜芳公主是沒有選擇的，如果可能的話，她寧願不要這個「公主」的頭銜，她寧願像長安市裡普普通通的貧家女孩一樣過荊釵布裙的生活，平平凡凡地嫁一個老實厚道的男人，彼此相濡以沫，直到終老。

然而，這一切對她來說，已經是不可能的了，她只好坐上車，像一隻稚嫩的小白兔被裝進籠子，送去那天高地遠的草原，在她的印象中，那裡是可怕的狼窩。可以想像，充滿悵惘的她肯定是終日以淚洗面，在經過「虛池驛」這個地方停留歇息時，宜芳公主再也忍不住心中的悲痛，於是她提起浸透了淚滴的墨筆，在驛站的牆上題下了本篇這首詩。這是一首律詩，聲律已經比較工整，頷聯雖對仗不工，但這是盛唐時律詩的特色，總體來看還是相當有功力的，可見宜芳公主也是飽讀詩書的人。

「沙塞容顏盡，邊隅粉黛殘。妾心何所斷，他日望長安」。然而，現實比她意料中的更悲慘，她甚至沒有機會在沙塞邊隅中漸漸老去，也沒有太多的日子，登高南望她的故鄉——大唐的長安。六個月後，她就慘死在胡人的刀下，紅粉嬌女，血濺黃沙。當然，也許對於宜芳公主來說，長痛不如短痛，於她倒是一種解脫。

和親之舉，雖說對於和平有一些好處，但是片面地誇大和親的作用也是不對的。金城公主雖嫁到吐蕃，中宗還破格送上大嫁妝——河源九曲，但唐代和吐蕃的戰爭還是連綿不斷。而且對於被派去和親的公主來說，往往是一齣人生慘劇。不排除有些和親的公主過得還算可以，但很難想像彼此語言不同，生活習俗迥異的兩個人間會有很融洽的愛情，何況這其間還夾雜了很多的政治因素。

唐詩中有不少詩句就竭力抨擊和親一事，比如詩人李山甫就在〈陰地關崇徽公主手跡〉詩中說「誰陳帝子和番策，我是男兒為國羞」，又在〈代崇徽公主意〉詩中以被迫和親的公主的口吻說：「遣妾一身安社稷，不知何處用將軍」。唐朝一些英武聖明之主也對和親一事非常反感，像唐憲宗時，有大臣建議和親，唐憲宗當場背誦了詩人戎昱的〈詠史〉這首詩：「漢家青史上，計拙是和親。社稷依明主，安危托婦人。豈能將玉貌，便擬靜胡塵。地下千年骨，誰為輔佐臣。」大臣羞得臉紅脖子粗，再也無顏提和親一事。

胡漢恩仇，碧血黃沙，彼此的爭鬥廝殺中，多少人化為白骨冤魂。對於宜芳公主，知道這個名字的人似乎不多，她這首詩因藝術性不是太高也少有人提及。然而，藏在故紙堆裡似乎毫無聲息的宜芳公主的一生是那樣的可憐，從這首詩裡，我們依然能感覺到當年她那泉湧一般流出的熱淚。

三、太和公主

「雲邊雁斷胡天月，隴上羊歸塞草煙」[26]，北方的大漠，蘇武曾經待了整整十九年。當他終於又回長安城時，長安的父老百姓都爭相出來迎接他。此時的蘇武，已是鬚髮皆白，他那雙手也因在大漠中生活多年變得很粗糙，但就是這雙手，卻依然牢牢地握著漢家使者的旌節，雖然那旌節上的毛全掉光了，只有一個光禿禿的棍子。這一情景不僅使當時的君臣百姓盡皆淚下，也感動著後世的無數人，蘇武牧羊的故事也代代相傳，萬古流芳。

然而，九百年後，一個大唐公主卻也是歷盡磨難，於九死一生後得歸故土。她甚至比蘇武在異域度過的時光更長——她在胡地待了整整二十三年，她就是太和公主。想當年她遠走時，正是豆蔻年華，而如今她歸來時，卻是滿面滄桑，無復當年的少女形象。當太和公主歸來時，唐武宗和百官以極為隆重的禮儀迎接她，很多人也即席賦詩，感慨萬千，其中以李頻所寫的這首最為出色：

卷五八七 十【太和公主還宮】李頻

天驕發使犯邊塵，漢將推功遂奪親。離亂應無初去貌，死生難有卻回身。

禁花半老曾攀樹，宮女多非舊識人。重上鳳樓追故事，幾多愁思向青春。

要充分理解這首詩，還要從太和公主的故事說起：

如前所述，盛唐時期派到異國和親的公主都不是皇帝的親生女，但從唐肅宗開始，就將親生女兒甯國公主下嫁給回紇人。因為當時唐朝國力已衰，安史之亂將唐王朝折騰得極為虛弱，不得不倚仗回紇的兵馬來討伐安祿山等。但甯國公主下嫁不久，回紇老可汗就病死，回紇人甚至想拿她殉葬，公主力爭不從，回紇人當時畢竟還對唐朝有些忌憚，也沒有強迫她，不過甯國公主也不得不在喪禮上按回紇禮俗剺面（用刀在臉上劃出血痕）大哭後，才得以回國。

唐朝請回紇兵來平叛，害大於利，回紇兵仗著自己助戰有功，肆意搶掠百姓，不亞於賊寇。正所謂請神容易送神難，回紇人有好多「使臣」在京城裡賴著不走，花費全由唐朝政府開支。簡直拿自己當大爺，唐朝當孫子，正所謂「吃孫喝孫不謝孫」，這些人吃飽喝足還不老實，到處為非作歹，官府也難以禁止。回紇又借馬匹貿易和唐朝簽訂不平等協議，因此唐朝相當於每年白送回紇數萬匹絹。

唐穆宗長慶元年（八二一年），回鶻（即回紇，他們自己改了名）保義可汗請婚，唐穆宗不敢不應，許以自己的親妹妹即憲宗之女永安公主。永安公主運氣比較好，正要遠行去嫁這個老可汗，這廝先咽氣了，永安公主感動得謝天謝地謝神佛，立即要求出家，做了女道士，從此和親一事，再也和她沒有什麼關係了。然而，唐穆宗同時許下的還有一個公主，那就是他的另一個妹妹太和公主，她嫁的是保義可汗的兒子——崇德可汗。

太和公主出行時，當時很有名的詩人像楊巨源、王建等紛紛賦詩送別。其中王建這首最佳，但詩中也全是淒涼之音：

卷三〇一　三十八【太和公主和番】王建

塞黑雲黃欲渡河，風沙眯眼雪相和。琵琶淚濕行聲小，斷得人腸不在多。

太和公主萬里迢迢地來到相當於現在新疆一帶的回鶻國，回鶻王同時派出兩萬人的大軍，一隊出自安西，一隊出於北庭，防拒吐蕃，保護公主，聲勢倒也不小。但是此時的回鶻可汗極為傲慢，對公主和唐朝使臣等「坐而視」，再也不像以前的蕃王一般起立聽詔。當唐朝使臣要回去覆命時，太和公主悲痛萬分，哭得像淚人一樣。但是，沒有辦法，唐朝使臣只好眼睜睜地看著她那稚弱的嬌軀留在風沙漫天的大漠之中。

太和公主所嫁的崇德可汗，不到三年就死了。此時的回鶻一片混亂，動盪不安。因鬧雪災，凍死牛羊馬匹無數，又被吐蕃和黠戛斯（今吉爾吉斯境內的部族）擊敗，內憂外患之下，回鶻四分五裂，回鶻的可汗也是走馬燈一般換來換去，太和公主就這樣擔驚受怕地過了接近二十年。

唐武宗會昌元年（八四一年），黠戛斯攻入回鶻，俘虜了回鶻的許多貴族，其中就有太和公主。好在這黠戛斯王長著一對黑眼珠，自認是漢朝李陵的後代，見太和公主是李唐的公主，竟認作是自家人，不但沒有凌辱殺害，反而讓手下人護送公主回歸大唐。然而，正當太和公主這一行人歸心似箭，急匆匆地向大唐國土的方向趕去時，後面卻又追上來一隊回鶻的鐵騎。原來在回鶻的殘餘勢力中，一個叫烏介的人當了可汗，他派輕騎兵追上了太和公主一行人，他們殺了黠戛斯所派的人，把公主扣為人質，然後向大唐要糧要城。

唐武宗雖然脾氣暴躁，有時行事也粗枝大葉，甚至糊塗任性，但其人卻不乏英武之氣。他和宰相李德裕商議後，一方面給回鶻一些糧食，以穩住回鶻，另一方面卻伺機出兵，奪回公主。會昌三年正月，機會終於來了，麟州刺史石雄會合了沙陀人朱邪赤心，這可是皇帝爺爺（後唐莊宗李存勖的爺爺），還有一些黨項人，前去迎擊回鶻。在偵察敵情時，石雄發現敵營裡有個帳篷非常獨特，出入的人衣著也比較像漢人。於是派探子查問，結果證明，這正是太和公主的居處。石雄當下又派細作密報公主：「唐朝大軍就要迎公主回國，請公主不要驚慌，切勿亂跑亂動！」石雄派人挖地道，突襲回鶻可汗烏介的營帳，一時回鶻人大敗，連烏介可汗都帶了刀傷，只率數百人倉皇逃走。三年後，已無爪無翼的他被部下殺死。回鶻餘部被斬首者萬人，降者二萬多人，回鶻就此滅亡。太和公主也平平安安地被迎回了大唐。

太和公主得以平安歸來，大唐一吐多年來受回鶻人欺負的惡氣，自然朝野上下一片歡騰。唐武宗下令百官和所有皇親都列隊出迎，這還嫌不夠氣派，又「詔神策軍四百具鹵簿」，所謂具鹵簿，就是皇家儀仗隊，一般只在盛大的典禮上才舉行。然而太和公主卻自覺回鶻一直負恩，自己沒有起到和親的作用，自己脫去朝服，去掉簪珥，向皇帝請罪。唐武宗溫言勸慰，並改封太和公主為安定大長公主，為她另起府第，安排她居住。然而，在迎太和公主時，太和公主的姐妹宣城公主等七人，看到皇帝以這樣大的排場迎接太和公主，卻起了嫉妒之心，她們商量好了，都賭氣不來。這姐妹幾個也真是沒有良心，人家太和公主遠嫁異域，九死一生才回到故土，朝廷給再大的榮譽也是應當的。你們安安穩穩地在家裡享福，現在卻嫉妒人家，一點姐妹之情也沒有，真是可惡！反觀太和公主，經歷了這麼多的磨難，卻不居功自傲，還自謙沒有完成好和親的任務。當時唐武宗也很生氣，一氣之下，打算將這幾位元公主的封邑全部沒收後轉賜於太和公主，結果有人勸了半天，只是罰了這幾個公主一些錢就罷了。

知道了這些故事，我們再回過頭來看李頻這首詩，應該有更深刻的理解。「禁花半老曾攀樹，宮女多非舊識人」，是啊，二十多年過去了，太和公主幼時曾經攀玩的花樹都在宮廷中變粗變老了，正所謂「樹猶如此，人何以堪」？而宮中認識她的宮女也沒有幾個人了，回想這一切，當真是恍如隔世。重上宮中的鳳樓，風景依稀，仍似舊年。然而物是人非，青春不在，怎不讓她欷歔流涕，百感交集？

據說太和公主歸來後，沒有多久就去世了。然而，她一定是安安穩穩地離開的。因為，她畢竟在漂泊二十多年後又回到了故鄉，又看到了長安的桃花。經歷了這許多年的飄零離亂，終於能長眠在家鄉的黃土中，對她來說是多麼幸福的事，她已經很滿足了。

註

23 出自唐・杜甫〈詠懷古跡五首其三〉。

24 出自宋・王安石〈明妃曲〉。

25 出自《紅樓夢》第五回。

26 出自唐・溫庭筠〈蘇武廟〉。

卷五　月過金階冷露多——宮女卷

說起宮女，她們的境況比起后妃來要慘很多。古代宮廷中也是等級森嚴，按唐朝制度，只有出身名門的貴族小姐才會成為嬪妃，而身分卑賤的宮女一般來說是無緣得以親近皇帝，博得寵幸的。退一步說，即使有可能得到皇帝的寵幸，並生下皇子、皇女，也未必就能翻身，因為宮女們生下來的皇子算是庶出，往往很難被立為太子。還有一種經常有的情況就是，沒有生育過的皇后娘娘或者寵妃直接將人家的兒子強收在自己名下，成了她們的兒子，而身為生母的宮女卻連句話也不敢說。

身為宮女，在後宮如此眾多的粉黛中，只是萬花叢中的一朵，大多數宮女，只是毫無聲息地度過一天又一天單調而蒼白的日子。她們的如花容顏，金子一般的青春歲月，都在這些無奈的日子裡如流沙一般在指縫裡洩落，留不住，挽不回，逃不掉。

而且身為宮女，比起養尊處優的后妃來更加辛苦得多。我們看電影《滿城盡帶黃金甲》，第一組鏡頭便是宮女們早早起床、疊被、梳妝，非常地整齊劃一，堪稱半軍事化的管理模式。在真實的宮廷中，雖未必和電影上演的完全一樣，但宮中制度也是相當嚴格的，宮女也要擔任好多工作，除在皇帝后妃身邊侍候外，皇帝的衣服、飲食、甚至書籍等雜物都各有宮女負責。唐代宮中女官有「六尚」。「尚」即「司」，管理之意。為皇帝管衣裳的宮女，其負責人稱為尚衣，同樣，管膳食的女官，稱為尚食，管文書的女官，稱為尚書。但這個名和朝廷上的尚書重複了，為區別起見，故一般稱內尚書。她們都是宮中的女官，也有品級，一般是正五品。

但是，這宮裡的正五品女官遠不如外面的五品官舒服，人家那可是一方父母官，整日威風八面，俗話說「滅門的府尹，破家的知縣」，誰敢不服？而宮女們做的這種女官，整日裡戰戰兢兢，一不小心，滅的就是自家的門，破的就是自己的家。因為「皇帝面前無小事」，哪一點讓皇帝不如意了，就可能惹來塌天大禍。據說明代那幾個想勒死嘉靖皇帝的宮女，正是因為有人進獻了一隻五色神龜，說是祥瑞之物，其實是拿顏料染的。嘉靖皇帝這昏君哪裡知曉，當時大喜，命宮女好好養著。然而此「神龜」不久就死了，十有八九是因顏料有毒而亡，宮女見神龜死了，嚇得精神崩潰，自知難逃一死，才幹出想先下手勒死皇帝的事情。所以宮女在宮中，被責打、甚至處死都是常事。

當然，話說回來，宮女的生活也並非如同身處集中營，尤其是在唐朝，一般來說皇帝還是比較開通的，也沒有明代那種毫無人性的宮女殉葬制度，宮女的生活也相對寬鬆自由。加之一些小宮女天性活潑，本愛玩鬧，還是有一些開心的事情的。有詩曰「宮人團雪作獅子，笑把冰簪當玉釵。」[27]另外，唐朝宮廷中宮女們的體育活動也是很豐富多彩的，像「蹴鞠」（類似現代足球）就是宮中常玩的遊戲。王建〈宮詞〉中曾寫道：「宿妝殘粉未明天，總立昭陽花樹邊。寒食內人長白打，庫中先散與金錢。」所謂白打，是指兩人對踢。唐朝時流行打馬球，指騎在馬上，以棍擊球。這須有精熟的騎術和充沛的體力。然而，唐朝宮女們也多擅此技，沈佺期〈幸梨園亭觀打球應制〉云：「宛轉縈香騎，飄颻拂畫球。俯身迎未落，回轡逐傍流。只為看花鳥，時時誤失籌。」就是描寫宮女們打球的情景。唐朝宮女還經常有伴駕出獵的機會，老杜有詩〈哀江頭〉曰：「輦前才人帶弓箭，白馬嚼齧黃金勒。翻身向天仰射雲，一箭正墜雙飛翼。」看來宮女們的箭術也很了得。

對於宮女們的玩鬧，唐朝皇帝一般並不禁止。有些皇帝還主動發起一些玩樂活動，最有代表性的是唐中宗李顯。說來歷史上有很多君主當皇帝不稱職，別的方面倒挺有專長的。比如宋太祖見到南唐後主李煜時曾評價他說：「乃一翰林學士耳」，確實李煜當個翰林學士倒比較合適。而唐中宗李顯，此人當皇帝大大地不及格，但舉辦的娛樂節目種類多，他曾讓宮女們在宮裡擺攤賣東西，還讓大臣來當顧客，彼此還價吵嘴，愈熱鬧愈好。又讓宮女和大臣們拔河，結果有兩個老大臣年老體衰，跌到地上半晌爬不起來，於是中宗和韋后及眾宮女大笑。中宗還放縱宮女們元宵節時出去看燈，結果史書稱宮女皆「淫奔不還」，中宗也不追究。看來中宗雖是綠帽皇帝，為人卻真厚道。

然而這樣的機會，還有這樣的歡笑，實在是少之又少，大多數宮女還是終老宮中，她們在寂寞深宮中每天都是同樣的單調與無聊。在這裡過了一千年，也同一天差不多，一天一天，一夜一夜，聽宮中的夜漏，看天空的牽牛織女星，彈指紅顏老剎那芳華。這就是所有宮女的悲哀。

唐詩中寫宮女的詩不少，單是王建就寫有「宮詞」一百首。但是描寫最細膩，也最能反映出大多數宮女一生寫照的，應該是白居易的這首〈上陽白髮人〉：

卷四二六七【上陽白髮人】白居易

上陽人，紅顏暗老白髮新。綠衣監使守宮門，一閉上陽多少春。
玄宗末歲初選入，入時十六今六十。同時採擇百餘人，零落年深殘此身。
憶昔吞悲別親族，扶入車中不教哭。皆云入內便承恩，臉似芙蓉胸似玉。
未容君王得見面，已被楊妃遙側目。妒令潛配上陽宮，一生遂向空房宿。
宿空房，秋夜長，夜長無寐天不明。耿耿殘燈背壁影，蕭蕭暗雨打窗聲。
春日遲，日遲獨坐天難暮。宮鶯百囀愁厭聞，梁燕雙棲老休妒。
鶯歸燕去長悄然，春往秋來不記年。唯向深宮望明月，東西四五百回圓。
今日宮中年最老，大家遙賜尚書號。小頭鞋履窄衣裳，青黛點眉眉細長。
外人不見見應笑，天寶末年時世妝。
上陽人，苦最多。少亦苦，老亦苦，少苦老苦兩如何。
君不見昔時呂向美人賦，又不見今日上陽白髮歌。

這首詩，將宮女們的愁悶之情描繪得淋漓盡致，其實「紅顏暗老白髮新」一句就概括出宮女們一生的縮影。白居易的一些敘事詩往往摹寫得過為細緻，雖未免不夠含蓄，但也能讓我們對宮女的遭遇有更詳細的瞭解。在此詩中，這個宮女是玄宗天寶末年選進宮的，當時還是正值豆蔻年華的十六歲少女，而現在卻已是六十歲的老嫗。「十六」輕輕顛倒一下，就是「六十」，而這其間又有多少辛酸之淚？當年被選入宮時，忍痛離開父母親人，而入得宮後，根本見不著皇帝的面，就被心懷嫉妒的楊妃下令打入冷宮！饒你花容月貌，「臉似芙蓉胸似玉」，到了上陽宮，就只能天天坐牢一般守著空房冷窗。這句「耿耿殘燈背壁影，蕭蕭暗雨打窗聲」和《紅樓夢》中林妹妹〈葬花吟〉中的那句「青燈照壁人初睡，冷雨敲窗被未溫」倒是有些相似，然而這個「上陽白髮人」應該比林妹妹更淒苦，林妹妹還經常有寶哥哥來哄，而她在這裡，如墮無底黑獄，看不著一絲光明和希望。

就這樣，「年年歲歲花相似，歲歲年年人不同」[28]。夜夜望著月亮圓了又缺，缺了又圓，不經意間，滿頭青絲已成了如雪的白髮，她老了，再不是那個「臉似芙蓉胸似玉」的美人了。這時候，她的心早成灰了。然而，就在這時，皇帝忽然想起了她，因為數來數去宮中就她年紀最大了，也算是宮女中的老前輩了，於是給她加封了一個「內尚書」的名號。按理她該高興吧？然而，看看自己這模樣，已成為雞皮鶴髮的老太太，並且光這身打扮就夠讓外人笑話的了——她還穿著天寶時的裝束，被幽禁了這麼多年，她根本不知道現在流行什麼。所以不要只看表面上詩中貌似輕鬆的自嘲，其實骨子裡是刻骨的沉痛！正所謂「上陽人，苦最多。少亦苦，老亦苦，少苦老苦兩如何」。真是怎一個苦字了得！

如果覺得白居易這首詩不夠含蓄，缺乏咀嚼的回味，那麼就請讀張祜這首詩：

卷五一一 四十【宮詞】張祜

故國三千里，深宮二十年。一聲何滿子，雙淚落君前。

三千里外的家鄉，二十年來的深宮，一聲歌，兩行淚，這就是宮女們的一生。

以上只是唐代詩人寫宮女生活的詩句，那麼宮女們自己寫的詩又是怎麼樣的呢？我們從《全唐詩》選幾首來看一下。

一、開元宮人

卷七九七 二【袍中詩】開元宮人

沙場征戍客，寒苦若為眠。戰袍經手作，知落阿誰邊。

蓄意多添線，含情更著綿。今生已過也，願結後生緣。

這首詩有一個故事：開元年間，唐玄宗令宮女們為邊庭將士縫製棉衣。結果這些棉衣發到兵士手中時，有一位士兵居然在棉袍中發現了一首詩，就是本篇這首。此人不敢隱瞞，於是向主帥報告，主帥又轉奏給唐玄宗。唐玄宗將此詩遍示六宮，問是誰所寫。這時一個宮女渾身發抖，跪在地上直磕頭，口稱「萬死」，承認是她所寫。沒有想到唐玄宗並未怪罪，反而降旨，讓那個得到此詩的兵卒娶了這個宮女，並說：「朕與爾等結今生緣也」。

堪稱是二人紅娘的這首詩，寫得確實不錯。女子作詩，往往和那些飽讀詩書的老儒不同，那些專業詩人往往愛堆砌典故，賣弄文采，而此詩就一個典故不用，卻情真意摯。看了此詩，我們可以想像這樣一個情景：

寂寞深宮裡，一個宮女正在燈下縫製寒衣，對於她來說，皇帝如同遠在九霄雲外，她只有仰視的份兒。在這華麗空曠的深宮裡，找不到一絲一毫男人的氣息，對正當青春年華的宮女來說，民間的普通夫妻也讓她羨慕和憧憬。於是，一針一線縫製這件棉袍時，她自然就想到了那個穿這件棉袍的男子。他是什麼樣子呢？他的影子模模糊糊，突然一轉眼間，這個影子就變成了她多次夢中見到過的如意郎君。作為「沙場征戍客」，他在滿地寒霜的塞北，肯定是好辛苦，所以她的思緒一下子飛到了邊關，飛到這個不知名的男子身上。她「蓄意多添線，含情更著綿」，把這件棉袍縫得結結實實，又厚又暖。一針一線中，也縫進去她的滿懷柔情。然而，情歸何處？渺無所依。她不知道他的名字，他更不可能到禁宮來通達消息！想到這裡，宮女不禁滿面淚痕，「今生已過也，願結後生緣」，只有期待來世的姻緣了。

然而，這個宮女沒有想到的是，她中大獎了。難得皇帝心情好，不但沒有怪罪她，反而下旨賜婚，這個宮女真是喜從天降。對於古代女子，大多數人都是「父母之命，媒妁之言」，成親前沒有見到自己老公什麼樣的不在少數。這個開元宮女由此詩而離開金絲籠一般的禁宮，得以過上世間正常夫妻的生活，應該已經心滿意足了。

說來唐玄宗此舉鼓動了宮女私傳條子談戀愛的風氣。經此一事後，唐朝宮女們紛紛各顯神通，拚命找機會寫「情詩」傳到宮外，以求再有這樣的好運。別說，還真又有不少成功的例子。

二、天寶宮人

卷七九七　三【題洛苑梧葉上】天寶宮人
一入深宮裡，年年不見春。聊題一片葉，寄與有情人。

這位天寶宮人就是又一個讓宮女們羡慕的例子。自從那位開元宮人因詩得佳婿後，宮女都紛紛想仿效，但那種機緣也是可遇不可求。於是宮女找來找去，發現能走出禁宮，可以接觸到宮外世界的，只有這御溝中的流水了。所以宮女靈機一動，她們題詩在樹葉上，再讓葉子隨水飄出宮去，以期有心人能看見。

可想而知，宮女寂寞到了何等地步，她們無望地將愁懷寫滿一片片葉子，讓它隨著流水飄出宮去，然而，這種感情恰似水中浮萍，漂浮搖落，何去何依？

這位天寶宮人的梧葉，還是比較幸運的。這片梧葉，正好被大詩人顧況看到。顧況看到後，不勝感慨。天寶末年時，顧況還是一位未到弱冠之年的少年郎，和後來那個大模大樣地說「長安米貴」來嚇唬白居易的文壇大佬判若兩人，於是他就轉到了御溝的上游，也在梧葉上寫了一首詩丟了進去，就是下面這首：

卷二六七 八十五【葉上題詩從苑中流出】顧況
花落深宮鶯亦悲，上陽宮女斷腸時。君恩不閉東流水，葉上題詩寄與誰。

然而，顧況接下來卻離開了洛陽，他們之間就擦出這一星半點的火花，然後就此湮沒，毫無聲息。雖然很多情況下，也稱得上「於千萬年之中，時間的無涯的荒野裡，沒有早一步，也沒有晚一步，剛巧趕上了。」[29] 但是，真實的歷史中沒有那麼多的傳奇，有多少人，多少事，都是隨風而散的匆匆過客，也許只能存在於我們的記憶中，卻再難重現。

讓人還可以得到一絲寬慰的是，顧況的詩居然也被這個宮女拾到了，她又悲又喜，喜的是居然有人看到了她的詩，讀懂了她的心，悲的卻是，她依舊無法越過這禁宮中的高牆，來到那片自由的天空下。悲喜交集之餘，她又寫了一首詩，題在紅葉上飄出：

卷七九七 四【又題】天寶宮人
一葉題詩出禁城，誰人酬和獨含情。自嗟不及波中葉，蕩漾乘春取次行。

是啊，正如莊子所說：「澤雉十步一啄，百步一飲，不蘄畜乎樊中。神雖王，不善也」。宮女們雖無衣食之憂，但是她們失去的卻是人生中最可寶貴的東西——自由。於是她羨慕水波中那片葉子，它可以自由地走到外面的天地。王建有首宮詞寫道：「宮人早起笑相呼，不識階前掃地夫。

三、德宗宮人

卷七九七　五【題花葉詩】德宗宮人

一入深宮裡，無由得見春。題詩花葉上，寄與接流人。

天寶宮人雖然沒有結成良緣，但眾多宮女還是前赴後繼，矢志不移地努力。到了德宗年間，葉上題詩終於又造成了一對如意鴛鴦。

這個宮女倒在記載中留下了名字，她叫鳳兒，是宮中王才人的養女。她在花葉上寫了這首詩扔到御溝中，大概也就像我們參與抽獎活動差不多的意思，可能自己也沒有抱什麼太大的希望。然而，她寫的這首詩被一個叫賈全虛的新科進士看到了。這人雖然名字叫「賈全虛」，但卻有一番真情意。他拿著這片花葉，竟然癡了，於是天天都在御溝邊徘徊。真可謂：「向來癡，從此醉」。他常在御溝邊溜達不要緊，可引起了皇家警衛的高度注意。這天賈進士又悄悄地來到御溝邊，還探頭探腦地向宮中眺望。宮中的大內高手愈看他愈像恐怖分子，於是火速出動，將他拿下。如此大案要案，金吾大將也不敢隱瞞，直接稟告了德宗皇帝。皇帝十分重視，親自審問，原來卻是這麼一樁風流公案。於是按唐朝宮裡的「傳統」，德宗下旨，將這個宮女鳳兒指婚給賈全虛進士。德宗皇帝雖然在歷史上算不得明君，但這件事處理得倒還算入情入理。

說來鳳兒嫁的這個男人，比縫袍子的那個開元宮人嫁的要好很多，還是個進士出身。對於宮女來說，這樣的姻緣甚是難得。不過就鳳兒寫的詩來看，水準卻相當一般，四句詩基本上是借鑑，甚至說是抄襲了天寶宮人的詩句和詩意，並無特別過人之處。然而，寫好詩就能遇到好姻緣嗎？這可未必，但下一篇就是個詩好，姻緣又好的故事。

四、宣宗宮人

卷七九七 六【題紅葉】宣宗宮人

流水何太急，深宮盡日閒。殷勤謝紅葉，好去到人間。

這首名為〈題紅葉〉的詩，是唐宣宗時的一位宮女所作。後來人們知道，她姓韓，因此又稱她為韓氏。她寫的這首詩，隨紅葉飄出後，被一個叫盧偓的應考舉子拾到了，此人反覆誦讀，覺得很是不錯，於是就珍藏在自己的箱子裡。後來不知過了多少年，宮中放出部分宮女回民間，盧偓娶到一個，正是韓氏。但當時他們誰也不知道這回事。

一天，韓氏給盧偓收拾衣物，突然發現了箱子底的這首紅葉詩，不禁「吁嗟久之」，她萬分感慨地對盧偓說：「當時偶題，不謂郎君得之。」可想而知，此夜，兩人定然手把紅葉，相視泣而復笑，從此篤信緣定此生，至死情深不渝。

此故事後來演化成多種版本，人名和朝代有所不同，並有戲劇《流紅記》傳世。我們看一下韓氏的這首詩，在所有宮女們的詩中，歷來都覺得以這首為最佳。明鐘惺《名媛詩歸》卷九說：「只此四句，波波折折，深情委曲，微而淡，宕而遠。非細心女子，寫不出如此幽懷，做不出如此幽事。」詩貴含蓄，這首詩深得其中妙味，它不像〈袍中詩〉那樣直接了當地說「願結後世緣」，也不像天寶宮人那樣直奔主題「寄與有情人」，而是說「殷勤謝紅葉，好去到人間」，宮外方是人間，那宮內是什麼呢？不明說，然「言止意不盡」，方為味外之味。前兩句也不錯：「流水何太急，深宮盡日閒」。流水匆匆，流去的就只是水嗎？逝者如斯夫，不舍晝夜，流去的更是宮女的青春年華啊！可是，「深宮盡日閒」，大好青春，如花似玉的容顏就這樣白白老去！這首詩得到後代諸多文人的稱讚，主要也是因為這一點。像清黃生《唐詩摘鈔》就這樣誇：「絕不言情，無限幽憂之意，自在言外。」明周珽曰：「斬斷六朝浮靡妖豔蹊徑，是真性情之詩。『謝』字，『好去』字，涵無限情緒，無限風趣。」

確實，這首詩堪稱宮女「紅葉系列」詩中的壓卷之作。

五、僖宗宮人

隨著時代的推移，到唐僖宗年間，宮女又「發明」了新的花樣，那就是縫製軍士們穿的棉袍時，把金鎖等首飾縫進去。大概是怕一般軍兵不識字，就是看到詩後也丟到一邊，故而又琢磨出這樣一個方法。

於是就有了下面這首金鎖詩：

卷七九七 七【金鎖詩】僖宗宮人

玉燭制袍夜，金刀呵手裁。鎖寄千里客，鎖心終不開。

這詩雖不如上一首紅葉壓卷詩更精彩，但「鎖寄千里客，鎖心終不開」也頗為奇特新穎。鐘惺也不得不誇道：「鎖情鎖心字俱奇，奇尤在鎖情相寄耳。」但是這位宮女的一片苦心也是俏媚眼做給瞎子看了，這件棉袍被神策軍中的一名叫馬真的軍士所得。果然，他對詩並不感興趣，只關心金鎖值多少錢，於是他拿金鎖到集市上變賣。有人見他區區一個軍漢，卻居然有這等精緻名貴的器物，不免起了疑心，將他告發。主將拿了金鎖，上奏朝廷。唐僖宗雖為末代昏君，但對於這等事還是依照從前的老規矩，將這個宮女嫁給了馬真。馬真感激不盡，後來唐僖宗被黃巢打得狼狽而逃，奔至四川後，有一員大將夜不解甲保衛在唐僖宗身邊，唐僖宗大為感動，一問才知，此人正是已升為將軍的馬真。

然而，紅葉為媒也好，金鎖為媒也好，得有此等機緣的宮女畢竟是少之又少。絕大多數的宮女都只能一天天在無望中老去，當所有的夢都被無情的風吹走，稚嫩的心落滿歲月的塵土，留下來的只有空虛和麻木。

「枝頭秋葉，將落猶然戀樹；簷前野鳥，除死方得離籠」[30]，這就是絕大多數宮女們的宿命。

註

27 出自明・朱權〈宮詞〉。

28 出自唐・劉希夷〈代悲白頭翁〉。

29 出自張愛玲〈愛〉。

30 出自明・陳繼儒《小窗幽記》。

卷六 鳳釵金作縷，鸞鏡玉為臺——名媛卷

從本卷開始，我們的目光就要離開那似乎已經隔絕人間的宮廷，投向那些形形色色的民間女子。平凡的世間女子，從人數上來說，比宮中女子要多幾千倍，其中當然也不乏冰雪聰明，博學多識的才女。她們的詩作也比宮中女子的那些作品更能體現出大唐的社會風氣，體現出盛唐女子和後世與眾不同的風采。可惜的是，由於舊時重男輕女，她們的詩作卻非常難保存下來，即使能保存下來也殘缺不全，有的女子僅僅留下一首詩，甚至連名字也不清楚。可是，這些詩情愫純真、語出天然，千餘年後，依然散發著經久不消的芬芳。

我們先來看一下那些名門閨秀的詩作，而說到名門閨秀，恐怕《全唐詩》集中首屈一指的當屬這位名叫王韞秀的女子了。

一、王韞秀

休零離別淚，攜手入西秦——貧而有志的夫妻

卷七九九_八【同夫遊秦】王韞秀

路掃饑寒跡，天哀志氣人。休零離別淚，攜手入西秦。

這首頗有氣勢的詩就是王韞秀所寫。說起此詩，毛澤東還曾親自書寫過，是為數不多的「毛主席手書古詩詞作品」之一。當時是何情形下寫此詩的，我們不得而知。但此詩為毛澤東熟悉並喜歡，則是毫無疑問的。

關於此詩的背景，是這樣一段故事：

王韞秀乃是將門虎女，她的父親是大將王忠嗣。王忠嗣在開元年間可是相當了不起的人物，

當年他一人兼任河西、隴右、朔方、河東四鎮節度使。萬里邊疆，半個大唐，大約有二十六萬精兵猛將都在他手中。而且這些兵可是百戰之師，堪稱精銳中的精銳，王牌中的王牌。王忠嗣之所以得掌大權，是因為他尚幼時，其父就在征戰中壯烈犧牲，朝廷憐憫他的幼子，於是將王忠嗣在皇宮中養大，和唐玄宗李隆基一起讀書習武，可以說是玄宗的總角之交，從小玩到大的好朋友。

王忠嗣也挺爭氣，在邊關屢建奇功。天寶元年，王忠嗣在桑乾河大敗奚人和契丹人組成的聯軍，契丹可汗幾乎被打成光桿司令，不久就被手下殺死，嚇得契丹幾十年內不敢叛唐。王忠嗣和吐蕃作戰也勝多敗少，在青海等地，徹底消滅吐蕃的盟友吐谷渾，王昌齡所寫的「前軍夜戰洮河北，已報生擒吐谷渾」這樣讓人振奮的詩句，正是來源於此。當時像猛將哥舒翰等，還只是王忠嗣帳前聽命的偏將而已。

可惜，「月滿則虧，水滿則溢，登高必跌重」，王忠嗣的赫赫權勢也引起了玄宗的警惕，他開始猜忌王忠嗣。藉故削了他的兵權，並將他貶官，王忠嗣因此鬱鬱而死，王家也漸漸衰落。不過，王家這時候雖然衰落了，但「百足之蟲，死而不僵」，家底還是有一些的。王韞秀所嫁的老公是元載。元載一開始是個窮書生，寄食在丈母娘家裡。其實，軟飯也不是那樣好吃的，王韞秀的娘家人包括姐妹們都酸言冷語地挖苦這對夫妻。時間一長，元載待不住了，就賦詩和王韞秀作別，要離開她家，去長安求功名。元載說：「年來誰不厭龍鍾（這裡龍鍾是潦倒的意思），雖在侯門似不容。」王韞秀見此情景，也決心離開娘家，寧願和元載一塊受窮，所以就寫了上面那首詩言志。

王韞秀出語慷慨：「路掃饑寒跡」，雖身處饑寒之中，卻執著前行，把一路饑寒留在身後，似乎只要走過這條長路就可以掃去饑寒潦落的窘境。「天哀志氣人」，上天也會可憐有志的貧士；

「休零離別淚，攜手入西秦」，不用傷心，有我和你攜手前行，雖苦也甘。有這樣的好妻子陪著貧困窘迫、一無所有的老公一起走，元載心中肯定也是暖烘烘的，平添無窮的勇氣。由此可見王韞秀的心胸確實豁達豪邁，不在男兒之下。

恥見蘇秦富貴時——心意決絕，恩怨分明的女子

元載夫妻「攜手入西秦」以後，因元載學問超群，很快得到皇帝的器重，不久就升為宰相。此時的王韞秀非常得意，又寫了首詩諷刺那些當年看不起自己老公的娘家人：

卷七九九 九【夫入相寄姨妹（載拜相，韞秀銜宿恨，寄姨妹）**】**
相國已隨麟閣貴，家風第一右丞詩。笄年解笑鳴機婦，恥見蘇秦富貴時。

詩中以蘇秦作比（蘇秦當年窮困時，嫂子等人都看不起他），非常痛快地嘲弄了那些嫌貧愛富，趨炎附勢之輩。事情是這樣的：

元載當了宰相後，王韞秀老家的娘家人還厚著臉皮來「道賀」，正好碰得當時天晴，元載相府裡的下人將家裡錦袍繡服都拿出來熏香曝曬一番。王韞秀毫不留情面地對那些親戚說：「誰能料想到當年要飯花子似的我們夫妻，現在還能有點遮形蓋體的粗衣？」親戚們知道王韞秀話中有刺，當時唐朝人遠沒有後世臉皮厚，於是這些親戚臉紅脖子粗，灰溜溜地走了。明鐘惺《名媛詩歸》卷十二中說得很好：「作詩寄姨妹，直是嘲笑怒罵耳！不但嘲笑時輩，即千載以下人，亦不得不愧！」

確實，王韞秀這首詩將千古以來所有勢利小人都罵了。

王韞秀是個心意決絕恩怨分明的女人，正所謂「一飯之德必償，睚眥之怨必報」，她經常施捨錢財給他人，但那些早年蔑視過她的娘家人，她記恨一輩子，一個錢也不給。

知道浮榮不久長——冷靜諫夫並慷慨赴死的王韞秀

卷七九九　十【喻夫阻客】王韞秀

楚竹燕歌動畫梁，春蘭重換舞衣裳。公孫開閣招嘉客，知道浮榮不久長。

然而，男人有錢就變壞，元載當了宰相後，漸漸貪贓納賄，生活奢侈。元載在自己的府第中造了一個「芸輝堂」，之所以叫芸輝堂，是因為于闐國出產一種叫芸輝的香草，這種草既香又潔白如玉，入土也不朽爛，堪稱純天然的仿瓷塗料。元載命人把這種草搗成碎屑，當塗料刷牆壁，故有此名。又用沉香木作梁棟，金銀打造門窗。堂中擺設著原為楊國忠所有的屏風，上面刻著很多前代美女，鑲以玳瑁水晶，瓔珞也是珍珠穿成，華貴不可言。

元載還有一件寶貝叫紫綃帳，據說是南蠻酋長所貢，用紋綃製作，此帳既輕又薄，但就算在寒風凜冽的冬日，冷風也吹不進帳子裡；而在盛夏酷暑時，帳子裡卻自然清涼，比現在的空調還管用。元載還在芸輝堂前，修造了一座水池，用瑪瑙和寶石壘砌池塘的堤岸。另有一把龍鬚拂塵，顏色如熟透的桑椹一樣作紫紅色，這拂塵長約三尺，削水晶石作塵柄，雕刻紅寶石作環鈕。颳風下雨時，或者在水邊沾濕後，就光彩搖動，拂塵上的龍鬚也彷佛發怒般立起來。元載的寶物還有很多，實在是不可勝數。

元載不但家中裝修得非常豪華，還沉溺於女色。他有一個寵姬叫薛瑤英，據說連西施、綠珠、趙飛燕等古時的著名美女都不如她。該美女和香妃一樣，身體自然芳香，被元載納為妾後，臥的是金絲帳，鋪的是不沾塵的褥子。這件「卻塵褥」出自高句麗國，據說是用卻塵獸毛製作的，殷紅色，異常光亮柔軟。薛瑤英體瘦身輕，元載特意給她弄來龍綃織成的衣服。這衣服非常輕，也就二三兩重，折起來握在掌中不滿一把。元載還弄來很多倡優，表演非常下流的色情遊戲，父子族人都津津有味地觀看，不以為恥。

王韞秀對元載後來的做法也是非常不滿意的，她在詩中勸誡元載不要沉迷於玩樂，而疏遠了正事。王韞秀雖然清醒地「知道浮榮不久長」，但聲色充耳悅目，酒氣香風彌漫中的元載卻哪裡聽得進去？處於權勢巔峰的元載，實在是太驕橫狂妄了。據說皇帝曾多次對他敲邊鼓，提醒過他。但是元載置之不理。對於元載這些行為，王韞秀是知道的，但是她現在也管不住元載了。禍患終於來了，唐代宗以元載「夜醮圖為不規」（夜裡請道士作法）為罪名，命人給元載定罪，滿門抄斬，賜元載自盡。元載向主刑的人請求速死，但主刑的人可能和元載有仇，他脫了元載腳上的一隻臭襪子塞住他的嘴，然後將其勒死。元載的兒子伯和、仲武、季能等都被殺。元載家中的金銀珠寶、莊園田產也全部被抄沒。

按唐律，元載家的妻女並不處斬，只是要沒入宮中做粗活。但王韞秀卻不願再苟活偷生，她說：「王家十二娘子，二十年太原節度使女，十六年宰相妻，死亦幸矣，堅不從命！」這句話當真凜然有丈夫氣，正像漢代大將軍李廣當年一樣，慷慨言道：「我和匈奴大小七十多戰，現在也六十多歲了，犯不著再到公堂上受刀筆小吏的污辱！」說完就奮然自刎而死。王韞秀雖是女子，但氣度

二、崔鶯鶯

待月西廂下——鶯鶯和元稹（張生）的初相見

卷八〇〇 九【答張生】崔鶯鶯

待月西廂下，迎風戶半開。拂牆花影動，疑是玉人來。

說起崔鶯鶯，可以說是家喻戶曉，婦孺皆知。這一多半是戲劇《西廂記》的功勞，一般戲裡演的，劇中扮的，往往是虛構中的人物。而真實的歷史上，倒確實有鶯鶯這個人。只不過真實的鶯鶯和戲劇中的崔鶯鶯還是有相當大的區別。

鶯鶯的故事，最早見於唐代大詩人元稹所寫的《鶯鶯傳》，這裡面的描寫應該是比較接近於真實的崔鶯鶯。細讀《鶯鶯傳》我們會發現，《鶯鶯傳》中的鶯鶯才真正符合唐代女子的性格，而後世改編過的《西廂記》中，鶯鶯軟弱、靦腆，完全向林妹妹看齊，紅娘倒喧賓奪主，成了最搶戲份的角色，實在和真實的情況相去甚遠。

和《西廂記》中不同，張生（實為元稹化名）和鶯鶯的這段愛情經歷，雖然也有紅娘的牽絲引線，但主導權一直在鶯鶯那裡，事情都在鶯鶯的預料之內。鶯鶯雖是多情純情的女子，但絕不是那種毫無主見，只會悲悲啼啼的懦弱小姐。

《鶯鶯傳》中寫貞元年間，張生在蒲城東面的普救寺裡借居。這時候崔鶯鶯和她守寡的母親、弟弟等一家人恰好也在這個寺廟中住。論親戚關係，張生算是鶯鶯的表哥。這時蒲州主帥渾瑊去世，監軍太監管不住帳下的兵將，於是這些亂兵不顧軍紀，四處搶掠。崔家雖然破落，但還是有不少錢財，因此最為驚駭，生怕亂兵來搶。幸好張生認識軍中的人，請來軍吏保護，崔家方保得平安。崔老夫人感謝張生之恩，大擺酒席。席間命她的兒子歡郎、女兒鶯鶯出來拜謝。當時鶯鶯還挺不樂意出來哪。

張生對鶯鶯一見傾心，於是找紅娘幫忙傳話，紅娘讓他去正式求婚。可張生說：「昨日一席間，幾不自持。數日來，行忘止，食忘飽，恐不能逾旦暮。若因媒氏而娶，納采問名，則三數月間，索我於枯魚之肆矣。爾其謂我何？」意思是說看了鶯鶯後就神魂顛倒，要是求婚至少得好幾個月，那我可等不及了，我就要像枯魚一般渴死了。張生急色色的表情真有趣，紅娘給他出了個主意說小姐喜歡詩文，讓張生寫首情詩。張生一聽，頓開茅塞，寫了詩給鶯鶯。鶯鶯就還給他本篇這樣一首詩，其中之意，就是暗許張生來穿牆窬穴成就好事。但鶯鶯這首詩卻寫得既含蓄，又唯美，真所謂「姿韻欲絕」，一派花前月下的旖旎風光。

「待月西廂下，迎風戶半開」，鐘惺《名媛詩歸》卷十四曰：「戶半開，正妙在迎風二字，自然機巧變一耳！非靈細慧黠人，安能如此忖量。」依我看，這半開之「半」字，也用得極妙，若作「全開，大開」便如牛驢飲耳。這首詩句句藏意，字字含情，而又意境絕美。我們看《西廂記》的劇本，雖然一向以文字優美著稱，《紅樓夢》中寶玉就對林妹妹說：「你要看了，連飯也不想吃」，林妹妹也「但覺詞句警人，餘香滿口」。然而，《西廂記》中自己另擬的兩首崔鶯鶯答張生的詩卻大為遜色。那兩首一為：「蘭閨久寂寞，無事度芳春。料得行吟者，應憐長歎人」，寫得相當淺白平庸，也毫無詩意。另一首更俗：「休將閒事苦縈懷，取次摧殘天賦才。不意當時完妾命，豈防今日作君災？仰圖厚德難從禮，謹奉新詩可當媒。寄語高唐休詠賦，今宵端的雨雲來」。其中「不意當時完妾命，豈防今日作君災」，這種毫無詩意的句子也入詩，真真不可耐。還有「謹奉新詩可當媒」，簡直完全大白話，《滄浪詩話》中曾說：「學詩先除五俗：一曰俗體，二曰俗意，三曰俗句，四曰俗字，五曰俗韻」。這首詩可謂五俗俱全，和鶯鶯原作一比有雲泥之別。

當然，張生看到這首詩後，喜不自勝。但後來卻發生了在《西廂記》中稱之為〈賴簡〉的這一幕：張生這天晚上爬牆頭過去後，卻完全沒有想到，鶯鶯居然穿得整整齊齊，臉也板著像開追悼會，「端服嚴容」，並且十分嚴肅地將張生狠訓了一通：「非禮之動，能不愧心，特願以禮自持，無及於亂！」張生欲求雲雨，反遭雷霆，當下如同雷驚的孩子，雨淋的蛤蟆一般，完全洩氣，從牆頭原路爬回去，就此絕了念頭（沒有像戲中那樣病得哼哼唧唧地博鶯鶯同情）。

有人評價〈賴簡〉一事時，常覺得是「由於鶯鶯有較濃厚的封建意識」所致，也有人說〈賴簡〉一事表現了鶯鶯的「虛榮、矜持、猶豫和反覆」。我覺得並不能這樣看，這主要是鶯鶯作為貴族小姐的矜持，和作為女子與生俱來的羞怯心理所致。作為女子，就算是明媒正娶時，在唐代也要男人再三「催妝」「卻扇」，這是女子們顧重身分的一種表現。

接下來的事情，給了張生一個意外的驚喜。正當張生完全失望時，這天晚上，紅娘先抱著鶯鶯的枕頭被子過來了（看人家唐朝小姐偷情也很講究，還帶自己的枕頭被子），崔小姐過來後，就完全是一副嬌柔之態，和那天判若兩人，於是二人成就了魚水之歡。張生因為幸福來得太突然，所以狐疑道：「豈其夢邪？」後來他寫了〈會真詩〉一篇，記述這個他終生難忘的夜晚：

卷四二二三十八【會真詩三十韻】元稹

微月透簾櫳，螢光度碧空。遙天初縹緲，低樹漸蔥蘢。龍吹過庭竹，鸞歌拂井桐。
羅綃垂薄霧，環佩響輕風。絳節隨金母，雲心捧玉童。更深人悄悄，晨會雨濛濛。
珠瑩光文履，花明隱繡櫳。寶釵行彩鳳，羅帔掩丹虹。言自瑤華浦，將朝碧帝宮。
因遊李城北，偶向宋家東。戲調初微拒，柔情已暗通。低鬟蟬影動，回步玉塵蒙。
轉面流花雪，登床抱綺叢。鴛鴦交頸舞，翡翠合歡籠。眉黛羞頻聚，朱唇暖更融。
氣清蘭蕊馥，膚潤玉肌豐。無力慵移腕，多嬌愛斂躬。汗光珠點點，髮亂綠鬆鬆。
方喜千年會，俄聞五夜窮。留連時有限，繾綣意難終。慢臉含愁態，芳詞誓素衷。
贈環明運合，留結表心同。啼粉流清鏡，殘燈繞暗蟲。華光猶冉冉，旭日漸曈曈。
警乘還歸洛，吹簫亦上嵩。衣香猶染麝，枕膩尚殘紅。冪冪臨塘草，飄飄思渚蓬。
素琴鳴怨鶴，清漢望歸鴻。海闊誠難度，天高不易沖。行雲無處所，蕭史在樓中。

這首詩一開頭就畫出一幅月朦朧、鳥朦朧、人悄悄、雨濛濛的靜謐圖景，此時一個穿著如薄霧般輕綃的美人悄悄走來，身上的環佩在輕響。中間的「金母」「玉童」「言自瑤華浦，將朝碧帝宮」是將鶯鶯比作仙人，她從瑤華浦來，要到青帝的天宮去，因路過洛陽城北，偶然來到宋玉家的東邊了（暗用「東鄰窺宋」典故）。古代詩歌常用人和神仙的豔遇來暗喻男女的幽會，像楚王雲雨巫山、曹子建的〈洛神賦〉等都是如此。

接下來從「戲調初微拒」到「髮亂綠鬆鬆」將男歡女愛的場面寫得很是細膩生動，其中像「眉黛羞頻聚」「多嬌愛斂躬」，把鶯鶯作為一個貴族小姐的嬌羞之態描繪得栩栩如生。不過這些文字似乎有點兒童不宜，後來杜牧也斥之為「淫言媟語」。當然要是放到現在，我們看元稹的描寫倒是比較唯美的，並不算太露骨和惹人惡心，應該說是豔而不淫。

再後來，「芳詞誓素衷」就是兩人在枕邊海誓山盟了，並互贈信物，「贈環」「留結」，表明同命同心，天變地變情不變。最後十二句寫鶯鶯離去後，雖然香留衣上，枕留脂紅，自己卻重新沉入孤獨之境，有一種莫名的惆悵，恰如臨塘之草，思渚之蓬，空飄飄沒有著落。結句用蕭史乘龍的典故，他自比蕭史，但卻還沒有得到弄玉。故而「素琴鳴怨鶴，清漢望歸鴻」。

據《鶯鶯傳》所載，此後兩人頻頻幽會，鶯鶯「朝隱而出，暮隱而入，同安於曩所謂西廂者，幾一月矣」，也就是鶯鶯後來幾乎天天「夜半來，天明去」，兩人歡好了有將近一個月。和《西廂記》大不相同的是：鶯鶯的媽鄭夫人並非是干擾他們愛情的罪魁禍首，《西廂記》中的鄭老夫人滿帶殺氣，不近人情，簡直就是滅絕師太，堪稱是封建禮教和一切反動勢力的總代表。而《鶯鶯傳》中鄭老夫人的態度是怎麼樣呢？文中只提了這麼一句：「張生常詰鄭氏之情，則曰：『我不可奈何矣』，因欲就成之。」鄭老夫人覺得木已成舟，只有無可奈何，無條件地成全他們。那麼這兩人的姻緣不是一帆風順，水到渠成了嗎？這可不然，能撕碎愛情的手決非只有頑固的封建家長和瓊瑤劇中那些多角戀愛產生的風波，名和利的誘惑更能毀滅愛情的嫩芽，所以《鶯鶯傳》依然是一個無法改變的悲劇。

為郎憔悴卻羞郎——始亂終棄的宿命

在《鶯鶯傳》中，雖然沒有老夫人的干擾破壞，但鶯鶯和張生這份情緣還是沒有什麼結果。張生到京城求取功名，後來就和鶯鶯斷絕了關係。一年多後，張生娶妻，崔鶯鶯也嫁了別人。張生沒羞沒恥，還到鶯鶯夫家，以鶯鶯表兄的名義（這倒不是冒充的）想見鶯鶯一面，但鶯鶯堅決不見他，回了他這樣一首詩：

卷八〇〇十【寄詩（一作絕微之）】崔鶯鶯

自從銷瘦減容光，萬轉千迴懶下床。不為傍人羞不起，為郎憔悴卻羞郎。

「不為傍人羞不起，為郎憔悴卻羞郎」，意思是說我不是為了什麼原因羞於和你見面，而是你該羞於和我見面。詩中鶯鶯對其「自薦枕席」的事情並不感到羞愧，她覺得張生（元稹）的負心薄情才是真的該羞愧！正像鐘惺《名媛詩歸》卷十四評點的那樣：「羞不為情事，不諱眾見，為郎羞郎，只欲使其自愧耳！絕之之意已堅。」此處的鶯鶯完全是一個盛唐女子的氣度，她並不以真情付出為愧，而是辛辣地諷刺了元稹的無情和薄倖。

真實的故事中並沒有鶯鶯之母鄭老夫人的強加阻擾，那又是什麼原因將他們這對當時信誓旦旦的鴛侶拆散呢？答案就是：功名和權勢。

對於張生和鶯鶯分手的細節，《鶯鶯傳》中語焉不詳，看來元稹自己也心中有愧，知道拿不上檯面。既然張生就是元稹，我們可以從歷史上查一下元稹的行跡：

元稹自從赴京應試以後，以其文才卓著，被京兆尹韋夏卿所賞識，且與韋門子弟交遊。韋、盧、裴都是唐朝大族，元稹有詩名〈陪韋尚書丈歸履信宅，因贈韋氏兄弟〉：「紫垣騶騎入華居，公子文衣護錦輿。眠閣書生復何事，也騎羸馬從尚書。」詩中一副趨炎附勢的醜態。元稹後來知道韋夏卿之女韋叢還待字閨中，於是不久就勾搭上了韋小姐。這對元稹來說，是一個攀高枝的絕好機會。崔鶯鶯雖然才貌雙全，也是名門閨秀，但她父親死了，剩下只有老母弱女，雖有不少錢財，但早沒有了權勢。俗話說「朝中無人莫作官」，所以他權衡得失，最後還是娶韋叢而棄鶯鶯。

唐朝是相當講究門第身分的，對於出身寒微的士子來說，能攀上一樁豪門親事更是很有必要的。聰明的鶯鶯早就預料到這樣的結局，她說：「始亂之，終棄之，固其宜矣，愚不敢恨。必也君亂之，君終之，君之惠也」，就是說如果你對我始亂終棄，我也不敢怨恨，但如果你能始終如一，那是你有良心。當然鶯鶯也不是朝秦暮楚，「不在乎天長地久，只在乎曾經擁有」的那種女子，鶯鶯是很看重這份感情的，她曾寄信和玉環、絲、文竹茶碾等東西給元稹，信中說「玉取其堅潤不渝，環取其始終不絕。兼亂絲一絇，文竹茶碾子一枚。此數物不足見珍，意者欲君子如玉之真，俾志如環不解，淚痕在竹，愁緒縈絲……」其中深情，令人感慨唏噓不已。

然而，負心的張生（元稹）卻十分狠心地斷絕了和鶯鶯的關係，他還在文中誣衊鶯鶯：「大凡天之所命尤物也，不妖其身，必妖於人。使崔氏子遇合富貴，乘寵嬌，不為雲為雨，則為蛟為螭，吾不知其變化矣。昔殷之辛，周之幽，據百萬之國，其勢甚厚。然而一女子敗之，潰其眾，屠其身，至今為天下僇笑。予之德不足以勝妖孽，是用忍情。」把鶯鶯比成禍國敗身的紅顏禍水，張生負心拋棄人家，反而倒似有大智慧，能慧劍斬情絲似的。對他這種無恥的行為，前人早有公論，陳寅恪先生對其評價說「自私自利。綜其一生行跡，巧宦固不待言，而巧婚尤為可惡也。豈其多情哉？實多詐而已矣。」魯迅先生也說：「惟篇末文過飾非，遂墮惡趣。」可見張生（元稹）辯解非常蒼白無力，「文過飾非」四字說得一針見血，十分精到。

還將舊來意，憐取眼前人——自尊和大度的鶯鶯

元稹在人家賴了半天，鶯鶯還是不見她，於是只好黯然離去。鶯鶯在他離去時，又送給他一首詩，就是下面這首告絕詩：

卷八〇〇十二【告絕詩】崔鶯鶯

棄置今何道，當時且自親。還將舊來意，憐取眼前人。

這首詩寫得也相當精妙，明趙世傑《歷代女子詩集》卷四中評道：「幽恨無窮」。鐘惺《名媛詩歸》說：「『道』字責意嚴正，不必說出絕字意矣。『今』字『何』字俱含怒意，細味自知。」其實細細讀來，我感覺這這寥寥二十字中，有情、有怨、有恨、有惋、有感慨、有傷懷，當真如鐘惺語：「情媚怨媚，各有其至，千古情人，俱堪矜憫」。

「棄置今何道，當時且自親」，既然忍心分手就什麼也別說了，當年那些親親密密的事情還有什麼意義？這兩句中也是既有憤恨，又有感慨，可謂百感交集，「還將舊來意，憐取眼前人」，也是如此。我覺得，鶯鶯是發於真誠的勸慰說，你還是好好對待她，愛她（憐取），不要像辜負我一

樣再辜負她吧。由此可見鶯鶯的寬容和大度。

對於我個人來說，更喜歡《鶯鶯傳》中的鶯鶯形象，她寬容大度，敢愛敢恨，她知道和元稹出軌的後果，「始亂之，終棄之，固其宜矣，愚不敢恨」，但她還是堅定地邁出了這一步。當元稹無情無義時，她沒有哭天搶地，向元稹乞求施捨愛情，也沒有投井上吊抹脖子，而是堅決與之斷絕來往，決不藕斷絲連，糾纏不清。她不像霍小玉那樣咬牙切齒：「我為女子，薄命如斯，君是丈夫，負心若此！」並滿懷怨毒地說：「我死之後，必為厲鬼，使君妻妾，終日不安！」鶯鶯身上體現了唐代貴族女子的氣度，雖有深情真情，但絕不會離開他就無法生活。

卷四二二 三十一【春曉】元稹

半欲天明半未明，醉聞花氣睡聞鶯。狌兒撼起鐘聲動，二十年前曉寺情。

這是元稹集中的一首詩，同樣在一個春天，空氣中同樣彌漫著花香，四十多歲的元稹清晨醒來，突然聽到了寺廟裡的鐘聲，他突然想起，二十前年的春天，那個嬌羞嫵媚的女子，她叫鶯鶯，她的聲音正如窗外的鶯啼一樣美好，曉鐘響了，她要回去了，當時他是那樣的不捨……

由此看來，元稹對鶯鶯並非毫無情意，在真實的情況中，也並沒有鶯鶯之母的干預，但他們還是沒有能有情人終成眷屬。這正是權與利這兩個字在作怪，元稹是為了自己的功名仕途而拋棄了鶯鶯。這樣的故事恐怕在今天依舊上演。在今天的現實中，《西廂記》中的故事可能不再上演了，因為鄭老夫人那樣的封建家長幾乎絕種了，但《鶯鶯傳》中的悲劇仍然會出現。鮮豔和脆弱的愛情花朵在權力和欲望駕駛的戰車前是那樣的不堪一擊，註定要「零落成泥碾作塵」[31]。

三、裴淑

既然上面說到了元稹的事情，那麼就再來看一下《全唐詩》中的這一首詩吧：

卷七九九 十八【答微之】裴淑
侯門初擁節，御苑柳絲新。不是悲殊命，唯愁別近親。
黃鶯遷古木，朱履從清塵。想到千山外，滄江正暮春。

這個叫裴淑的女人，是元稹的繼室。注意，她並非是鶯鶯詩中所寫的那個「眼前人」，當時元稹的新婚妻子是韋叢，也就是京兆尹韋夏卿最小的女兒。韋叢和元稹生活了七年後，於元和四年（八〇九年）七月去世。元稹悼念亡妻，寫了許多年來騙了不少人眼淚的三首詩：

遣悲懷・元稹

謝公最小偏憐女，自嫁黔婁百事乖。顧我無衣搜藎篋，泥他沽酒拔金釵。
野蔬充膳甘長藿，落葉添薪仰古槐。今日俸錢過十萬，與君營奠復營齋。

昔日戲言身後意，今朝都到眼前來。衣裳已施行看盡，針線猶存未忍開。
尚想舊情憐婢僕，也曾因夢送錢財。誠知此恨人人有，貧賤夫妻百事哀。

閒坐悲君亦自悲，百年都是幾多時。鄧攸無子尋知命，潘岳悼亡猶費詞。
同穴窅冥何所望，他生緣會更難期。惟將終夜長開眼，報答平生未展眉。

元稹這三首詩，相當有名，就詩論詩，也真是如《唐詩三百首》編者蘅塘退士語：「古今悼亡詩充棟，終無能出此三首範圍者。」然而，充分瞭解到元稹的真實情況，卻不免流罷感動的熱淚後，突然感到那三九寒風一般的涼意。元稹詩中所謂的「野蔬充膳甘長藿，落葉添薪仰古槐」大有誇大矯情之意，前面說過韋叢是貴族小姐，元稹雖官職卑微，也並非窮書生一個，好歹是朝廷命官，哪裡會艱苦到這等地步？這個就當做藝術需要，不必細究，且看元稹是怎麼「惟將終夜長開眼，報答平生未展眉」的吧：兩年後，他就先納妾安仙嬪，元和十年他又正式娶了名門裴氏女為妻，就是這篇詩的作者裴淑。

對於此詩，《全唐詩》集中有一小注：「稹自會稽到京，未逾月，出鎮武昌，裴難之，稹賦詩相慰，裴亦以詩答。」意思是說，元稹從江南的會稽到京城，沒有過一個月，就要遠走出鎮武昌，裴淑當然不願意遠走，於是元稹就寫詩安慰她，原詩如下：

贈柔之（裴淑字柔之）．元稹

窮冬到鄉國，正歲別京華。自恨風塵眼，常看遠地花。
碧幢還照曜，紅粉莫咨嗟。嫁得浮雲婿，相隨即是家。

元稹當年曾寫詩騙了人家鶯鶯，現在寫點詩安慰一下老婆，也是輕車熟路，牛刀小試。元稹出行會稽前也寫過一首詩糊弄他老婆裴淑，是這樣寫的：

卷四一七二十四【初除浙東，妻有阻色，因以四韻曉之】元稹

嫁時五月歸巴地，今日雙旌上越州。興慶首行千命婦，會稽旁帶六諸侯。
海樓翡翠閒相逐，鏡水鴛鴦暖共遊。我有主恩羞未報，君於此外更何求。

元稹的意思無非就是說男兒丈夫應以國事為重，報君主之恩為己任，而且提及這樣一件舊事：在興慶宮命婦朝拜太后時，裴淑曾非常光榮地排在最前面。正所謂夫榮妻貴，「我有主恩羞未報，君於此外更何求」？這番為國為家的大道理講出來，倒是讓裴淑難以辯駁。然而元稹也並非是一心工作的人，在浙東就搭上了風騷多情的船上歌妓劉采春。此次元稹剛剛回來，就又要遠走，裴淑當然有些不情願，但她的詩是阻不住元稹的，明鐘惺《名媛詩歸》卷十二說：「兩句（裴淑詩中的三、四句）寫來，真覺難別親故滿前，不知傷心如何生出，此是久別中情事，乍別時未必知也。」意思

說，只有久別之人才有這樣的感悟，元稹仕途坎坷，升降沉浮不定，經常要遠走他鄉，故而有此說。但說實話，裴淑這首詩，也就這兩句寫得多少還有點詩意，其他的句子都平淡無奇。以詩才論，比崔鶯鶯差遠了。

然而，元稹出鎮武昌這一次，卻是一條不歸路。到任後只一年，他就突發疾病，死在了武昌。元稹一生招惹的紅顏才女多多，除鶯鶯、韋叢、裴淑外，還有薛濤、劉采春等人。元稹這個人，說他有情吧，他卻到處拈花惹草，始亂終棄；說他無情吧，他那一首首情詩還好生動人，也不似有意作偽。我覺得元稹大概是像《天龍八部》裡所描寫的段正淳那樣的人，雖然到處留情，但對每個女人卻都有些真情。所謂「生怕情多累美人」[32]，元稹大概正是情多累美人的例子。後人有一句話稱「元輕白俗」，這個「輕」恐怕不僅是指詩風，也是說元稹的為人輕佻無行吧。

不過，似乎天網恢恢，疏而不漏，元稹的負心薄倖似有報應。他先後曾有八個子女，但是其中七個卻一一夭折，元稹的詩集中也屢屢出現〈哭子十首〉〈哭女樊〉等詩篇。這些元稹心愛的孩兒，有的都長到了十歲或者八歲多，正是活潑可愛的年紀，卻眼睜睜地一個個離去，讓元稹痛斷肝腸。最後，元稹只剩下一個女兒，倒是長大成人，嫁給了一個叫韋絢的人。然而，在舊時的觀念中，元稹依然算是絕後了，這恐怕也是對他濫情的報應吧。不過裴淑和安仙嬪應該是沒有什麼過錯的，卻同樣承受了這一切。

四、晁采

比起崔鶯鶯來，晁采應該算是比較幸福的了。據說她出身高貴，但不知是父親早喪，還是她的父親有二心，拋棄了母女二人，晁采自幼就和母親一起獨居。從後來晁采的婚事只由她母親做主就可以看出，她的父親不管是生是死，都和她們母女倆的生活沒有關係了。

晁采是個多情又美麗的佳人。有個尼姑曾到她家去過，看到晁采後驚為天人。於是這尼姑就到處說晁采是天下第一美人，「不施丹鉛，眉目如畫，不佩芳芷，而體恆有香；不簪珠翠，而鬢鬟自冶」，當真稱得上是天生麗質。又說曾見過晁采在夏天月夜時穿著單衫，右手攀著竹枝，左手拿著蘭花扇，注目觀看水中游魚，低聲吟誦竹枝小詞，聲音如黃鶯一般清脆婉轉，簡直就是仙子啊。經這尼姑一宣傳，晁采美貌幾乎人人皆知，諸公子少年們無不垂涎三尺。

然而晁采卻鍾情於她鄰家的一個書生，此人名叫文茂。他們彼此間情意相投，私下裡山盟海誓，欲成為夫妻。兩人從小就在一塊，但等到晁采年齡大了，兩人就不能公開在一起玩了，唐代風氣雖然開放，但女子到了青春期，而又未出嫁前一般也會被約束在深閨之中的。李商隱有詩說道：「八歲偷照鏡，長眉已能畫。十歲去踏青，芙蓉作裙衩。十二學彈箏，銀甲不曾卸。十四藏六親，懸知猶未嫁。十五泣春風，背面鞦韆下」，就是指的這個情況。然而，雖然相見已難，但晁采和文茂的感情並沒有疏遠，反而更加熾熱。

晁采經常派侍女去文茂家裡通達消息，文茂於是在一個春光爛漫的日子裡寫了這樣四首詩悄悄帶給晁采：

美人心共石頭堅，翹首佳期空黯然。安得千金遺侍者，一燒鵲腦繡房前。

曉來扶病鏡臺前，無力梳頭任髻偏。消瘦渾如江上柳，東風日日起還眠。

旭日曈曈破曉霾，遙知妝罷下芳階。那能飛作桐花鳳，一嗅佳人白玉釵。

孤燈才滅已三更，窗雨無聲雞又鳴。此夜相思不成夢，空懷一夢到天明。

文茂這四首詩，倒還寫得不錯，晁采身臨其境，看了詩後更是心情激蕩。於是讓丫環拿了十枚青蓮子給文茂，且傳話說「吾憐子也」，翻譯成今天的話就相當於「我愛你」。看來晁采似乎比鶯鶯等更為大膽直率。文茂說：「為什麼沒有把蓮心去掉？」丫環說，我們小姐說啦，正是想讓你知道我們家小姐的「苦心」。文茂聽了，感動得熱淚盈眶，哪裡還顧得上蓮心苦不苦，慌忙將蓮子向嘴裡送，以證明自己心誠。可能是太激動的緣故，文茂手一哆嗦，一枚蓮子掉到一個水盆中。文茂正要再撈起來吃掉，不想恰好又過來一隻喜鵲，拉了一攤糞到盆中，文茂惱怒，將水盆中的蓮子和水一起遠遠潑掉。沒有料想後來該蓮子居然發芽，並且開了一對並蒂荷花。文茂大喜，覺得是好事將成之吉兆，馬上寫信告訴晁采這件事。古人最信諸般吉兆凶兆等事，晁采聽說此事，心中很是高興，說：「並蒂之諧此其徵矣」，這就是我們倆結成夫妻的徵兆。於是她拿出朝鮮繭紙來，製了一個紙鯉魚，兩面都畫上鱗甲，魚肚子裡悄悄地藏了一首詩給文茂，就是《全唐詩》中收錄的這首詩：

卷八〇〇 四【寄文茂】晁采

花箋製葉寄郎邊，的的尋魚為妾傳。並蒂已看靈鵲報，倩郎早覓買花船。

詩中晁采盼文茂早點用花船來迎娶她。然而，可能文茂也並非貴人之家，所以不知是遲遲不敢提親，還是晁采的母親不允。反正晁采直等到了秋天，也沒有音信。正好有這麼一天，晁采的母親要到別處去吃親戚的喜酒，古時不像現在這樣交通方便，她母親吃喜酒的地方可能在幾十里開外，一天可能都回不來。於是晁采趕緊行動，通知文茂快來。於是出現了晁采所寫的〈子夜歌十八首〉其中一首詩中所形容的情形：

繡房擬會郎，四窗日離離。手自施屏障，恐有女伴窺。

我們看在這個陽光明媚的日子裡，晁采偷偷地和情郎相會，陽光從窗子縫中射進來，變成一縷縷的樣子，晁采輕輕掩好屏障，怕有別的女伴看到。說來晁采也真夠大膽的，讓後世女子望塵莫及。兩人歡愛之後，晁采從頭上剪下一縷青絲，送給文茂，並做詩說：

儂既剪雲鬟，郎亦分絲髮。覓向無人處，綰作同心結。

她讓文茂回去後，也剪上一縷頭髮，把兩人的頭髮綰在一塊，結一個同心結。人們常說「結髮為夫妻」，現在晁采和文茂不能堂堂正正地成為夫妻，公然朝夕相伴，但他們的心卻早聚在一起，正像這兩縷頭髮，纏綿在一起，再也難分清彼此。

晁采對文茂愈來愈是難忘，後來她又剪掉自己的指甲，托丫環給文茂。並寫詩說：

明窗弄玉指，指甲如水晶。剪之特寄郎，聊當攜手行。

晁采恨自己不能和情郎身在一處，她情意綿綿地說，你常摸一下我的指甲，就當是我們在攜手而行吧。晁采愈來愈是思念難當，她曾說「得郎日嗣音，令人不可睹。熊膽磨作墨，書來字字苦」，確實，相思最苦，遠比黃連苦膽還要苦。晁采一時沒有什麼辦法，能做的就只能是不停地在紙上寫滿相思斷腸之句，於是她又寫了這樣一首詩：

卷八〇〇 五【秋日再寄】晁采

珍簟生涼夜漏餘，夢中恍惚覺來初。魂離不得空成病，面見無由浪寄書。
窗外江村鐘響絕，枕邊梧葉雨聲疏。此時最是思君處，腸斷寒猿定不如。

這詩寫得相當工整，詩思也卓有可觀，但是相比起來，我更喜歡晁采那一組〈子夜歌〉，前面我們已舉過幾首，這裡再選幾首非常出色的看一下：

夜夜不成寐，擁被啼終夕。郎不信儂時，但看枕上跡。
何時得成匹，離恨不復牽。金針刺菡萏，夜夜得見蓮。
相逢逐涼候，黃花忽復香。顰眉臘月露，愁殺未成霜。
相思百餘日，相見苦無期。褰裳摘藕花，要蓮敢恨池。
金盆盥素手，焚香誦普門。來生何所願，與郎為一身。
寒風響枯木，通夕不得臥。早起遣問郎，昨宵何以過。
輕巾手自製，顏色爛含桃。先懷儂袖裡，然後約郎腰。
儂贈綠絲衣，郎遺玉鉤子。即欲繫儂心，儂思著郎體。

〈子夜歌〉傳說是晉時南朝樂府民歌，一個名叫「子夜」的女子所作。《唐書·樂志》曰：「〈子夜歌〉者，晉曲也。晉有女子名子夜，造此聲，聲過哀苦。」〈子夜歌〉詩意清新自然，感情濃郁直率，雖渾似口語卻韻味十足。比如「宿昔不梳頭，絲髮被兩肩。婉伸郎膝上，何處不可憐」之類的詩句，都帶有民間的質樸之情，與過分追求雕琢含蓄的文人詩作迥然有別。所以，此歌自傳世以來，後人以此為題仿效者，除了素有「清水出芙蓉，天然去雕飾」之稱的李白所作較為清新外，其他文人多數都寫得不倫不類，大失風味。而我們看晁采這一組〈子夜歌〉，比起古詩〈子夜歌〉來竟然毫不遜色，也是純淨如出水青蓮一般，堪稱神品。

晁采為相思所困，所謂世上最苦的不是黃連，而是相思。最傷人的不是刀劍，亦是相思。晁采一天天地憔悴下去，她的母親漸漸注意到，因此悄悄地向丫環打聽。丫環當然也不敢和盤托出，但也大致上透露了晁采和鄰居家的書生文茂兩情相悅的事情。這要是讓明清時的老太婆們聽到，肯定會像《紅樓夢》中賈母的態度一樣，將晁采怒斥一番：「只一見了一個清俊的男人，不管是親是友，便想起終身大事來，父母也忘了，書禮也忘了，鬼不成鬼，賊不成賊，那一點兒是佳人？便是滿腹文章，做出這些事來，也算不得是佳人了。」[33] 而唐代的風氣就是好，晁采的母親聽了此事後，不但沒有怒，反而感嘆道：「才子佳人，自應有此。然古多不偶，吾今當為成之。」才子佳人自然常有這樣的事，但古來才子佳人難成眷屬而空留長恨者很多，我今天就成全一對才子佳人吧。這話讓晁采聽到後，可想而知，她定然喜不自勝，這當真是從古到今，天上人間第一件稱心滿意的事了。

晁采的母親既然同意，事情就好辦多了，文茂是窮書生，門第財產較晁采差得多，晁家既然願意，他這裡就毫無問題，於是這一對才子佳人就順順當當地進了洞房。縱觀唐代的愛情故事，因父母家長反對而造成愛情悲劇的極少，而愛情悲劇的根源往往是男人變心，或者是地位的懸殊，世事的滄桑而造成的。

晁采和文茂兩人成婚後，自然親親密密，如「比目之逝青波，文禽之逐綠水」。就這樣過了一年多，兩人並肩倚膝，形影不離。然而，一年一度的科舉考試到了，文茂要去京城考試，臨行之際，晁采心中愁悶，一直送他登船，並寫詩作別：

卷八〇〇 六【春日送夫之長安】晁采

思君遠別妾心愁，踏翠江邊送畫舟。欲待相看遲此別，只憂紅日向西流。

「欲待相看遲此別，只憂紅日向西流」，在晁采的心中，多待一刻也是好的。古時的人，一旦遠行分別，往往音信難通。不像現在，一通電話或簡訊過去，即使在地球另一面，也能知道對方在哪，在做什麼。但古人卻只能默默地在月下遙想，夢裡相思。據說當時晁采家裡養著一隻白鶴，晁采給這隻鶴起名叫「素素」，一天大雨之中，晁采思念丈夫文茂，對鶴說：「鴻雁可傳書，你也能嗎？」這隻鶴居然向晁采伸長脖子，仿佛答應了。於是晁采在白帕上寫了兩首詩，繫於鶴足，說來也怪，這隻鶴竟然真的把這兩首詩送到文茂手裡。據說就是下面這兩首：

卷八〇〇七【雨中憶夫】晁采

窗前細雨日啾啾，妾在閨中獨自愁。何事玉郎久離別，忘憂總對豈忘憂。

春風送雨過窗東，忽憶良人在客中。安得妾身今似雨，也隨風去與郎同。

晁采在家裡度日如年，將腳下的一雙「青絲白雲履」脫下，托人帶給文茂，並傳話說：「就像我跟著你走一樣。」這雙鞋的鞋底是木製的，非常精巧。長安是京師，識貨的人不少，有人告訴文茂說：「這叫『白雲青舄』，相傳王母和穆王在赤水之上相會時就穿這種樣子的鞋。」後來文茂歸家後又問晁采，晁采也如此說，於是文茂愈加覺得自己的妻子晁采著實不凡。從中我們可以猜到，晁采的出身可能確實不同一般。

好在文茂沒有離開晁采多久，就回來了。文茂科場之試似乎也並不成功，其實這倒是好事，有道是「塞翁失馬，焉知非福」，文茂沒有金榜題名，自然就很快回家來和晁采快快樂樂地一起過日子了，這多好。而如果他高中榜首，得到皇帝欣賞，就難保又玩出「停妻再娶」等諸般花樣來。

要什麼功名，文茂能和晁采做一對連神仙都羨慕的鴛鴦，已經夠幸福的了。

此後，晁采和文茂的故事就沒有了記載，一般來說，生死離愁、波折坎坷的人生往往才具故事性，而平平淡淡、安樂無憂的日子卻沒有什麼好說的，我衷心希望晁采和文茂夫妻倆的後半生就這樣毫無故事地度過。

五、宋氏五女

唐代名媛才女中，宋氏五女（若華、若昭、若倫、若憲、若荀）在當年的名氣是非常響亮的，她們的父親叫宋廷芬，是著名詩人宋之問的後裔。宋之問雖人品不端，是個流氓加才子型的人物，但流氓歸流氓，不得不承認，才子也不是白叫的。到了宋廷芬這一代，基因又發生突變，傳女不傳男。宋廷芬有五個女兒，一個兒子。按舊時觀念，兒子是傳家定居的希望所在，豈料其子愚笨如豬，典型的「糞土之牆不可杇也」。與此相反，五個女兒卻冰雪聰明，博學多識，不亞於那些金榜上的舉子，名噪一時。當時的著名詩人王建專門寫過一首詩，稱頌她們：

卷二九七 二十八【宋氏五女】王建

五女誓終養，貞孝內自持。兔絲自縈紆，不上青松枝。晨昏在親傍，閒則讀書詩。
自得聖人心，不因儒者知。少年絕音華，貴絕父母詞。素釵垂兩髦，短窄古時衣。
行成聞四方，征詔環佩隨。同時入皇宮，聯影步玉墀。鄉中尚其風，重為修茅茨。
聖朝有良史，將此為女師。

詩中說的雖簡潔，但已全面地描繪出了宋氏五女的品德和才情。和唐代一些放縱多情的才女不同，宋家五女信奉儒學，以詩書為樂。不喜歡胭脂首飾及化妝打扮（素釵垂兩髩，短窄古時衣），並且和父親聲明，什麼人都不嫁（五女誓終養，貞孝內自持）。《新唐書》也這樣說：「（宋氏五女）皆性素潔，鄙薰澤靚妝，不願歸人。」宋家五姐妹中，宋若華（兩唐書中作「若莘」）是大姐，她和父親學了詩文後，就現學現教四個妹妹讀書，並且十分嚴厲，有如嚴師。如此教學相長，晝夜不倦，正是最好的學習氛圍。於是，五姐妹皆學有所成。

宋若華閒暇之餘，仿照儒學最高經典《論語》一書，寫了一部名叫《女論語》的書。我們知道《論語》一書，記述孔子的言行，而且常是有問有答的形式。宋若華的《女論語》也是這樣的體例，不過其中人物都換成了女子，扮演相當於孔子角色的是韋逞母宣文君宋氏。此人是誰？原來這個宋氏是前秦時人，她精通「周官禮注」及詩文，教導兒子韋逞成才，日後在苻堅皇帝手下當了官。苻堅知道她的才學後，封她為宣文君，賜侍婢十人，在宋氏家中設立講堂「置生員百二十人」，宋老太太隔著紅色紗幔講課，因此名動一時。那扮演弟子角色的是誰呢？說來有些好笑，卻是漢代的曹大家（班昭）。班昭的地位和名氣遠高於這個「宣文君宋氏」，然而宋若華將宋氏抬高成師父，班昭卻做徒兒，恐怕是因為宋氏和自己同姓吧，由此看來，似乎宋若華雖信奉儒學，卻還保留著小女孩那種頑皮可愛，頭角崢嶸的特點。

宋若華原作，妹妹宋若昭作注的《女論語》十篇原稿已不可見。後世流傳，據稱為明朝王相編錄的《女論語》十篇當是偽作。何以見得？我們試看一段就清楚了：

女論語．第一．立身

凡為女子，先學立身，立身之法，惟務清貞。清則身潔，貞則身榮。行莫回頭，語莫掀唇。坐莫動膝，立莫搖裙。喜莫大笑，怒莫高聲。內外各處，男女異群。莫窺外壁，莫出外庭。男非眷屬，莫與通名。女非善淑，莫與相親。立身端正，方可為人。

我們看這個版本的《女論語》，和《弟子規》之類的差不多，是「四字經」一般的模樣，根本不是有問有答的形式。而且文中的意思也非常淺白，應該說只要認得字，大致就看得懂。這樣的文字，妹妹宋若昭還要來作注，那豈不是笑話？所以，這個版本的《女論語》決非是宋氏姐妹所著。

宋家姐妹的才情和《女論語》很快就天下聞名，昭義節度使李抱真上表向當時的德宗皇帝推薦，德宗召她們入宮後，「試以詩賦，兼問經史中大義」，結果宋氏姐妹對答如流。德宗深加賞歎，於是將她們留在宮中，封為「尚宮」的名號，並不許宮人太監們以侍妾的身分看待，而是呼她們為「學士」或者「先生」，后妃、諸王、公主等都以見老師的禮節相待。這時老爹宋廷芬也沾了女兒們的光，被提拔為饒州司馬。

宋氏五女中，若倫和若荀死得比較早，後人評價若昭的文才最高，若華死後，她就繼之為尚宮，經歷了穆宗、敬宗、文宗三朝，死在寶曆初年，被追贈梁國夫人，朝廷列儀仗隊隆重安葬。

宋家姐妹入宮後，曾有個男的徘徊在她們的舊居前，悵惘良久，此人倒並非尋常村漢，他也是進士出身，叫竇常，有詩〈過宋氏五女舊居〉如下：

謝庭風韻婕妤才，天縱斯文去不回。一宅柳花今似雪，鄉人擬築望仙臺。

觀竇老兄之意，似乎對宋家五姐妹頗多愛慕之情，說來也巧，竇老兄連同兄弟也恰好為五人，且也都是進士出身，能詩善文。

宋家姐妹的詩，《全唐詩》裡只有若華、若昭和若憲的，而且每人只存一首。依我看都不是特別精彩，我們來看一下：

卷七 二【嘲陸暢】宋若華

十二層樓倚翠空，鳳鸞相對立梧桐。雙成走報監門衛，莫使吳歈入漢宮。

有的朋友可能看了這首詩不免有些疑問，一貫奉行儒家經典的宋若華這不也隨便嘲弄別人啊？「雙成走報監門衛，莫使吳歈入漢宮」，翻譯成白話就是讓宮女（雙成為仙女名，這裡借指宮女）們告訴侍衛，別讓那個一口江南吳地土話的小子進宮來！此詩笑話陸暢一口的江南吳地方言（吳歈），未免有地域歧視之嫌，也不是多厚道。不過，要是知道這首詩的背景後，就不這樣想了。這首詩是雲安公主出嫁時所作的。雲安公主是唐順宗之女，憲宗時下嫁劉士涇。

當時作為男方儐相的陸暢，才思敏捷，應對如流，（此人到四川時為了討好韋皋，當即將李白〈蜀道難〉一詩改成〈蜀道易〉，名傳一時），在雲安公主的婚禮上，他也大出風頭，像〈雲安公主下降奉詔作催妝詩〉等就是張口便來：「雲安公主貴，出嫁五侯家。天母親調粉，日兄憐賜花。催鋪百子帳，待障七香車。借問妝成未？東方欲曉霞。」確實相當不錯。而我們知道，婚禮時，男女雙方的儐相一般是要互相爭風頭的，現在陸暢大出風頭，將女方這邊壓得很沒有面子，宋若華作為宮中女方這一派肯定也要反擊一下，於是就有了上面這首詩。所以在這種鬧喜的氣氛中，這首詩中的嘲弄，其實就是玩笑而已，不足為怪。

宋若昭、若憲留下了二首同樣題目的應制詩，詩意也差不多：

卷七 三【奉和御制麟德殿宴百僚應制】宋若昭

垂衣臨八極，肅穆四門通。自是無為化，非關輔弼功。修文招隱伏，尚武殄妖凶。德炳韶光熾，恩沾雨露濃。衣冠陪御宴，禮樂盛朝宗。萬壽稱觴舉，千年信一同。

卷七 四【奉和御制麟德殿宴百官】宋若憲

端拱承休命，時清荷聖皇。四聰聞受諫，五服遠朝王。景媚鶯初囀，春殘日更長。命筵多濟濟，盛樂復鏘鏘。酆鎬誰將敵，橫汾未可方。願齊山嶽壽，祉福永無疆。

這些應制詩，千篇一律，堆砌典故多多，詩意卻是「假大空」，但從詩中也可以看出，宋家姐妹讀書不少，筆端隨意役使諸般典故，大有得心應手之態。不過，正如《滄浪詩話》中所言：「夫詩有別材，非關書也。詩有別趣，非關理也。……詩者，吟詠情性也。」宋家姐妹篤奉儒家，行止端莊恭謹，雖然堪為賢良女子之楷模，但是在寫詩上卻不免少了許多真情。明張岱云：「人無癖不可與之交，以其無深情也；人無疵不可與之交，以其無真氣也。」

詩也是這樣，寫得四平八穩的，卻遠不如那些真情流露，甚至常惹人非議的詩句更有味，所以宋氏五女在詩壇上的名聲並不響，遠不如風流放縱的李冶、魚玄機等人。

唐代可以稱作名媛詩人的相當多，限於篇幅，以下幾個就簡單介紹了。

六、光、威、裒三姐妹

卷八〇一　五十六【聯句（光、威、裒，姊妹三人，失其姓）】

朱樓影直日當午，玉樹陰低月已三。——光
膩粉暗銷銀鏤合，錯刀閒剪泥金衫。——威
繡床怕引烏龍吠，錦字愁教青鳥銜。——裒
百味煉來憐益母，千花開處鬥宜男。——光
鴛鴦有伴誰能羨，鸚鵡無言我自慚。——威
浪喜遊蜂飛撲撲，佯驚孤燕語喃喃。——裒
偏憐愛數蟚蜞掌，每憶光抽玳瑁簪。——光
煙洞幾年悲尚在，星橋一夕帳空含。——威
窗前時節羞虛擲，世上風流笑苦諳。——裒
獨結香綃偷餉送，暗垂檀袖學通參。——光
須知化石心難定，卻是為雲分易甘。——威

看見風光零落盡，弦聲猶逐望江南。——裒

古代女子，只留下姓而沒有名的非常多。這姐妹仨很奇怪，名字倒有，就是「光、威、裒」三個字，但卻不知道姓什麼。我覺得可能是三姐妹有意隱瞞，到了晚唐，朱門富戶的女子們也愈來愈深居簡出，很少招搖於世了。從她們的詩句中看，也並非小門小戶的女兒家，像什麼「銀鏤合」「玳瑁簪」，絕非貧家氣象。

三姐妹和魚玄機是同一時代的人，有人曾將她們這首詩帶給魚玄機看。可能要不是因為這樣，她們的詩就一首也傳不下來了。清黃周星《唐詩快》歎道：「以光、威、裒三美之才，不得幼薇（魚玄機字幼薇）表章，誰知之者？然僅能傳其一首耳。因思古今才媛，埋沒深閨者何限，安得向掌書仙姬而問之！」是啊，從這首詩看，是三姐妹聯句之作，其中如「偏憐愛數蟿螋掌」之類的句子，也非常隱晦難解，說不定是姐妹間自己才明白的「典故」。聯句之詩，往往不能發揮出作者所有的才情，而且不免有些主題混亂，像《紅樓夢》中的聯句詩也是如此。可惜我們看不到三姐妹的獨立篇目，但其才情恐亦可與魚玄機媲美。魚玄機看了這姐妹三人的詩後，步原韻和詩一首，也相當精彩：

卷八〇四 四十七【光威裒姊妹三人少孤而始妍乃有是作精粹難儔雖謝家聯雪何以加之有客自京師來者示予因次其韻】魚玄機

昔聞南國容華少，今日東鄰姊妹三。
妝閣相看鸚鵡賦，碧窗應繡鳳凰衫。

紅芳滿院參差折，綠醑盈杯次第銜。
恐向瑤池曾作女，謫來塵世未為男。
文姬有貌終堪比，西子無言我更慚。
一曲豔歌琴杳杳，四弦輕撥語喃喃。
當臺競鬥青絲髮，對月爭誇白玉簪。
小有洞中松露滴，大羅天上柳煙含。
但能為雨心長在，不怕吹簫事未諳。
阿母幾嗔花下語，潘郎曾向夢中參。
暫持清句魂猶斷，若睹紅顏死亦甘。
悵望佳人何處在，行雲歸北又歸南。

從題目中看，光、威、裒姊妹三人似乎從小就失去了父親，但她們的生活還是相當富足的，三姐妹才情過人，美貌出眾，魚玄機這個才女加美女也不禁稱讚「文姬有貌終堪比，西子無言我更慚」。可惜三姐妹的事情我們知道得太少了，她們的其他詩篇也永遠湮沒無聞，殊為可惜。

七、鮑君徽

鮑君徽，字文姬。她和宋氏五女齊名，在德宗年間，也曾被召入宮中，與群臣唱和，皇帝給她很豐厚的賞賜，但並未將她留在宮中任職。不過依我看，她的詩比宋氏五女還要好，有兩首特別精彩，我們來看一下：

卷七【關山月】鮑君徽
高高秋月明，北照遼陽城。塞迥光初滿，風多暈更生。征人望鄉思，戰馬聞鼙驚。
朔風悲邊草，胡沙暗虜營。霜凝匣中劍，風憊原上旗。早晚謁金闕，不聞刁斗聲。

這首詩寫得何等豪邁，和著名邊塞詩人岑參、高適、王昌齡等相比，也毫不遜色。這等雄健的詩句出自一個女兒家之手，更是難得。

卷七【惜花吟】鮑君徽

枝上花，花下人，可憐顏色俱青春。昨日看花花灼灼，今朝看花花欲落。
不如盡此花下歡，莫待春風總吹卻。鶯歌蝶舞韶光長，紅爐煮茗松花香。
妝成罷吟恣遊後，獨把芳枝歸洞房。

這一首惜花詩，也寫得非常精彩。一般來說，春去詩惜，秋來賦悲，看花卻傷懷，是一般女兒家常有的心態。比如像林妹妹，「花謝花飛飛滿天」的好景色不欣賞，卻哭哭啼啼地給花朵送殯出喪，未免辜負了大好春光。而鮑才女這首詩，卻洋溢著唐代那種健康樂觀的精神，惜花愛花，但不悲愴，講的是「不如盡此花下歡，莫待春風總吹卻」，把握好青春，就足夠了，和杜秋娘唱的那首「勸君莫惜金縷衣，勸君惜取少年時。花開堪折直須折，莫待無花空折枝」有異曲同工之妙。這正是代表了盛唐精神，那種健康的血脈。

八、趙氏（一作劉氏）

趙氏是中唐時期的名臣杜羔的妻子。她沒有留下來名字，甚至連姓也不確定，有的地方說是姓劉。不過她留下的這幾首詩卻非常有意思。

趙氏看來是非常想讓自己的老公杜羔去考功名的。杜羔來到京城，初次應試就碰了壁，他落第了。後來又考了好幾次，還是名落孫山。這次，當他淒淒惶惶地回家時，家中的妻子趙氏得知了消息，沒有等他進門，就讓人捎了封信給他，杜羔拆開一看，是這樣一首詩：

卷七九九 十九【夫下第】趙氏

良人的的有奇才，何事年年被放回。如今妾面羞君面，君若來時近夜來。

意思是說，老公你真的有本事啊（這句似為諷刺），那為什麼年年都考不上？現在連我都替你感到丟人，你要回來就摸黑回來吧，別讓人家看了笑話。可想而知，這首詩無異於三九天給杜羔當頭又澆了一盆冷水。歷來下第之人，心情最差，有道是「寡婦攜兒泣，將軍被敵擒。失恩宮女面，下第舉人心。」此乃有名的「人生四悲」，下第就是其中之一。被趙氏一笑話，杜羔羞慚難當，當下連家門也沒有進，就又回長安去了。

杜羔受此刺激，更加頭懸樑、錐刺股地苦讀，第二年放榜，他終於金榜題名了。喜訊傳來，趙氏喜不自勝，當時就賦詩道：

卷七九九 二十二【雜言】趙氏
上林園中青青桂，折得一枝好夫婿。杏花如雪柳垂絲，春風蕩颺不同枝。

然而，趙氏歡喜了半晌後，突然又疑慮起來，她又寫下了這首：

卷七九九 二十一【聞杜羔登第又寄】趙氏
長安此去無多地，鬱鬱蔥蔥佳氣浮。良人得意正年少，今夜醉眠何處樓。

趙氏心想，春風得意後的老公，自然成為眾人邀請的對象，有沒有別的女人看上他呢？他又會不會去青樓妓館裡吃花酒呢？今夜酣醉中的他身邊肯定睡著另一個女人吧？於是趙氏又轉喜為怒，心中很不是滋味。

從《新唐書．杜羔傳》中敘述的情況看，杜羔是唐德宗貞元初年考上的進士，此後杜羔官運還可以，曾做過戶部郎中，又當過振武節度使，最終在工部尚書這個職位上退休。杜羔為人非常孝順，他幼年因戰亂和父母失散，後終於找到母親，事母至孝。後來又費盡心思找到父親的墳墓，使父母

九、喬氏

卷七九九 三【詠破簾】喬氏

已漏風聲罷，繩持也不禁。一從經落後，無復有貞心。

喬氏也是名門閨秀，她是武周時代人，她的哥哥喬知之及兄弟喬侃、喬備都是一時才俊，詩名遠播。但喬知之有一愛姬名碧玉，為武則天的侄子武承嗣所奪，喬知之寫詩偷寄給碧玉，碧玉為之感慨，投井而死，武承嗣遷怒於喬家，將之滅門。

觀此詩，似是感慨女子失貞之意，詩中以簾作喻，感慨家中敗落遭難後，無法再保貞節。按唐代制度，滿門抄斬時，只是將家中的男人斬首，女子會籍沒入宮中掖庭作粗役，或者沒為官婢。喬氏大概也是此等遭遇，為奴為婢之際，恐有貞節難保之事，故作有此詩。正所謂「可憐金玉質，終陷淖泥中」[34]「紅顏固不能不屈從枯骨」，豈不哀哉！

十、楊容華

卷七九九一【新妝詩】楊容華

啼鳥驚眠罷，房櫳乘曉開。鳳釵金作縷，鸞鏡玉為臺。
妝似臨池出，人疑向月來。自憐終不見，欲去復裴回。

這首詩的作者楊容華，是初唐四傑「王楊盧駱」之一楊炯的侄女。故而明代陸時雍的《唐詩鏡》卷八稱「清麗，故有家風。」確實，詩中雖只是寫少女對鏡梳妝這一件小事，但卻寫得氣度雍容，整麗精工，自是名門風範。

相傳此詩是楊容華十三歲時所作，少女神童，更是難得。但不知為何楊容華只留下了這一篇詩作，是早夭而亡，還是其他詩沒有傳下來，史書及筆記資料中似乎無載。

明代程羽文的《鴛鴦牒》中說：「楊容華，鶯吭亮溜，鵠戲非群，宜即配王子安、駱賓王、盧升之，蜚聲振藻，不忝四家」，意思是覺得楊容華才情過人，嫁給初唐四傑中的另外三人倒不錯，但駱賓王、盧照鄰（盧升之）比楊容華的叔叔楊炯還要大一二十歲，王勃（王子安）雖然年輕，和楊炯同歲，相貌也俊美，但楊炯歷來討厭王勃，他曾說過「愧在盧前，恥居王後」，所以這份姻緣實在難成。

十一、蔣氏

卷七九九 四十六【答諸姊妹戒飲】蔣氏

平生偏好酒，勞爾勸吾餐。但得杯中滿，時光度不難。

這位非常有趣的「女酒鬼」蔣氏，是湖州司法參軍陸濛的夫人，她生平好酒，並精擅詩文，頗有女中太白之風。此詩前面有一小注說：「蔣以嗜酒成疾，姊妹勸其節飲加餐，應聲吟答。」是說姊妹們擔心她喝酒傷身，勸她少喝酒多吃菜，結果蔣氏張口就來了這麼一首詩。此詩平白如話，但氣韻貫通，大有揮灑自如之意。「但得杯中滿，時光度不難」，回味深長，耐人尋味，由此可見這個蔣氏的詩才還是相當不錯的。

註

31 出自宋．陸游〈卜算子．詠梅〉。
32 出自郁達夫〈釣臺題壁〉。
33 出自《紅樓夢》第五十四回。
34 出自《紅樓夢》第五回〈賈寶玉神遊太虛境，警幻仙曲演紅樓夢〉關於妙玉的判詞。

卷七　靜拂桐陰上玉墻——女冠卷

在唐代，有個比較獨特的現象，就是有相當多的女子去當女道士，也就是所謂的「女冠」。唐代女道士的生活並非只是青燈黃卷，寂寞深山，而是相當的自由隨意，想飲酒就飲酒，想彈琴就彈琴，甚至想約會男人也無人過問。唐代上至公主、貴族夫人小姐，下至放出來的宮人、棄婦及色衰的妓女等等，都有可能入觀為女冠。

所以，對於唐代女冠，不能一概而論。有人一提唐朝的女道士，就嗤之以鼻，將她們歸入妓女一類，或者稱之為「半娼」式女子，這應該是不恰當的。誠然，女道士中確實有不少人行為放蕩，甚至出賣色相換取錢財。像韓愈的〈華山女〉一詩中描寫的那樣：「華山女兒家奉道，欲驅異教歸仙靈。洗妝拭面著冠帔，白咽紅頰長眉青」，這個長得十分漂亮的女道士吸引來一大批男人，「豪家少年豈知道，來繞百匝腳不停」，韓愈是大儒身分，不好意思詳寫，只是用「雲窗霧閣事恍惚，重重翠幔深金屏」來暗中諷刺女道士的曖昧行為。

然而，雖然女冠中有這樣一批半娼式女子，但當女冠的貴族夫人小姐也有不少，她們都是不愁錢的。像李白的夫人宗氏，就誠心通道，她曾專門去找宰相李林甫的女兒李騰空學道。李白還寫兩首詩：

卷一八四　五十一【送內尋廬山女道士李騰空二首】李白

君尋騰空子，應到碧山家。水舂雲母碓，風掃石楠花。若愛幽居好，相邀弄紫霞。

多君相門女，學道愛神仙。素手掬青靄，羅衣曳紫煙。一往屏風疊，乘鸞著玉鞭。

像宗氏夫人和李騰空這樣的，應該是誠心學道的。當然其中還有像李季蘭（李冶）之類的，行為比較放縱，所以不少後人將她也歸入妓女一類，但我覺得李季蘭也並非是妓女型的女子，她只是在男女關係上比較隨便罷了。

在唐代，佛道都很盛行，但因為道家的始祖老子姓李，於是李唐家族就認了親。唐太宗曾下詔明示「道士女冠可在僧尼之前」，道士女冠享受十方供養，衣食一般來說還是充足無憂的，又沒有勞役之苦，這對很多人來說也相當有吸引力。不過，唐代也規定，不是所有人想出家就可以出家，對於不會識字念經的人，官府會強制還俗的。就女冠來說，還有一個吸引人的地方就是，女冠可以不受束縛，非常自由地和男人交往。而一些寒窗冷板凳下讀書的文人，對於相貌嬌美的女冠，也是看得眼發直，腿發軟。所以在唐代詩人的筆下，還是有相當多的詩句是寫給女道士們的，我們看首李白的：

卷一七七五【江上送女道士褚三清遊南嶽】李白

吳江女道士，頭戴蓮花巾。霓衣不濕雨，特異陽臺雲。足下遠遊履，凌波生素塵。尋仙向南嶽，應見魏夫人。

從李白筆下可知，這個叫褚三清的女道士，頭戴蓮花巾，身穿華美的霓裳，四處雲遊，無拘無束，何等的瀟灑自在。比起一般足不出戶待在家中生兒育女，圍著鍋臺轉一輩子的女人來，是不是更讓女子們羨慕？

唐代女詩人中最出色的人物，也出自這些獲得自由天空的女道士中，其中像李季蘭、魚玄機等就是其中的佼佼者。至於薛濤，雖然也有很多人將她列入女冠詩人之列，但是薛濤原為官妓，是老年後才穿上道袍，以女道士的身分出現的，所以本書中還是將她列入名妓卷。

一、李季蘭

經時未架卻，心緒亂縱橫——有關李季蘭的幼時傳說

李季蘭（又名李冶）出生在浙江吳興，此地在唐代就已經是文化燦爛、經濟繁榮的地方，當時就有大名鼎鼎的「吳中四士」賀知章、張旭、張若虛和包融。這四人，除了包融大家可能不熟外，其他三人都各有名傳千古的詩篇，決非等閒之輩。關於李季蘭的身世，歷史上留下的記載非常少，不過，從李季蘭深厚的詩文功底和精擅琴棋書畫的不凡素養來看，她十有八九也是出身於豪門富戶的小姐。前面說過，富家小姐不願平平凡凡地嫁人，而入道觀過自由生活的也不乏其人。

對於李季蘭的童年，《唐才子傳》只寫了這樣幾句：「始年六歲時，作〈薔薇〉詩云：『經時未架卻，心緒亂縱橫。』其父見曰：『此女聰黠非常，恐為失行婦人』。」意思是說李季蘭六歲那年，就寫了一首詠薔薇的詩，其父親看了覺得，她這樣小的年紀，居然春心萌動（架卻諧音嫁卻），性情不寧（心緒亂縱橫），長大恐怕也是個放縱不檢的女子。

這個故事，多半是後人附會而來，六歲女童，哪會有這樣的心思。要說還是李商隱詩中描寫得

比較真實：「十四藏六親，懸知猶未嫁。十五泣春風，背面鞦韆下。」女孩大概怎麼也要到十四五歲，才懂得點男女之情。對於李季蘭這個童年軼事，其實正如過去評書小說中編的什麼真龍天子出生時異香滿室，紅光沖天之類的事情一樣，因果關系其實是顛倒的，正是由於李季蘭在舊時人的眼裡是失行婦人，才有了這段附會的故事。

天女來相試，將花欲染衣——李季蘭的緋聞

據《唐才子傳》一書中所說，李季蘭「美姿容，神情蕭散。專心翰墨，善彈琴，尤工格律」。天下美姿容的女子不少，但「神情蕭散」，氣質極佳的女子卻向來少有。李季蘭容貌出眾，才華過人，性情又是開朗放縱，所以她就交了一大堆男友。當然，這其中，或許有些真的只是朋友關係。從存留下來的記載中看，和李季蘭關係比較密切的人，主要有劉長卿、陸羽、朱放、皎然、閻伯鈞等人。這些人經常在一起聚會吟詩，《唐才子傳》上記載了這樣一個故事：

「（李季蘭）嘗會諸賢於烏程開元寺，知河間劉長卿有陰重之疾，誚曰：『山氣日夕佳。』劉應聲曰：『眾鳥欣有託。』舉坐大笑，論者兩美之。」

意思是說李季蘭在烏程縣開元寺，和一些文人學士聚會時，她知道劉長卿有「陰重之疾」，也就是有疝氣，我們知道得疝氣的人，會腸子下垂，使睾丸腫脹。當時沒有手術治療這樣的途徑，經常要用布兜托起睾丸，以減少痛楚。李季蘭知道劉長卿有這種病，所以用陶淵明的詩：「山氣（諧音疝氣）日夕佳」（〈飲酒詩二十首〉之五）來笑話劉長卿的疝氣病。劉長卿也用一句陶淵明的詩來回答：「眾鳥欣有託。」（〈讀山海經詩十三首〉之一）這個「託」字借作「托」字，「眾」字

借作「重」字，這個「鳥」字也作水滸中罵人用的「鳥」字來講。

我們看李季蘭在公開場合，居然大講黃段子不臉紅，確實令人驚訝。另外，李季蘭既然連老劉這種隱私都知道，那她和劉長卿的關係恐怕非同一般。當然，李季蘭的朋友中，也有人堅決抵制她那風情萬種的誘惑，像和尚皎然就是。他寫過這樣一首詩：

卷八二一 四十二【答李季蘭】皎然

天女來相試，將花欲染衣。禪心竟不起，還捧舊花歸。

從詩意看，李季蘭非常主動，有「誘僧」之舉，但皎然卻和唐僧有一比，不為其美色所誘，也沒有像武松一樣「惱將起來」，而是很禮貌地還了她這樣一首詩，果然是高僧氣度。於是《唐才子傳》中就損李季蘭說「其謔浪至此」。其實，在初唐、盛唐時期，男女方面的事情似乎比現在都開放得多，像太平公主、上官婉兒、玉真公主等都是男寵成群，貴族婦女中「出軌」者也不在少數。有記載說，楊國忠外出多年，他老婆不知和什麼野男人搞得懷上了孩子，楊國忠也不追究，還自我解嘲說：「此蓋夫妻相念情感所致。」當時的社會風氣相當開放，一夜情也屢見不鮮，李端有首詩中就寫道：「妾本舟中女，聞君江上琴。君初感妾意，妾亦感君心。遂出合歡被，同為交頸禽。」看見了麼？只是琴歌有情，就上床了。而且他們要的不是天長地久，而是曾經擁有：「徒結萬重歡，終成一宵客。王敬伯，綠水青山從此隔！」雖然這首詩中的王敬伯是晉朝人的名字，但恐怕就是以此作代號罷了，該詩以優美纏綿的口吻來敘述此事，可見唐代人的態度。所以，李季蘭的所作所為雖然前衛，但不算特別穢褻不堪。

而且，李季蘭雖然放縱大膽，但卻出乎真情，且她所交往的全是才華橫溢的文人。先說劉長卿，此人在詩壇倒是有一席之地，有「五言長城」之稱，但仕途坎坷，在官場上是個倒楣蛋，冤大頭。他屢次被貶官，甚至還蹲了回大獄，和李季蘭相識時，官職一直在六品以下，也不是什麼有權勢的人。皎然是個和尚，不用說，也是要錢沒錢，要權沒權的人；而陸羽，雖後世有「茶聖」之稱，但當時就是一個山村野人。陸羽早年是個孤兒，三歲時被老和尚拾去，學得識字烹茶。後來他不耐寺廟清規，逃走後加入一個戲班子當優伶演戲。說到演戲，他長得奇醜，還有點口吃，他演的全是丑角，靠逗人發笑賺上座率。後來他又學著當隱士，這等人能有錢嗎？沒有半點油水可榨，也就喝他兩壺茶水罷了。朱放和李季蘭在一起廝混時，也是窮書生一個，沒有功名在身，直到大曆中，才被聘為江西節度參謀，終其一生也沒有做過大官。所以，在這一點上，李季蘭的行為有所非議，但卻也是「發乎真情」。

離人無語月無聲——依舊難耐的寂寞

李季蘭雖然到處留情，廣交朋友。然而，這些男人行蹤不定，他們要忙事業、忙學業等等。因此和李季蘭的歡會也只是如水中浮萍一般，聚散無常。但李季蘭再灑脫，作為一個女人，還是很看重這些感情的。所以，她和這些男人們歡聚的日子總是顯得那麼短暫，而離情別恨也成了她詩集中的主旋律：

卷八〇五 十五【明月夜留別】李治

離人無語月無聲，明月有光人有情。別後相思人似月，雲間水上到層城。

這首詩寫得相當不錯，我覺得和李白的〈靜夜思〉有相通之處，都是借月光寫思情，都顯得是那樣的高潔脫俗。月光如水，水長天闊，這情境是那樣的深遠清峭。李季蘭泛舟湖上，滿懷離情望著明月，她多麼盼望能「雲間水上到層城」（層城即昆侖山之最高處），此情此境，殊為優美。然而，詩中的惆悵迷茫也是悠悠不盡。

從李冶的詩集中來看，可以確信她的情人當屬閻伯鈞了，然而，兩人經歷了一段甜甜蜜蜜之後，閻伯鈞卻要離開她去剡縣了，李季蘭依依不捨地寫下了這首詩：

卷八〇五 十一【送閻二十六赴剡縣】李冶

流水閶門外，孤舟日復西。離情遍芳草，無處不萋萋。

妾夢經吳苑，君行到剡溪。歸來重相訪，莫學阮郎迷。

詩中李季蘭自稱為妾，呼閻伯鈞為阮郎，當真是郎情妾意，纏纏綿綿。所謂「阮郎迷」是這樣一個典故：相傳漢明帝時劉晨、阮肇二人入山遇到仙女，於是二人都被仙女揪入洞房，成為夫婦。山中方十日，世上已百年，當兩人終於樂而思蜀，想回家去時，家中早已滄桑巨變，只打聽到他們的七世孫。此處李季蘭用此典故，是說希望閻伯鈞能不時回來看看她（郯縣並不是太遠），不要像阮肇一樣一去不歸。

然而，從另一首詩看，閻伯鈞也是負心之輩，李季蘭這首〈得閻伯鈞書〉就證實了這一點：

卷八〇五 十二【得閻伯鈞書】李冶

情來對鏡懶梳頭，暮雨蕭蕭庭樹秋。莫怪闌干垂玉箸，只緣惆悵對銀鉤。

「闌干垂玉箸」是指淚流滿面的樣子，「玉箸」在古詩中往往形容長垂的雙淚（不過我覺得這個詞比較彆扭，淚水一般來說不可能成為長長的一條，鼻涕倒是可以）。從詩中來看，李季蘭得到閻伯鈞的書信後，大哭一場，懶得再梳妝打扮，那姓閻的這封信十有八九就是和李季蘭的分手信。有道是「多情總被無情傷」，李季蘭不免經常暗自傷情，她有一首詩說：「心遠浮雲知不還，心雲並在有無間。狂風何事相搖盪，垂向南山復北山」。是啊，李季蘭一顆心，也是如狂風中捲起的蓬草一樣，起起落落，飄蕩無依。酒席歡宴散時，良辰酒醒之後，依舊逃不掉那如影隨形的寂寞：

卷八〇五 八【感興】李冶

朝雲暮雨鎮相隨，去雁來人有返期。玉枕只知長下淚，銀燈空照不眠時。仰看明月翻含意，俯眄流波欲寄詞。卻憶初聞鳳樓曲，教人寂寞復相思。

當李季蘭生病時，她更加寂寞苦悶。然而，好多的男人都是有酒場飯局，尋歡作樂時才來，真正需要幫助和關懷時卻一個個都蹤影全無。好在茶聖陸羽還不錯，在陰冷的大霧天中，前去探望李季蘭，於是李季蘭寫下了這首詩：

卷八〇五一【湖上臥病喜陸鴻漸至】李治

昔去繁霜月，今來苦霧時。相逢仍臥病，欲語淚先垂。
強勸陶家酒，還吟謝客詩。偶然成一醉，此外更何之。

病中憔悴不堪的李季蘭看到身上滿是清霜的陸羽，不免打心底感到一絲溫暖。「相逢仍臥病，欲語淚先垂」，想來此時李季蘭正處在感情受傷的時刻，恐怕是心病更多於身病。不過在陸羽的勸慰下，兩人飲酒賦詩（「陶家酒」指陶淵明的酒，「謝客詩」指謝靈運，都是借指），心情也漸漸開朗了起來。說來也是，陸羽原來當過優伶，專演逗人樂的角色，想來哄李季蘭一笑也不難。但是從詩中看，李季蘭把陸羽只是當作朋友，並沒有什麼特別親昵的語言。鐘惺《名媛詩歸》卷十一說：「微情細語，漸有飛鳥依人之意矣。」這句我並不是很贊同，我覺得此詩瀟灑磊落，純為抒發友情而寫，就算放入孟浩然和李太白集中也不見遜色，並無一般女子那種小鳥依人的媚態。

李季蘭可能一開始也是滿懷真情，但是帶給她的卻是屢屢受傷，像她的〈春閨怨〉又說：「百尺井欄上，數株桃已紅。念君遼海北，拋妾宋家東。」這個「拋」字，很能表現出李季蘭的愁怨。在心中刻滿傷痕後，李季蘭可能真的想通了，她寫下這樣一首至情至理之詩：

卷八〇五十【八至】李治

至近至遠東西，至深至淺清溪。至高至明日月，至親至疏夫妻。

這四句平白如話，但卻意味深長。可謂精警千古。前三句其實全部是襯托最後一句，「至親至疏夫妻」，此六字寫世事人情，堪稱入木三分。鐘惺《名媛詩歸》評此詩說：「字字至理，第四句尤是至情。」我覺得此詩「字字至理，第四句尤是至理」。清黃周星《唐詩快》中說：「大抵從老成歷練中來，可為惕然戒懼」，這句話意思倒還對付，但「老成歷練」恐怕用詞不當，應該說是李季蘭從無數次傷心之淚中領悟出來的吧。由於有關李季蘭的資料太少，不知道她是否正式結過婚，但從這句「至親至疏夫妻」一句話來看，想必也是「翻過筋斗來的」。

無才多病分龍鍾——晚景淒涼的李季蘭

據《唐才子傳》上說，天寶末年，唐玄宗也得知了李季蘭的詩名，特意宣她入宮面見皇帝。然而，此時李季蘭已經不再年輕了，張愛玲常說「出名要趁早」，確實，對於自負美貌的才女來說，老來方才出名，不能在世人面前一展自己的絕代風姿，那是何等的遺憾！於是李季蘭寫了這樣一首詩：

卷八〇五九【恩命追入，留別廣陵故人】李治

無才多病分龍鍾，不料虛名達九重。仰愧彈冠上華髮，多慚拂鏡理衰容。
馳心北闕隨芳草，極目南山望舊峰。桂樹不能留野客，沙鷗出浦謾相逢。

據聞一多先生考證說，李季蘭可能生於景龍三年（七〇九年），如果確實如此的話，李季蘭到了天寶末年，已是四十多歲的人了。怪不得她歎著氣望著鏡中仿佛繁霜染過的白髮，無奈地歎息。

據說李季蘭面見了皇帝後，「評者謂上比班姬則不足，下比韓英則有餘，不以遲暮，亦一俊媼」，雖然將她的才華誇獎了一番，認為她僅次於班昭，比韓英（也是古代才女）還要強，但卻稱其為「俊媼」（俏老太婆），對於一向以美貌自負的李季蘭恐怕也是心有餘恨，悵然不快吧。「自古美人如名將，人間不許見白頭」。可想而知，晚年的李季蘭，日子過得也非常的艱難。

李季蘭最後也死得非常淒慘，關於她的死，見於唐人趙元一所寫的《奉天錄》卷一中：

時有風情女子李季蘭，上泚詩，言多悖逆，故闕而不錄。皇帝再克京師，召季蘭而責之曰：「汝何不學嚴巨川有詩曰：手持禮器空垂淚，心憶明君不敢言？」遂令撲殺之。

是說唐德宗年間，叛臣朱泚篡位，立國號大秦。而李季蘭卻給偽帝朱泚獻詩稱賀，李季蘭為什麼要蹚這個渾水呢？如果不是受脅迫的話，就是李季蘭當時窮困已極，十分落魄。這也很有可能，因為像李季蘭這樣的女人晚景一般比較淒涼。像一代名妓賽金花，晚年也十分落魄，據說接受過韓復榘的資助，還寫了首詩給老韓：「含情不忍訴琵琶，幾度低頭掠鬢鴉；多謝山東韓主席，肯持重幣賞殘花。」[35] 然而，不管怎麼說，李季蘭的行為在當時來說是非常嚴重的大罪。從德宗責斥她一點思念故君的感情也沒有來看，很有可能李季蘭是主動獻詩給逆賊朱泚的。於是德宗盛怒之下，命人將李季蘭亂棍打死。算來李季蘭當時已是個七十多歲的老太太了，臨老卻慘死在棍棒之下，也很是可憐。下手行刑的人可能根本不知道，這個枯瘦的小老太太當年在江南是那樣的光彩照人，傾倒眾生。

形氣既雄，詩意亦蕩——李季蘭的精妙詩篇

李季蘭在後世恪守禮教的人看來行止甚是不端，臨老還附逆於賊，人品很是糟糕，所以後世人們誇女子有才時，很少用「李季蘭」作比喻。然而，李季蘭的文采卻是他們不得不服氣的，確實，李季蘭留下來的詩雖然不多，只有十六首，但篇篇精彩，沒有一篇平庸乏味之作。不少人都覺得這一首詩最好，《唐詩鑑賞辭典》中也選了這首：

卷八〇五二【寄校書七兄（一作送韓校書）】李治

無事烏程縣，蹉跎歲月餘。不知芸閣吏，寂寞竟何如。
遠水浮仙棹，寒星伴使車。因過大雷岸，莫忘八行書。

對於這首詩，唐人高仲武《中興間氣集》中就沒命地誇：「如『遠水浮仙棹，寒星伴使車』，蓋五言之佳境也。」明胡應麟《詩藪．雜編．閏餘上》中也誇：「李季蘭『遠水浮仙棹』二語，幽閒和適，孟浩然莫能過。」其實，依我來看，這首詩比較平平，比李季蘭的其他詩篇並不強，古人稱道她這首好，主要是覺得此詩中不露痕跡地化用諸般典故，比如「遠水浮仙棹，寒星伴使車」，從字面上也能想像出一個水陸兼程的行旅圖景，但其中卻暗含了下面的典故：「遠水浮仙棹」是指漢代博望侯張騫奉使乘槎探索河源的故事。「寒星伴使車」則是《後漢書．李郃傳》中的故事——漢和帝派使者到各州縣去微服察訪，漢中小吏李郃會看天象，他見二座星向他這裡移動，因而就知

道有使者前來。「星使」一詞也是出於此處。「大雷岸」是指鮑昭寫給其妹鮑令暈的〈登大雷岸與妹書〉。這些在古時都是學子們必讀的文章，因此在當時來看，他們會覺得李季蘭熟用諸般典故，巧妙妥帖，甚是高妙。但我們今天來看，不免覺得生疏隔膜。

我覺得李季蘭的詩在唐代女詩人中當屬第一。薛濤雖然寫得也不錯，但是她因身為官妓，有好多詩不免有刻意迎合官長之嫌，阿諛拍馬的違心之作也不少。而李季蘭的詩卻清氣滿懷，蕭然有林下之風。李季蘭的詩帶有濃郁的盛唐氣息，嚴羽《滄浪詩話》說：「盛唐諸人惟在興趣，羚羊掛角，無跡可求。故其妙處透徹玲瓏，不可湊泊，如空中之音，相中之色，水中之月，鏡中之象，言有盡而意無窮。」李季蘭的詩確實有這樣的意味，我尤其喜歡李季蘭這首詩：

卷八〇五 七【相思怨】李冶

人道海水深，不抵相思半。海水尚有涯，相思渺無畔。
攜琴上高樓，樓虛月華滿。彈著相思曲，弦腸一時斷。

有人常稱歎孟浩然的詩是「語淡而味終不薄」，依我看，李季蘭的這首詩也當之無愧。這首詩中，沒有生澀難解的典故，字句雖然平易，但卻詩味醇永，韻致天然。讀來如行雲流水，風神疏朗。有道是「詩必盛唐」，所以，有著盛唐之音的李季蘭，她的詩才在唐代女詩人中堪稱豔絕群芳，高居魁首。

二、魚玄機

關於魚玄機，她的名氣在唐朝才女中倒是相當響亮，她身上集中了晚唐時那種慵倦濃豔、脂香粉膩的色彩，有人說她是才女，有人說她是蕩婦。我們要想了解真實的魚玄機，還是要從她自己的詩文及第一手的資料中去尋。

淚落晴光一首詩——魚玄機之愛的初體驗

魚玄機現在名氣雖大，卻難以躋身於舊時專為帝王將相、金枝玉葉作史的《兩唐書》內。她的資料只零星見於《唐才子傳》《北夢瑣言》及《三水小牘》等筆記之中。魚玄機原名魚幼薇，又字慧蘭，出身十分貧寒。《三水小牘》中就說她是「長安倡家女」。當然在比較照顧魚玄機形象的文章中，稱魚玄機家裡也是讀書人，父親是個不及第的秀才，因膝下無子，於是一肚子詩文都傳給了魚幼薇。但她的父親早早就去世了，魚家母女只好住在長安郊區的貧民窟裡，那裡附近就是平康里，是妓女雲集的地方。母女倆只能幫附近的青樓娼家做些針線活或漿洗一下衣服賺點小錢度日。

不管怎麼說，幼年時的魚幼薇肯定受到了那些青樓女子們的不良影響，這也是毋庸置疑的。

魚幼薇據說自幼聰穎過人，五歲就能誦詩數百首，七歲就開始作詩，十一二歲時，她的詩作就傳到眾多長安文人的耳中。長安文人之中，有不少人也是輕薄之士，常流連於酒肆妓院等處。溫庭筠就是其中代表，溫庭筠雖然名字非常雅，又經常寫脂香粉膩、鏤金貼翠的花間詞，不瞭解的人可能還以為他是個翩翩佳公子。豈知此人其貌不揚，有「溫鍾馗」之稱。溫庭筠不但相貌醜，而且脾氣怪，喜歡攪鬧科場，幫人作弊，並放浪形骸，常流連於妓院之中，不過據說，他和魚幼薇之間，是純粹的師友關係，姑信之。相傳溫庭筠讚賞魚的才華，在詩文上也經常詳加指點，魚幼薇得到溫庭筠這樣的名師指教，大有長進，她的詩也愈發與眾不同。這樣過了幾年，魚幼薇已成為一名嫩得可以掐出水來的才女加美女。魚幼薇也是自信滿滿，一日她到崇真觀南樓附近，見到新科進士放榜時的情景，心中又羨又恨，只恨自己是個女子，不能參加考試，於是她寫了這樣一首詩：

卷八〇四 十九【遊崇真觀南樓，睹新及第題名處】魚玄機

雲峰滿目放春晴，歷歷銀鉤指下生。自恨羅衣掩詩句，舉頭空羨榜中名。

魚幼薇恨自己是個女子，不然就可以像那些及第舉子一樣贏得功名，披紅戴花騎上高頭大馬，一日看遍長安花，這是何等的愜意！《唐才子傳》中也慨嘆：「觀其志意激切，使為一男子，必有用之才，作者頗憐賞之。」然而，就算是男子，也未必有才者就能高中榜首，像賈島那樣「十舉不第者」極多，魚幼薇的溫老師明擺著是個男人，詩才也比他的女徒兒魚美女只高不低，但還是一生白衣，終生潦倒。

在當時，對於女子來說，求功名是鏡花水月，還是嫁個好男人比較現實。據說經溫庭筠介紹，一個叫李億的貴家公子結識了魚幼薇，他們兩人一起過了段甜甜蜜蜜、如膠似漆的日子。然而好景不長，李億本來是有老婆的，而且是豪門大戶的裴氏女。裴氏女見李億久久不肯回家，於是就來信讓李億把她也接到長安，李億不敢不聽，於是匆匆回鄉。魚幼薇情知不妙，李億走後，她惆悵不已，寫了好幾首詩，《唐詩鑑賞辭典》上選的是其中這首〈江陵愁望寄子安〉（子安是李億的字）：

楓葉千枝復萬枝，江橋掩映暮帆遲，憶君心似西江水，日夜東流無歇時。

這首詩是魚玄機很有名的一首詩，但是我覺得此詩在魚玄機的詩集中僅是中等成色。詩中之意，完全脫胎於建安七子之一徐幹的〈室思〉：「自君出之矣，明鏡暗不治。思君如流水，何有窮已時。」魚的詩因襲其意，並無特別精妙之處。以流水喻情，前人說的不少，像李白的「請君試問東流水，別意與之誰短長」，還有白居易的「泗水流，汴水流……思悠悠，恨悠悠」之類的；後人說的也不少，像李煜著名的「問君能有幾多愁，恰似一江春水向東流」等等。因此，向大家推薦魚玄機的另一首：

卷八〇四 十一【春情寄子安】魚玄機

山路欹斜石磴危，不愁行苦苦相思。冰銷遠澗憐清韻，雪遠寒峰想玉姿。
莫聽凡歌春病酒，休招閒客夜貪棋。如松匪石盟長在，比翼連襟會肯遲。
雖恨獨行冬盡日，終期相見月圓時。別君何物堪持贈，淚落晴光一首詩。

這是一首長律，詩中不僅訴說了自己的相思之情，而且對李億關心備至，勸他不要多喝酒，不要通宵下棋，以免勞神傷身，又盼著李億會在月圓之時歸來和自己相見，深情款款，極是感人。結句也相當精彩：「別君何物堪持贈，淚落晴光一首詩」，我所能贈給你的，只是沾滿我相思之淚的這篇詩。明鐘惺《名媛詩歸》卷十一說：「如此持贈，恐不堪人領取也。」是啊，李億收到這樣一封充滿情淚的書信，又會是何等的心情？魚玄機另一首寫給李億的詩也相當不錯：

卷八〇四　三十八【隔漢江寄子安】魚玄機

江南江北愁望，相思相憶空吟。鴛鴦暖臥沙浦，鸂鶒閒飛橘林。煙裡歌聲隱隱，渡頭月色沉沉。含情咫尺千里，況聽家家遠砧。

魚玄機這首詩，是一首六言詩。六言詩這種體裁在《全唐詩》中不多見，寫得好更是難上加難。然而，魚玄機這首詩卻充分展現了她的功力。前三聯都對仗工整，而不覺其板，詩的意境也好。魚玄機獨立江畔，惦念著遠走的李億，愁慮未知的將來，看著鴛鴦暖臥，鸂鶒閒飛（鸂鶒是一種長有彩色毛羽的水鳥，經常雌雄相隨共宿），心中倍增傷感，江上的煙波正如她心頭的迷霧，她預感到等待她的將是一場疾風暴雨。

俗話說「男人靠得住，母豬能上樹。」等了又等，盼了又盼，她的情郎李億終於回來了。然而他不再只屬於她，他的身旁是滿臉殺氣的原配夫人裴氏。「臥榻之旁，豈容他人鼾睡」，也不能只怪人家裴氏，任何女人也不會高興自己的老公找小老婆。古時妻妾之間等級分明，妻可以有權打罵妾。我們知道冒襄的《影梅庵憶語》中寫過，董小宛來到冒家後，每當吃飯時，連坐在桌邊吃的份兒也沒有，「之侍左右，服勞承旨，較婢婦有加無已。烹茗剝果，必手進；開眉解意，爬背喻癢。當大寒暑，折膠鑠金時，必拱立座隅，強之坐飲食，旋坐旋飲食，旋起執役，拱立如初。」看到了嗎，小宛在吃飯時，要站在冒襄和他大老婆身後服侍，唉，簡直就和丫環差不多，是非常受氣的。從後來魚玄機打死女僮之事來看，恐怕她的脾氣一點也不像董小宛一樣溫婉和順，李億家裡肯定經常鬧得雞飛狗跳。

兩個女人都挺厲害的，無法相容。李億無奈，只好拋棄魚玄機。我們前面說過，對於舊時婚姻來說，男人也不是全看美色，雖然男人多是「未見好德如好色」者，但姻親關係他們也是很看重的。如果你的老丈人是京官，大舅子是刺史，小舅子是駙馬，你身世卻是寒門書生出身，你敢拋棄老婆嗎？那意味著前面原來可以在仕途上對你鼎力相助的這些人，都成為你的敵人。所以，就算魚玄機有傾國之色，被拋棄的卻還只能是魚玄機。李億看著魚玄機實在待不下去了，暗地裡派人在曲江一帶找到一處僻靜的道觀「咸宜觀」，出資予以修葺，又捐出了一筆數目可觀的香油錢，然後把她悄悄送進觀中，由此魚玄機才正式取了「玄機」的道號。咸宜觀之名，據說是唐玄宗曾寵愛過的武惠妃之女咸宜公主出家為女道士時修的觀，故名。

魚玄機和李億分手後，心情是相當痛苦的，她寫詩道：

卷八〇四 九【書情寄李子安】魚玄機

飲冰食檗志無功，晉水壺關在夢中。秦鏡欲分愁墮鵲，舜琴將弄怨飛鴻。

井邊桐葉鳴秋雨，窗下銀燈暗曉風。書信茫茫何處問，持竿盡日碧江空。

「飲冰」是《莊子．人世間》中的典故：「今吾朝受命而夕飲冰，我其內熱歟？」比喻自己心煩如焚。「食檗」作茹苦講，「檗」即黃柏，味道極苦。詩中「秦鏡欲分」等也是離別的典故，不再細解，從詩中看，這次分手給魚玄機帶來的痛苦是相當深的，可謂銘心刻骨。

魚幼薇的初戀以悲劇收場，這場悲劇最該怪的是誰呢？是李億家那個兇狠的大老婆？但平心而論，裴氏也沒有什麼大過，不像有些地方說的，李億像李益一樣，是後來又攀高門和裴氏結婚，人家裴氏成婚在先。那該罵的是李億？李億該如何做？拋棄原配娶魚幼薇？似乎也不對。那只有怪魚幼薇了？但像魚幼薇這樣天生麗質，才情過人的女子，又怎麼會找個平凡的男人嫁掉呢？魚幼薇曾寫過這樣一首詩：

卷八〇四 七【賣殘牡丹】魚玄機

臨風興歎落花頻，芳意潛消又一春。應為價高人不問，卻緣香甚蝶難親。

紅英只稱生宮裡，翠葉那堪染路塵。及至移根上林苑，王孫方恨買無因。

從此詩中來看，魚幼薇自視甚高，「應為價高人不問」，一般的男人她是不搭理的。「卻緣香甚蝶難親」，這句說的不是太貼切，香得厲害怎麼蜂蝶反而不親？說不過去。看魚玄機的意思其實應該是不許尋常蜂蝶親，所謂「紅英只稱生宮裡，翠葉那堪染路塵」。既然這樣，魚幼薇未免希望愈大，失望愈大。她曾經全心全意地將所有的希望都寄託在李億身上，她曾經捧出來過一顆純淨晶瑩的少女芳心，然而李億手卻一直在顫抖著不敢接，終於，這顆心被人打落在地上，魚幼薇的心完全碎了，這是誰也補不好的！

唐代女子對待男人負心的態度也是因人而異的，鶯鶯對負心的元稹是寬容大度地說：「還將舊時意，憐取眼前人」；而霍小玉卻憤憤而亡，臨死之前滿懷怨毒地對負心人李益說：「我為女子，薄命如斯，君是丈夫，負心若此！……我死之後，必為厲鬼，使君妻妾，終日不安！」而魚玄機，和這兩位女子的做法又有所不同，她用放浪情懷來報復李億，報復男人，報復這個不公平的世界！然而，女人用這種方式來報復男人時，往往相當於武俠小說中的「七傷拳」一樣，是先傷己，後傷敵。

易求無價寶，難得有心郎——放縱情懷的魚玄機

魚玄機心灰意冷之後，一腔愛意化作了滿腹淒涼，她乾脆隨意和男人們來往調笑，打出「魚玄機詩文候教」的告示，弄得咸宜觀車水馬龍，眾多無行文人如蜂蝶般紛紛而來。魚玄機和眾人詩酒相酬，忙得不亦樂乎之際，寫下了這樣一首詩：

卷八〇四 二【贈鄰女（一作寄李億員外）】魚玄機

羞日遮羅袖，愁春懶起妝。易求無價寶，難得有心郎。

枕上潛垂淚，花間暗斷腸。自能窺宋玉，何必恨王昌。

此詩流傳甚廣，「易求無價寶，難得有心郎」這一句，千百年來不知讓多少女兒家為之感嘆

神傷，從詩句中看，魚玄機似乎從「枕上潛垂淚，花間暗斷腸」的傷痛裡走了出來，高傲地昂起頭，鏗鏘有力地說道：「自能窺宋玉，何必恨王昌」，意思是憑我這樣花容月貌的，宋玉那樣的帥哥也不難找，何必和那些無情無義的三四流男人王昌生氣呢？王昌為魏晉時人，風神俊美，史載其人也無薄倖故事。此處僅是借用而已。

魚玄機從此豔幟高張，迎來送往，不是妓女，勝似妓女。《北夢瑣言》就說她「自是縱懷，乃娼婦也」。對此，雖然說得略有些刻薄，但是也差不了多少。從魚玄機的若干詩文中，也可以看出來，比如我們來看這一首：

卷八〇四 二十三【聞李端公垂釣回寄贈】魚玄機

無限荷香染暑衣，阮郎何處弄船歸。自慚不及鴛鴦侶，猶得雙雙近釣磯。

我們看這首詩裡面，魚玄機聽說這個「李端公」釣魚歸來，就寫詩給他，直呼此人為「阮郎」（古詩中情郎的代稱），並說「自慚不及鴛鴦侶，猶得雙雙近釣磯」。這樣的話或許我們今天看起來還算比較含蓄，但是當時放在詩中，已經相當直白了，就等於說：「我的郎，咱們做對鴛鴦吧。」還有這首〈迎李近仁員外〉十分惡俗，以至於有段時間嚴重影響了我對魚玄機的印象：

卷八〇四 四十三【迎李近仁員外】魚玄機

今日喜時聞喜鵲，昨宵燈下拜燈花。焚香出戶迎潘岳，不羨牽牛織女家。

這首詩寫得太俗了，依魚玄機的水準，應該不至於這樣差。但之所以寫成這樣，恐怕正是寫給「李近仁員外」這個俗人看的，寫這樣的媚詩獻媚於李員外這樣滿身銅臭的俗人，魚玄機可真夠掉價的。有的研究者為了顧全魚玄機的名聲，將這個李近仁員外也考證成李億，實屬牽強附會。李億字子安，從來沒有叫過李近仁。

然而，嬉笑樂宴、雲雨歡會之後，男人們該走的都走了，留給她的卻依舊是寂寞、空虛和不安。「今年歡笑復明年，秋月春風等閒度」[36]，轉眼間，她已經二十七歲了。雖然，她依舊明豔動人，然而，她也不禁要問一下，自己還有多少青春可以揮霍？

卷八〇四 二十一【秋怨】魚玄機

自嘆多情是足愁，況當風月滿庭秋。洞房偏與更聲近，夜夜燈前欲白頭。

從這首詩中，可以看出，魚玄機的內心依舊是焦慮不安的，她的脾氣也愈來愈暴躁，終於，她失手殺了自己的貼身女僮。

揉碎桃花紅滿地——魚玄機之死

我們來看《三水小牘》中的記載（古人記載此事的資料只有本書最早）：

一女僮曰綠翹，亦特明慧有色。忽一日，機為鄰院所邀，將行，誡翹曰：「無出。若有熟客，

但云在某處。」機為女伴所留，迨暮方歸院，綠翹迎門曰：「適某客來，知煉師不在，不舍轡而去矣。」客乃機素相昵者，意翹與之狎。及夜，張燈扃戶，乃命翹入臥內。訊之，翹曰：「自執巾盥數年，實自檢御，不令有似是之過，致忤尊意。且某客至，款扉，翹隔闔報云：『煉師不在。』客無言，策馬而去，若云情愛，不蓄於胸襟有年矣，幸煉師無疑。」機愈怒，裸而笞百數，但言無之。既委頓，請杯水酹地曰：「煉師欲求三清長生之道，而未能忘解佩薦枕之歡。反以沈猜，厚誣貞正，翹今必死於毒手矣。無天則無所訴；若有，誰能抑我彊魂？誓不蠢蠢於冥莫之中，縱爾淫佚！」言訖，絕於地。

從文中來看，綠翹這孩子挺可憐的。魚玄機有事出門，讓她在家看門，吩咐她說，有熟客就告訴她到哪去了。結果魚玄機直到天黑才回來，綠翹和她說，某人來了，妳不在，隨即就走了。結果魚不信，就懷疑綠翹和這個男人上了床。於是到了晚上，把綠翹叫到她的臥室，魚點上燈關上門，審她。綠翹說侍候魚（煉師即指魚）好幾年了，一直沒有什麼過錯，那客人來時，綠翹是隔著門和他說話的，那人隨即就走了，根本不可能發生什麼事。但魚十分惱怒，扒光綠翹的衣服，用竹板抽打她上百下，但綠翹始終不承認。綠翹委頓將死之時，拿了杯水灑在地上禱告，指斥了魚玄機的不端行為。她說：「你是女道士，求三清長生之道，按說該清靜無為，但卻不能捨男女之歡，又胡亂吃醋猜疑，誣賴清白無辜的我。如果真有上天神靈的話，我一定要去告你，不能讓你這種淫蕩的壞女人逍遙世上！」說完，綠翹就死了。

由此可見，有些小說或電影之類，有意將綠翹描寫成一個心中滿是壞水的「小狐狸」，無非是想替魚玄機開脫罪責罷了。話說回來，就算綠翹真的勾搭了她的男人（那些男人能算魚的嗎？）

也不應該就被魚活活打死啊。

魚玄機打死綠翹後，並沒有直接投案自首。而是在後院挖了個坑，偷偷埋了屍體。有客人倒還納悶，問妳這裡那個小丫頭怎麼沒有啦？魚撒謊說：「春雨初晴時，她偷偷跑掉了。」這些尋歡作樂的客人又不是綠翹的親爹親媽，只不過隨口問問，也不深究。也是合該有事，魚玄機觀裡成天歡宴，人來人往，有個客人去魚玄機觀中後院僻靜處撒尿（唉，魚的客人都什麼素質的），卻見有一大群蒼蠅圍在土上，揮之不去。此人大奇，細看之下，發現土上似有血痕，還透出一股屍臭味。此人多半也是文弱書生，驚懼之下，尿也沒有撒完，回去悄悄地和僕人說了這事。僕人回去後，又和他哥哥講了。他哥哥正好是官府衙役，據說曾向魚玄機借錢，魚玄機沒有搭理他。於是此衙役帶領人闖入咸宜觀中，挖出了綠翹的屍體。經審訊，魚供認不諱。

在資料上都說當時斷案者乃是京兆尹溫璋。溫璋一向以嚴酷著稱，《北夢瑣言》說：「溫璋為京兆尹，勇於殺戮，京邑憚之。」並講了一個烏鴉告狀的故事，說有隻烏鴉飛到官衙「挽鈴」告狀，溫璋說，必是有人去掏小烏鴉，於是派人跟隨這隻烏鴉到了一棵大樹下，果然有人在掏烏鴉窩，溫璋命將此人拿下，當場殺之。可見溫璋之嚴酷。嚴刑嗜殺的溫璋判魚玄機斬首棄市。據說魚玄機在獄中寫過這樣兩句詩：「明月照幽隙，清風開短襟」，也許原詩不止這兩句，可惜沒有傳下來。這年的秋天，魚玄機就被斬首示眾。十字長街，那攤殷紅的鮮血，為一代才女魚玄機的生命畫上了句號。

對於魚玄機的死，很多人都惋惜感嘆不已。當然，按唐律，如果綠翹算是奴婢的話，魚玄機尚罪不至死，《唐律疏議》卷第二十二之「鬥訟」條說：「諸奴婢有罪，其主不請官司而殺者，杖一百。無罪而殺者，徒一年。」然而，綠翹未必可以算是魚的奴婢。而且以現代的觀點看，魚玄機殺死未成年女童，性質相當惡劣，事後又隱瞞不報，被判死刑也並非冤枉。詩是詩，人是人，寫好詩就是好人嗎？她並不是像竇娥一樣是蒙冤而死，殺人償命，也是天理人情。

魚玄機雖然也有詩道：「道家書卷枕前多」，但是恐怕她沒有認真領悟道家經典，魚玄機的詩中，只有很少數能體現出那麼一點點逍遙世外的道家意味，比如這首詩我就非常喜歡：

卷八〇四 二十五【題隱霧亭】魚玄機

春花秋月入詩篇，白日清宵是散仙。空卷珠簾不曾下，長移一榻對山眠。

如果魚玄機真能如濠水魚一樣暢遊在人生的江湖裡，真正像她這首詩中所寫的一樣，逍遙度日，對山而眠，有如散仙，悟出「天下莫大於秋毫之末，而太山為小，莫壽於殤子，而彭祖為夭。天地與我並生，而萬物與我為一」[37]的至理，那有多好。

註

35《閱微草堂筆記》：含情不忍訴琵琶，幾度低頭掠鬢鴉，多謝西川貴公子，肯持紅燭賞殘花。不署年月姓名，不知誰作也。余曰：此君自寓坎坷耳，然五十六字足抵一篇琵琶行矣。

36 出自唐．白居易〈琵琶行〉。

37 出自《莊子．內篇．齊物論》。

卷八 綠珠垂淚滴羅巾——家姬卷

家姬，也可以稱之為家妓，這是一種半婢半妾的角色，她們在豪門之中，地位非常低。一般都是買來的，她們多數能歌善舞，在豪門中以聲色娛悅主人及來客。李白〈襄陽歌〉中所謂「千金駿馬換小妾」，這裡的小妾指的就是家妓。另外，唐代的家妓，主要是以歌舞娛人，如同現在日本的「藝妓」一樣。「妓」之所以和「技」有半邊相同，正是因此而來。比如晉朝時殷仲文勸宋武蓄妓，宋武說：「我不解聲。」意思是宋武說，我不懂音樂，要妓做什麼？由此可見，古代的妓主要是唱歌跳舞來供人欣賞的。

她們可以被主人隨意買賣，或者送人。就算僥倖和主人生下子女，也未必能擺脫低下的身分，所生的子女也根本不被主人家看重。像韋應物有個愛姬，他們生有一女，韋應物雖是朝廷命官，經常當刺史，但是因為此女是家姬所生，所以依舊委身樂部，流落潭州。因此殷堯藩〈潭州席上贈舞柘枝妓〉就感嘆：「姑蘇太守青蛾女，流落長沙舞柘枝。滿坐繡衣皆不識，可憐紅臉淚雙垂。」

說來家妓過的日子是非常辛苦的，唐明皇李隆基的兄弟岐王家中姬女極多，冬天手冷時，岐王就把手伸到家妓懷中暖手，風大時，又讓家妓團坐於他身邊擋寒，呼為「妓圍」。五代時的孫晟大有岐王遺毒，每次進餐，令眾家妓執菜盤、飯碗、湯盆等環立身前，號「肉臺盤」。如果碰上性情暴戾的主人，家姬的遭遇更慘，西晉權臣王愷有次請王敦到家中喝酒，命家妓吹笛助興，結果這個家妓吹奏時忘了曲譜，王愷大怒，當場將她活活打死。宋代將軍楊政更為可惡，家姬「小不稱意，必杖殺之，而剝其皮，自首至足，釘於壁上」，簡直就是殺人惡魔，但是也無人過問，家姬之悲慘可見一斑。當然，像王愷、楊政這樣的人在當時也僅是少數。不過對於家妓來說，她們的命運只能看所屬主人的人性是善還是惡了，主人脾氣好，是她們的幸運，主人脾氣壞，是她們命苦。不少的家姬也不願意認命，於是大膽地逃出去，去尋找自己的幸福，把握自己的人生。

在唐代，家妓依然非常流行，一些名門仕宦之家普遍都有家妓。在這些朱門甲第中，她們往往被視為和馬匹、物品一樣，但是她們依然是有感情的，而且她們既然能成為多才多藝的家妓，也是非常聰明伶俐的，所以《全唐詩》中時常有她們的身影，也有她們的詩句閃耀。

一、樊素、小蠻

說起家姬，不能不說樊素和小蠻，她們倆是著名詩人白居易的家妓。托白居易之名，這倆美女不但名聞遐邇，而且在一貫以嚴肅著稱的史書中也留下了姓名：「樊素、蠻子者，能歌善舞」（《舊唐書．白居易傳》）。要知道新舊唐書一向以嚴謹精練聞名，連岑參這樣既是堂堂四品的朝廷命官，又是非常知名的邊塞詩人，也居然沒有立傳。樊素和小蠻能在史書中留名，也算是十分難得了。

白居易對樊素、小蠻是相當喜愛的，他曾有詩道：「十年貧健是樊蠻」，白老爺子詩集中關於樊素的詩也不少，我們先來看這樣一首詩：

卷四五八　三十五【春盡日宴罷，感事獨吟（開成五年三月三十日作）**】**
五年三月今朝盡，客散筵空獨掩扉。病共樂天相伴住，春隨樊子一時歸。
閒聽鶯語移時立，思逐楊花觸處飛。金帶縋腰衫委地，年年衰瘦不勝衣。

這是唐文宗開成五年（八三六年）的春天，此時的白居易已是滿頭白髮，病軀奄奄。他已是六十四歲的老人了。在「人活七十古來稀」的舊時，已經是風燭殘年。酒宴散後，正值暮春三月，春盡花殘，更添傷感。白居易突然感到莫名的惆悵和寂寞，他又想起了他最心愛的歌姬樊素，然而正像詩中所說的，「病共樂天相伴住，春隨樊子一時歸」。樊素和那爛漫春光彷彿一起走遠了，留下來的只有滿懷的病愁。

樊素、小蠻為什麼走了呢？不是她們私奔而逃，而是白居易自己讓她們離開的。在白居易六十多歲時，他得了風疾，半身麻痹，於是他賣掉那匹好馬，並讓樊素離開他去嫁人。可是，他那匹馬反顧而鳴，不忍離去。樊素也感傷落淚說：

主乘此駱五年，銜橛之下，不驚不逸。素事主十年，巾櫛之間，無違無失。今素貌雖陋，未至衰摧。駱力猶壯，又無虺隤。即駱之力，尚可以代主一步；素之歌，亦可以送主一杯。一旦雙去，有去無回。故素將去，其辭也苦；駱將去，其鳴也哀。此人之情也，馬之情也，豈主君獨無情哉？

從上面的文字看，樊素不但文采極高，而且對白老爺子還是很有感情的。白居易心中又怎麼能不難過？但是白居易之所以讓「未至衰摧」的樊素早點離開他，也是為了樊素將來的幸福著想。白老爺子去世時是七十四歲，距樊素離開時又過了十多年，如果再留樊素十多年，樊素也三十多歲了，在古代這個年齡就算相當大了，遠不如二十來歲時的她更能選得好人家。於是白居易還是長嘆一聲，揮手作歌讓她們離去：

駱駱爾勿嘶，素素爾勿啼；駱返廄，素返閨。

吾疾雖作，年雖頹，幸未及項籍之將死，何必一日之內棄騅兮而別虞姬！
素兮素兮！為我歌楊柳枝。我姑酌彼金缶，我與爾歸醉鄉去來。

意思是說，馬兒你別叫了，素素你也別哭了，馬要回圈，素素要回家。我現在雖然老病纏身，要離開你們，但還是比項羽當年對著烏騅馬別虞姬的時候還要強點吧。素素，你再給我唱首楊柳枝的歌吧，我要醉一場。

有的文章說，白居易當時生了病又沒有錢，因經濟窘迫才不得不將樊素「轉手」，這完全不符合事實，即使到了開成五年，白居易也沒有退休。就算是退休後，白居易還捐資做善事，雇人鑿開黃河龍門附近的灘石，以利於航行。可見白居易晚年經濟並不拮据。由此可見，白居易對樊素和小蠻是相當好的。

亦有人以白居易曾蓄妓，並寵愛樊素、小蠻為證據，對白老爺子口誅筆伐。白居易的罪名一般有兩個，一是「逼死」關盼盼。這個我們在下一篇中細說。另一個就是蓄妓了，當然包括樊素、小蠻的事情。有人將白居易想像成整天抱著樊素、小蠻的老色鬼，更有人搬出白居易這首詩來批鬥：

卷四五七 六十三【追歡偶作】白居易

追歡逐樂少閒時，補貼平生得事遲。何處花開曾後看，誰家酒熟不先知。
石樓月下吹蘆管，金谷風前舞柳枝。十聽春啼變鶯舌，三嫌老醜換蛾眉。
樂天一過難知分，猶自咨嗟兩鬢絲。

此詩中的「十聽春啼變鶯舌，三嫌老醜換蛾眉」一句被人揪將出來，並且「十聽」又誤傳為十載，於是變成這樣的意思：「我家裡養的家妓，每過三幾年，我就嫌她們老了醜了，又換一批年輕的進來，十年間換了三次了。」其實，白居易並非實指，他的意思是說，再好的歌聽多了也厭，再美的人看多了也會審美疲勞，意為感慨世間樂事不可長久之意。

白居易一生喜歡音樂，他在〈好聽琴〉中寫到：「本性好絲桐，塵機聞即空。一聲來耳裡，萬事離心中。」另外他的〈琵琶行〉一詩，有這樣幾句：「豈無山歌與村笛，嘔啞嘲哳難為聽。今夜聞君琵琶語，如聽仙樂耳暫明。」白居易被貶之後，吃住方面並沒有覺得如何不好，最難以忍受的就是聽不到美好的音樂了，因此一見到琵琶女，才發出「如聽仙樂耳暫明」的感慨。所以樊素和小蠻主要是為白居易獻歌獻舞，在唐代要想聽音樂，只有讓歌妓們來彈奏演唱。所以「十聽春啼變鶯舌，三嫌老醜換蛾眉」，其實就相當於我們現在聽膩了某張唱片，再換一張一樣。

不過話說回來，假如有人質問我，你能保證樊素、小蠻和白居易就真的清清白白嗎？這倒也難以下包票。唐代風氣一向開放，我們前面說過楊國忠的老婆偷人懷了孕，楊國忠也並不嚴究。白居易的弟弟白行簡還寫過一篇文章，叫做〈天地陰陽交歡大樂賦〉，稱男女歡愛為「雖則猥談，理標佳境。具人之所樂，莫樂如此」，意思是說男女性事雖然說起來似乎比較低俗不堪，但實際上是很快樂的事情。所以如此環境下，樊素、小蠻侍奉白居易這十年中，也難保沒有什麼事。但白居易身體不好，縱有也非常有限。他有一首詩〈醉後戲題〉說：「自知清冷似冬凌，每被人呼作律僧。今夜酒醺羅綺暖，被君融盡玉壺冰。」意思說那方面比較冷淡，因此常被人看作守戒的和尚一樣不沾女人。今夜酒意醺醺，又有暖暖的被窩兒，所以才春風一度，很是暢快。

雖然如此，我們評價古人時不能脫離當時的社會環境，白居易之所以受非議，是因為他的詩作極多，流傳又廣，將日常諸事都寫得十分詳盡。以致於樊素等家姬都廣為人知罷了。其實唐朝但凡是官宦之家，幾乎人人蓄妓，據載，甯王曾有「寵妓數十人」，周寶有「女妓百數」，李愿有「女妓百餘人」。郭子儀更厲害，據說有「十院歌妓」。說起文人詩人，也有不少蓄妓無數，像當時的裴度、劉禹錫、包括寫「鋤禾日當午」的李紳等，都有不少的家妓。

散發著儒學氣息的韓愈，曾寫有〈原道〉〈原毀〉等，似乎是道貌岸然的正人君子。然而，他也有不少家妓，《唐語林》中記載說，他有最寵愛的兩個家妓，一名絳桃，一名柳枝。而且，當韓愈出公差時，叫柳枝的家妓，趁機逃跑，結果沒有成功，被韓愈的家人追上捉住，韓愈寫詩歎道：「別來楊柳街頭樹，擺亂春風只欲飛。惟有小桃園裡在，留花不發待春歸。」從此以後，韓愈專寵絳桃。韓愈晚年極為好色，有記載說：「昌黎公晚年，頗親脂粉，故事服食用硫黃末攪粥飯，啖雄雞，不使交千日，烹庖，名火靈庫，健陽；公間日進一隻焉。始亦見功，終致殞命。柳枝逾牆，反是愛公以德。」意思是說，韓愈為了壯陽，每天吃硫黃拌飯，並吃關起來禁欲達千日的公雞，剛開始雖然起了點作用，韓愈的性能力大增，但終於由此傷身而死。因此人們評論說，家妓柳枝逃走，其實倒是對韓愈好。這並非後人筆記小說中杜撰，白居易〈思舊〉一詩中就說：「退之服硫黃，一病訖不痊。」

由此看來，韓愈老師這樣看似正統的人，在狎妓方面其實比白居易有過之無不及。從樊素和白居易臨別時傷心落淚看，白居易待她們倒是有真情的，並不像別人誣衊的那樣，什麼「三嫌老醜換蛾眉」喜新厭舊。換成韓愈的柳枝，本來就想跑，一說放她走，還不拔腿飛奔絕塵而去。樊素一直陪伴在白居易身邊達十四年之久，白居易曾向當時的宰相裴度要了一匹好馬，裴度大概聽說過樊素的芳名，於是寫信給白居易，並附詩說：「君若有心求逸足，我還留意在名姝。」以古人「千金駿馬換小妾」為藉口想要走樊素，雖然裴度是當朝宰相，有權有勢，但白居易卻不買帳，他難以割捨樊素，寫詩婉拒了裴度，〈酬裴令公贈馬相戲〉說：「安石風流無奈何，欲將赤驥換青娥。不辭便送東山去，臨老何人與唱歌？」由此可見，白居易還是相當深情的。這比蘇軾拿春娘換馬，讓春娘一怒之下碰槐樹而死要強多了。在樊素和小蠻走後，白居易有很多詩懷念她們，我們再來看一首：

卷四五八八【病中詩十五首：別柳枝】白居易

兩枝楊柳小樓中，嫋嫋多年伴醉翁。明日放歸歸去後，世間應不要春風。

白居易其實很捨不得讓她們走，但為了她們將來的幸福著想，還是讓她們離開了。所以說，白居易的行為在當時完全沒有什麼出格的地方，古時也沒有人以此事來非議他。我們看古人，不能以現在的道德標準來看，不然賈寶玉還未成年，就和襲人試了「雲雨情」肯定是不良少年，還值得林妹妹愛得一塌糊塗嗎？鐵面無私的包公公開有小妾，杜牧公開嫖娼，放到現在肯定要丟官罷職。

其實我們瞭解了唐代諸多家妓的命運後會覺得，樊素她們遇到的是白老爺子，還是相當幸運的。樊素跟了白老爺子十多年，白老爺子詩文蓋世，琴棋書畫也是無所不通，以她的聰明勁兒，肯定學到不少東西。

我們看上面樊素和白居易臨別時說的那段話，文采斐然，遠勝一般尋常學究老儒。有記載說：「聞有軍使高霞寓者欲聘娼妓，妓大誇曰：『我誦得白學士〈長恨歌〉，豈同他妓哉？』由是增價。」

能背過白居易的詩，就身價大增，而樊素得白老爺子十幾年耳提面命、言傳身教，豈不身價陡增百倍？

二、關盼盼

卷八〇二—【燕子樓三首】關盼盼

樓上殘燈伴曉霜，獨眠人起合歡床。相思一夜情多少，地角天涯未是長。

北邙松柏鎖愁煙，燕子樓中思悄然。自埋劍履歌塵散，紅袖香銷已十年。

適看鴻雁洛陽回，又睹玄禽逼社來。瑤瑟玉簫無意緒，任從蛛網任從灰。

既然說到了樊素、小蠻和白居易，那麼接下來就說說關盼盼吧。上面說過，白居易另一個「罪行」，就是「逼死」關盼盼。《全唐詩》八〇二卷中錄有上面這三首詩，題為關盼盼所作，並對盼盼作了如下介紹：

關盼盼，徐州妓也，張建封納之。張歿，獨居彭城故燕子樓，曆十餘年。白居易贈詩諷其死，盼盼得詩，泣曰：「妾非不能死，恐我公有從死之妾，玷清範耳。」乃和白詩，旬日不食而卒。

所以，後人就以此為據，大講白居易寫詩逼死關盼盼。其實這件事，主要是後人將白居易和張仲素唱和的三首詩添枝加葉，附會而成的。這裡面有兩個明顯錯誤先加以澄清：一是盼盼（在唐代資料中，盼盼沒有姓，後世變成姓關）是張建封之子張愔的家妓，並非是張建封之妓。二是，上面這三首燕子樓的詩，並非盼盼所寫，這三首詩是張仲素為盼盼所作的，白居易和詩時序言中明確寫有「余愛繪之（張仲素）新詠，感彭城舊遊，因同其題，作三絕句」，可參看《唐詩鑑賞辭典》中的解釋。

白居易曾經見過盼盼一面，當時還贈詩云：「醉嬌勝不得，風嫋牡丹花」。他聽說張愔死後，盼盼獨居燕子樓十餘年不嫁，十分感動，因此和了以下三首詩：

卷四三八 五十【燕子樓三首】白居易

滿窗明月滿簾霜，被冷燈殘拂臥床。燕子樓中霜月夜，秋來只為一人長。
鈿暈羅衫色似煙，幾回欲著即潸然。自從不舞霓裳曲，疊在空箱十一年。
今春有客洛陽回，曾到尚書墓上來。見說白楊堪作柱，爭教紅粉不成灰。

我們看白居易這三首詩，純為感慨盼盼的遭遇而寫，對盼盼念舊愛不嫁的深情是充滿憐憫和感傷的。在此中，看不出有逼盼盼死之意。其實對於唐朝那個時代來說，盼盼為故主（盼盼似乎沒有資格稱張愔為夫）張愔守身不嫁，已經是相當難得了。唐代時，即便是正妻，夫死後一嫁再嫁的也大有其人。唐代對於貞節觀的要求也遠不如後世嚴格。比如張籍寫過一首〈節婦吟〉：

君知妾有夫，贈妾雙明珠。感君纏綿意，繫在紅羅襦。妾家高樓連苑起，良人執戟明光裡。知君用心如日月，事夫誓擬同生死，還君明珠雙淚垂，恨不相逢未嫁時。

詩中「節婦」的行為，在唐代是非常讚揚的。但後世的明代腐儒看來看去，卻覺得很彆扭。明末的唐汝詢就說：「繫珠於襦，心許之矣。以良人貴顯而不可背，是以卻之。然還珠之際，涕泣流連，悔恨無及，彼婦之節，不幾岌岌乎？」意思說，這個女人既然要了野男人的珍珠，也是動了心的，因為自己的老公顯貴（妾家高樓連苑起）才沒有背叛，如果是窮老公呢？還珠時，還哭了一場，這種女人的貞節，不是岌岌可危嗎？於是另一酸儒瞿佑將詩改為：「妾身未嫁父母憐，妾身既嫁家室全。十載之前父為主，十載之後夫為天。平生未省窺門戶，明珠何由到妾邊。還君明珠恨君意，閉門自咎涕漣漣」（〈續還珠吟〉）。其同鄉楊復初讀了他這詩，還吹捧說：「心正詞工，使張籍見之，亦當心服。」真是胡說八道，張籍如果見了他們這些迂腐之儒，肯定笑倒。到了明代，意思就是，有男人示愛贈珠，就當如受了侮辱一般，「感君纏綿意」？那不成了淫婦？就算思想出軌也不成，要「恨君意」才是。更有人主張應「怒形於色，擲珠痛罵」，當場把野男人送的禮物扔出去。

所以，也許是後人覺得盼盼在燕子樓上苦守，還不算徹底地節烈，於是就編出白居易寫詩諷刺，盼盼畢竟「從容自盡」這樣的故事。那白居易諷刺盼盼的詩是哪一首呢？上面三首〈燕子樓〉中看不到有明顯的諷刺之意。於是後人就找了這樣一首詩來充當：

卷四三六　五十五【感故張僕射諸妓】白居易

黃金不惜買蛾眉，揀得如花三四枝。歌舞教成心力盡，一朝身去不相隨。

其實本詩根本不是寫給盼盼的，張僕射也不是張愔，而是其父張建封。味詩中之意，也主要是感嘆世事無常。意思是說，不惜重金買來諸多如花歌妓，但一旦身死，縱有美女如雲，又怎麼能將之帶到地下?縱觀整個唐代，並無讓姬妾殉葬的習慣，家妓更是視做如金銀珠寶、名馬豪宅一樣的物品。在人們連正妻是否守節也不在意的唐代，怎麼可能會苛求經常被隨意送人的家妓守節呢?

也可能有人說，翻開《全唐詩》，盼盼還有這樣一首詩哪：

卷八〇二二【和白公詩】關盼盼

自守空樓斂恨眉，形同春後牡丹枝。舍人不會人深意，訝道泉臺不去隨。

這不是鐵證如山，明擺著是盼盼作詩來回答白居易嘛?所以似乎白居易無論如何也脫不了干係，於是網上鋪天蓋地，到處可見「白居易逼死關盼盼」之類的標題，很多人怒斥：「向來都很悲天憫人的白居易不僅不同情她的境遇，還狠推一把，認為她應該自殺殉情，用粗暴的男權主義給她指出一條絕路」，這些人倒也知道白居易是一向悲天憫人的，其實如果深入瞭解白居易，你會知道他不但同情賣炭翁之類的窮人，也很同情女人，他有詩道：「為君委曲言，願君再三聽：須知婦人苦，從此莫相輕。」從他對待樊素小蠻的態度看，也是相當寬容厚道的。

其實細查資料，我們會發現，盼盼這首和詩是偽作，應該是編故事的人寫的，絕非出自盼盼之手。此詩寫得水準很差，什麼「不會人深意」，不大像詩且不多理論，我們前面說過，〈感故張僕射諸妓〉一詩不是說關盼盼的「老公」張愔的，而是說張建封。她按著這首詩和將起來，是何道理?這是一大破綻。大家不要迷信古人，古人當年資料沒有咱們全。另外，這詩中稱白居易為「舍人」，雖然白居易後來常被呼為「白舍人」，但當時的白居易還沒有當過「中書舍人」。另宋元時，「舍人」一詞也用來稱呼權貴子弟，但這也與白居易當時的身分不合。再有，如果白居易真的是因為逼死盼盼後心中內疚，從而改變了對樊素等的態度的話，那他肯定會在盼盼殉情後，再寫詩感嘆的。白居易一生寫了三千多首詩，幾乎每事必題，而且詩保存得非常全，不會有佚失現象。所以綜上所述，盼盼殉節的故事，為後世人添油加醋而成。

我們知道，明代文人有種不好的習氣，就是喜歡假託古人作偽，古籍、書畫、古董等等，明代都造出不少假貨。故事也被明代文人亂編，像什麼卓文君寫的「數字詩」啦，金聖歎家中的「古本」水滸啦等等，都是這種產物。關盼盼被「逼死」的故事，就是明代人的傑作。當然，依明人的思維，就是讓盼盼最後殉節而後快，所以借了白居易的手來推動，其意並非是貶白居易，而是歌頌關盼盼。豈知到我們今天，白居易一下子倒成為罪魁禍首，實際上白居易卻是為明代的迂腐文人頂罪。

說了這半天，一方面是想替白老爺子洗刷一下平白無故惹上的惡名，再一個就是澄清了這些，我們才有心情欣賞上面那兩組〈燕子樓〉的好詩。

〈燕子樓〉三首詩雖非盼盼所作，但是這並不妨礙我們為盼盼的真情而感動。那個貌如牡丹，心如美玉的女子，為了一生所愛的人，枯守在燕子樓中，一住十年。一個人生命中有幾個十年？一個女子花朵盛開的年華能經得住十年的光陰嗎？其實對當時的盼盼來說，只要她願意，不是沒有出路，以她出眾的美貌，完全可以再尋找新的男人。可是，她怎麼也忘不了那個男子——張愔，所以，她年復一年地守在他們曾經共同擁有過良辰美景的這座燕子樓中，回憶從前的歡笑。明月清霜，備感淒涼，遙望北邙，愁煙漫漫。十年了，她的張郎墓木已拱，然而她依然期盼，他能夠回來。

三、紅綃妓

卷八〇〇 三【憶崔生】紅綃妓

深洞鶯啼恨阮郎，偷來花下解珠璫。碧雲飄斷音書絕，空倚玉簫愁鳳凰。

這是《全唐詩》中題為紅綃妓所作的一首詩。身為家妓，像樊素、小蠻及盼盼那樣對主人感情深厚的只是極少數。多數家妓還是過得非常苦悶的。她們無時無刻不渴望自由，只想過上平凡夫妻的生活。所以，她們其中比較大膽的，往往抓住機會，逃了出去，從此「柳暗花明又一村」。

紅綃妓的故事，出於裴鉶所撰的唐代傳奇《昆侖奴》，故事大致是這樣的：

唐朝大歷年間，有崔姓書生，其父和「蓋代之勳臣一品者」是老朋友。這個勳臣恐怕就是指郭子儀。因為此文中，勳臣的形象十分不佳，所以作者大概是「為賢者諱」，沒有提真名。有次郭子儀病了，崔生的父親就讓他去探病，而唐代的家妓往往要擔負招待客人的工作，郭子儀有十院歌妓，這時自然也喚出三個家妓，讓她們招待崔生。

家妓們拿著金盤所盛的鮮紅櫻桃，並將櫻桃掰開，灌上甜奶，勸崔生吃。崔生突然被三位美女環繞，不禁羞怯萬分，不敢吃。郭子儀見了大笑，命三位美女中那個穿紅紗的（就是紅綃）親手餵崔生吃。崔生更是羞得滿臉通紅，三個家妓都掩口而笑。然而，就在這一剎那間，天雷勾動地火，美佳人和少年郎愛芽已萌，彼此再也割捨不下。

紅綃送崔生出門時，她脈脈含情，崔生也依依不捨地回頭相望。這時紅綃伸出三個手指，接著又翻了三下手掌，並指著胸前一個小鏡子，說：「郎君千萬要記得啊！」崔生比孫悟空的悟性差遠了，人家孫猴被祖師在頭上敲三下就明白是啥意思，但這個崔生愚鈍，一時也不明其意，回到家中悶悶不樂，就此害起了相思病。他「神迷意奪」「日不暇食」，心中全是紅綃的影子，吟詩道：「誤到蓬山頂上游，明璫玉女動星眸。朱扉半掩深宮月，應照璚芝雪豔愁。」意思說，自己似乎到了蓬萊仙境中，見了仙女，遙想深掩的朱門之後，仙女也應該同樣寂寞吧。確實，此時的紅綃正在愁悶中期待，從我們前面所引的〈憶崔生〉一詩看，她也是時刻渴望能有個相知相守的情郎的。

然而，只憑這倆人吟詩對句，臨風灑淚，對月傷情，是根本解決不了半點問題的。郭子儀是朝廷重臣，家中護衛森嚴，崔生一個文弱書生，又怎麼能進得去？好在崔生有個僕人，他就是奇俠磨勒（梁羽生《大唐遊俠傳》寫有此人，應該是源於此處）。鐵磨勒是昆侖奴，據說是黑人，或許來自非洲或者印度，他詢問崔生有何煩惱之事。崔生起初不知磨勒身具絕藝，開始很不屑於告訴他。但後來當崔生說出心裡話後，磨勒哂然一笑說：「此小事耳，何不早言之，而自苦耶？」崔生又將紅綃臨別時做的手勢告訴他，磨勒不假思索，就答道：「伸出三個手指是說郭子儀有十院歌姬，她是第三院。翻掌三次，是十五之數，胸前小鏡子，意指明月，十五之夜月圓如鏡時，約你前去。」

到了十五之夜，磨勒先用大鐵錘打死了郭子儀家中一條非常厲害的惡狗，據說此狗「其警如神，其猛如虎」，恐怕比現在的藏獒還要厲害。然後用布絹纏住崔生背在身上，如飛鳥一般躍過郭子儀家中數丈高的院牆，來到歌妓們所住的第三院。看來磨勒輕功卓絕不凡，堪稱一流高手。到了院中，只見房門虛掩著，金燈微明，紅綃妓正坐在門前長歎，似乎在等待。燈下的紅綃妓剛卸了妝，明眸含悲，珠淚盈盈。崔生挑簾而入，紅綃又驚又喜，拉住他仔細看了又看，疑是夢中。

紅綃對崔生說，自己本是富家之女，家在朔方一帶。郭子儀任朔方節度使時，將她搶入軍中，成為家妓。這些年來忍辱偷生，強顏歡笑，雖然「玉箸舉饌，金爐泛香，雲屏而每進綺羅，繡被而常眠珠翠」，然而不得自由，如在監牢中無異。既然你的僕人有如此功夫，何不救我出去，我情願一生一世服侍你。崔生是個繡花枕頭，聽了躊躇不語。有道是「百無一用是書生」，這些窮酸要力氣沒力氣，要膽沒有膽。就在此時，磨勒插話了，他說：「娘子既然堅決要這樣，那也是小事一樁。」崔生是個毫無主見的人，再說他打心眼裡喜歡紅綃，於是也沒有反對。磨勒不慌不忙，往返三趟，先把紅綃的東西都運了出去，然後才背起崔生和紅綃兩人，依舊腳下生風，從容遁去。

對於夜裡的這些事，郭子儀的家將家丁一無所知，天亮後，才有人發覺狗被打死，紅綃也不見了。郭子儀驚駭萬分，說：「我家的門戶嚴密非常，牆垣高聳，守備森嚴，若非飛簷走壁的俠客高手，如何能辦得了這等事，有此人在世，實是一大禍患。」

紅綃女和崔生過了兩年多，漸漸放鬆了警惕。這年春天，他們駕小車去看花踏青，結果被郭子儀家中的人認了出來。郭子儀將崔生喚來詢問，崔生不敢隱瞞，說出前後經過。郭子儀倒還比較寬容，說：「紅綃雖然私自逃走，罪過不小，但是她和你過了這麼多年，我也不追究了。但是那個磨勒，必須除掉。」於是郭子儀派五十名甲兵，手持戈矛弓箭，前去捉拿磨勒，然而磨勒手持匕首飛出高牆，猶如肋生雙翅一般，快如鷹隼，兵士們急忙放箭，但誰也射不中他。頃刻之間，磨勒就不見蹤影。

郭子儀聽了，相當驚懼，生怕磨勒回來報仇，到府中刺殺他。於是每天晚上，都派人密密麻麻地手拿刀劍圍在身邊提防，然而磨勒大概並無報仇之意，過了一年多，郭子儀才放鬆下來。據說十年後有人見到磨勒在洛陽市上賣藥，容顏和十年前一樣，一點也沒有變老。

以上就是紅綃妓和這首詩的故事。雖然裴鉶是高駢的幕僚，高駢通道術，喜歡聽奇談怪聞，這篇文章中未必沒有誇張的地方。紅綃的這首詩，也未必真的就是她本人所作。但是這個故事絕不是空穴來風，真實的唐代社會中，一定經常有紅綃這樣的家妓，她們情懷也約略相似，只可惜，磨勒這樣的俠士卻是難得一見。

四、李節度姬

卷八〇〇 二十五【書紅綃帕】李節度姬

囊裹真香誰見竊，鮫綃滴淚染成紅。殷勤遺下輕綃意，好與情郎懷袖中。

金珠富貴吾家事，常渴佳期乃寂寥。偶用志誠求雅合，良媒未必勝紅綃。

如果說紅綃的故事和她的詩，或許摻雜了不少文人自己的創作，那麼《全唐詩》中題為「李節度姬」的這幾首詩，似乎更能體現出家姬的真實口吻。

這個身為李節度使家姬的女子，她平日裡像鳥兒一樣被關在李節度使的府裡，難得見到外人。於是，多情又大膽的她，趁元宵節可以外出遊玩的機會，用一塊紅綃裹了上面這兩首詩丟在路上，約拾到者第二年的元宵節在「相藍後門」見面，車前有雙鴛鴦燈的便是。

依照後世迂腐之儒的觀點看，這個李節度姬似乎十分淫蕩，公然把情書撒到大街上勾引男人。其實，李節度使倚仗權勢，將眾多姬女據為己有，以滿足他一人之欲，這才是最醜惡的。這個女子拋出一方錦帕，尋找自己的情愛，又何恥之有？正如她在詩中所說：「良媒未必勝紅綃」。古時男婚女嫁，往往全靠父母之命，媒妁之言，中間多摻雜著攀附財勢、互相利用等因素，說來非常醜惡不堪，遠不如男女私下裡兩相悅慕，發自於真心來得高尚。

幸運的是，李節度姬的這個紅綃帕，被一個叫張生的人拾到了，說來李節度姬想的這個方法倒也不錯，古代又無法上網交友，平日裡門第森嚴，見不著什麼人，只好靠這個方法了。而且題詩於帕，得帕後有心相會者也必為讀書之人，不然連上面的字也不認得。張生讀了詩後，感嘆良久，也和詩一首道：

自睹佳人遺贈物，書窗終日獨無聊。未能得會真仙面，時賞香囊與絳綃。

不過依我看，這個張生的才學也相當有限，這首詩寫得還不如李節度姬水準高。人家那兩首詩雖然也沒有什麼高深的典故，但情真意切，流暢自然。而張生這首詩，廢話多多，什麼佳人「遺贈物」，意思重複，冗詞贅句極多。其實將他這首詩壓縮成五言也完全可以：「自睹佳人物，書窗獨無聊。未得真仙面，時賞絳紅綃。」

當然，我們也不能要求太高，「水至清則無魚，人至察則無徒」嘛。幾千年就那麼一個詩仙，都按那標準，可要等來等去，美女變成老太婆了。第二年的元宵之夜，張生早早地在相藍後門等候，果然不一會過來一輛掛鴛鴦燈的車，但是周圍卻跟著密密麻麻的家人侍衛。張生倒也福至心靈，他高聲吟詩於車後，車裡的李節度姬當然也聽到了。於是她藉口到尼姑庵中拜佛，悄悄地讓尼姑接張生進來，兩人於是成就好事。歡會之際，李節度姬又吟詩一首：

卷八〇〇 二十六【會張生述懷】李節度姬

門前畫戟尋常設，堂上犀簪取次看。最是惱人情緒處，鳳凰樓上月華寒。

這首詩，寫明了她的心情，雖然門第高貴，寶物眾多，但是卻寂寞難耐，情愛無依。所以她才不顧一切地大膽約會情郎。她要的不是富貴尊榮，她要的是一個真心愛她的男人。據說她和張生一起遠逃到了蘇州，在那個有「天上天堂，地下蘇杭」之稱的美麗地方終老一生。

然而，並不是所有的家姬都能像她一樣幸運，家姬偷情出軌，往往要被責打，甚至丟掉性命。步飛煙就是一例。

是功曹參軍，再加上武公業的名字也有類似「武功」的字樣，就想當然地說他是一名五大三粗，不通半點文墨的武將。其實未必，功曹參軍其實是幕僚身分，主管人事任免、升降、記功記過等文書工作，絕不可能不識字。有些著名文人，都做過這種職位。像老杜（杜甫）做過華州司功曹參軍，蕭穎士（開元進士，和寫過〈吊古戰場文〉的李華是好友）也做過揚州功曹參軍。

當然，從《飛煙傳》中所說的「鄙武生粗悍」來看，武公業可能確實長得不怎樣，脾氣也暴躁，雖然我們不能以為他就是胸無點墨的文盲，但是步飛煙心中始終渴望有個風流倜儻的公子陪在她身邊。恰好她的鄰院住著一個名叫趙象的書生，從牆縫裡看到了步飛煙婀娜的身姿，頓時失魂落魄。於是他用上好的「薛濤箋」寫了首詩，托人送給飛煙。詩曰：「一睹傾城貌，塵心只自猜。不隨蕭史去，擬學阿蘭來。」此詩中的阿蘭是指東漢仙女杜蘭香，相傳是仙女，卻降於人間，嫁凡人為妻。陸象意思是說，他對飛煙一見傾心，希望「仙女一樣高貴」的飛煙能夠眷顧他。結果飛煙看詩後，也春心萌動，說：「我亦曾窺見趙郎，大好才貌，此生薄福，不得當之。」看來唐代女子，覺得嫁個有才有貌的男子才是一種幸福，於是飛煙寫了上面那首詩答覆趙象。飛煙說，只因你送來的新詩，讓我雙眉長斂，更增愁苦，你的心意可以像司馬相如用琴聲挑動文君一樣，但是我的心事又能向誰訴說呢？

趙象接過這首詩一看，喜出望外，味詩中之意，知道此事有門，於是他趕快又用「剡溪玉葉紙」寫了一首詩，詩曰：「珍重佳人贈好音，彩箋方翰兩情深。薄於蟬翼難供恨，密似蠅頭未寫心。疑見落花迷碧洞，只思輕雨灑幽襟。百國消息千回夢，裁作長謠寄綠琴。」其實趙象寫的詩，確實並不怎麼好。怪不得步飛煙後來和他開玩笑說：「賴值兒家有小小篇詠，不然，君作幾許大才面目？」幸虧我也能寫點小詩，不然你不知道要擺有多大的架子裝作有才學的樣子呢。大家看趙象這首詩，水準不過爾爾，「薄於蟬翼難供恨，密似蠅頭未寫心」粗看倒也詞藻華麗，對仗工整，但細品其意，如蟬翼般的薄紙難以承載心中恨意，密如蠅頭般的字也寫不盡我的心意，一般我們說紙短情長，倒還符合邏輯，但薄紙無法載恨一說，實在比較牽強，薄紙無法載恨，難道換牛皮紙就能載恨了嗎？分明就是為了和下一聯對仗工整湊句罷了。

然而，趙象將此信送去以後，一連過了十多天，飛煙也沒有回覆他，當然，飛煙並不是嫌他詩寫得不好，而是飛煙病了。飛煙的病剛好，就掙扎著起來，在「碧苔箋」上給趙象回了一首詩，並附上一個蟬錦香囊：

卷八〇〇 十三【寄贈蟬錦香囊】步非煙

無力嚴妝倚繡櫳，暗題蟬錦思難窮。近來羸得傷春病，柳弱花欹怯曉風。

《紅樓夢》中曾這樣寫林妹妹：「閒靜似嬌花照水，行動如弱柳扶風」，從「柳弱花欹怯曉風」這句詩看，步飛煙也像林妹妹一樣，是個多愁多病的身。趙象收到香囊，樂得將香囊放入懷中，晝夜捨不得解。趙象生怕步飛煙愁壞了身子，於是又寫了一首詩給步飛煙：「應見傷春為九春，想封蟬錦綠蛾顰。叩頭為報煙卿道，第一風流最損人。」

趙象的詩確實不如飛煙寫得好，像「叩頭為報煙卿道」就非常彆扭，雖然也能看出趙象連頭也不吝於大磕特磕的誠懇，但詩意粗鄙不文，「第一風流最損人」此句也半通不通。

不過對於步飛煙來說，有個俊秀書生再三寫詩送句給她，就早已讓她芳心暗許，難以自已。她心潮澎湃，思緒萬千，終於做了一個大膽的決定：和趙象幽會。她寫了封長信給趙象，信中說「猶望天從素懇，神假微機，一拜清光，九殞無恨」，意思說只要上天可憐，讓她和趙象能夠見上一面，那死上多少次也心甘情願。在信的最後，飛煙又寫了這樣一首詩：

卷八〇〇 十四【寄懷】步非煙

畫簷春燕須同宿，蘭浦雙鴛肯獨飛。長恨桃源諸女伴，等閒花裡送郎歸。

意思是說，畫簷下的燕子都是同宿，蘭浦的鴛鴦也沒有獨飛的。我恨桃源裡的那些仙女，為什麼要把如意郎送走呢？詩中分明就是想和趙象共度良宵之意。武公業經常要在府裡值班，所以步飛煙就趁他不在時，約了趙象前來幽會。趙象此人，乃是懦弱書生，半夜裡爬個牆頭還得搬了梯子，步飛煙還特地在牆內疊放了床來接他。每次天不明，趙象就匆匆離去。第二天，趙象托人又去了一首詩說：「十洞三清雖路阻，有心還得傍瑤臺。瑞香風引思深夜，知是蕊宮仙馭來。」步飛煙回了這樣一首詩：

卷八〇〇 十五【答趙象】步非煙

相思只恨難相見，相見還愁卻別君。願得化為松上鶴，一雙飛去入行雲。

確實啊，有情人難得相見，相見後卻又要匆匆而別，此句和「相見時難別亦難」大有相通之處，步飛煙所說的「願得化為松上鶴，一雙飛去入行雲」恐怕有想和趙象一起逃走到遠方的意思。然而，趙象此人，純粹膿包書生，並非果斷有為之男兒，飛煙的這個希望算是落空了。

就這樣，每當武公業去值班的時候，趙象就來歡會，如此有一年多。俗話說沒有不透風的牆，飛煙的一個婢女悄悄告了密，武公業留了心，這天夜裡假意去值班，卻悄悄溜了回來，正好碰到趙象騎在牆頭上。武公業大吼一聲就撲了過去，一把抓住了趙象的衣袖，趙象驚駭下一掙扎，將袍袖撕壞了，武公業手中只抓住半邊衣袖。說來這古人的衣袖不夠結實，倒也很有好處。想當年荊軻刺秦王時，秦王也是因衣袖被撕壞而脫險，假如秦王和趙象穿的都是皮夾克……話扯遠了，還說武公業，他拿了趙象的半邊衣袖，來到房中，質問步飛煙，步飛煙雖然柔弱，性格卻十分倔強，她知道事情已敗露，雖然嚇得渾身發抖，臉色慘白，但始終不肯講出趙象的名字。武公業見她如此維護奸夫，不禁大怒，將她綁在柱子上，用皮鞭狠打。嬌弱的飛煙被打得遍體鱗傷，但是她依然誓死不屈，並說：「（和趙象）生得相親，死亦何恨！」武公業聽了，暴跳如雷，更加下死手痛打飛煙。武公業打得累了，就去睡覺。等武公業起來還想再打時，發現飛煙早已氣絕身亡。武公業聲稱飛煙得暴病而死，將她草草葬在北邙山，也無人過問。

趙象這個膿包書生，嚇得一溜煙逃了，並改名為趙遠（意思可能是逃得愈遠愈好？）流竄到江浙一帶，不敢再回中原。趙象此人，也夠薄情寡義的，別看寫的詩中又叩頭又作揖的，然而一旦事到臨頭，他溜之大吉，真是「負心多是讀書人」[38]。

《飛煙傳》的最後，作者又寫了這樣一件事，說是有姓崔姓李的兩個書生，和武公業是朋友。得知此事後，二人都寫有詩篇。崔生的詩最後兩句是：「恰似傳花人飲散，空拋床下最繁枝」，結果他夢見步飛煙說，我的容貌不及桃李，但受到的摧折卻尚有過之，看了你誇我的佳作，很是慚愧。而另一個李姓書生卻寫：「豔魄香魂如有在，還應羞見墜樓人」，以綠珠忠於主人來諷刺步飛煙出軌，結果他夜裡也夢到了飛煙，夢裡飛煙指著他怒斥說：「有道是『士有百行』，你全能做到嗎？

你用刻薄的言語詆毀我，我要讓你到九泉之下來對證。」李生驚懼不已，沒有幾天，李生居然真死了。這事或許出於虛構，但也反映出了作者皇甫枚的立場，那就是飛煙值得同情，那些奉舊時禮教為圭臬來貶損步飛煙的傢伙都是可惡的。這也為後世很多人由衷地贊同，何海鳴的《求幸福齋隨筆》中也說：「至武公業鞭步非煙大煞風景，誠村夫所為，人皆弗取。李生何人，乃推波助瀾，代公業責備寃鬼，死固其罪，似尚須打入拔舌地獄始快人意。」

步飛煙人雖嬌弱，但志氣高潔，她不甘心就這樣日復一日地遷就著過下去，為了她心中的夢，她寧願付出鮮血和生命，遺憾的是，早早逃之夭夭的趙象會不會始終記得她這段情呢？

家妓由於在舊時被視同物品，所以常有豪強之輩倚勢強搶別人家特別美貌出眾的家妓，舊時所謂的「殺父之仇，奪妻之恨」，並非指家妓而言。家妓被搶，根本不算是什麼大的事情。據說劉禹錫有一個非常美麗出眾的家妓，宰相李逢吉聽說後，就設計搶奪。他找藉口，騙劉禹錫的愛妓進他的府第後，就扣住不放，劉禹錫也無可奈何。另外，晚唐詩人韋莊也有類似遭遇。蜀主王建將他的愛姬奪去，韋莊悲痛不已，寫了首詞道：「記得那年花下，深夜，初識謝娘時。水堂西面畫簾垂，攜手暗相期。惆悵曉鶯殘月，相別，從此隔音塵。如今俱是異鄉人，相見更無因。」後來這首詞傳到他的愛姬耳中，她因此悲傷不食而死。

六、碧玉（一作窈娘）

卷八十一九【綠珠篇】喬知之

石家金谷重新聲，明珠十斛買娉婷。此日可憐偏自許，此時歌舞得人情。君家閨閣不曾觀，好將歌舞借人看。意氣雄豪非分理，驕矜勢力橫相干。辭君去君終不忍，徒勞掩袂傷鉛粉。百年離恨在高樓，一代容顏為君盡。

這首〈綠珠篇〉就包含著一個淒慘的故事，碧玉是武后時代左司郎中喬知之的家姬。喬知之也是一時才俊，他的弟弟喬侃、喬備以及其妹喬氏（〈詠破簾〉一詩的作者）都能詩善文。喬知之對碧玉十分喜愛，甚至為了她連正式的妻子也不娶。要知道，在當時家妓是不能成為正妻的，正妻必須是門當戶對的大家閨秀才成，所以，喬知之為了碧玉，一而再再而三地推遲正式娶妻。誰知道，這種只羨鴛鴦不羨仙的好日子，沒有過多久，就惹來一場塌天大禍。

當時被封為魏王的武承嗣，是武則天的侄子，一度曾覬覦太子之位，權勢熏天。他不知道從何途徑得知碧玉非常美貌，於是藉口讓碧玉去教家中的姬妾梳妝，就此霸佔了碧玉，將她關在自己的王府中，再不送回喬家。也許對於一般的人家，搶走個家妓，並算不了什麼大事，可能有的人還巴不得送女人給炙手可熱的武氏宗族呢。但喬知之和碧玉的感情，卻非同一般，失去碧玉後，他茶飯不思，夜不能眠。

喬知之倒在病榻上，怎麼也難以忘懷碧玉，於是寫了這篇詩，托人傳到碧玉手裡。碧玉看後，淚流滂沱，念及過去的那些恩情，她決意不再偷生，於是將此詩縫在裙子上投井自殺了。武承嗣的家人在井中撈到碧玉的屍身，發現了這首詩，武承嗣推想是喬知之所寫，盛怒之下，指使酷吏誣告喬知之謀反，將他下獄處死，並滅三族。說來武承嗣這廝陰毒狠惡，決不是什麼好東西，幸好武則天沒有立他為太子，不然國家落在他手中，可真是要禍國殃民。

不過從〈綠珠篇〉這首詩中來看，喬知之對於碧玉的愛，也是非常自私的。味詩中之意，像什麼「明珠十斛買娉婷」之語，明顯就是視碧玉為他的私有財產。並且詩中以晉代石崇的家妓綠珠為主殉情的故事來誘導碧玉為他而死。詩中說：「百年離恨在高樓，一代容顏為君盡」，明擺著就是說人家綠珠為了主人殉節，碧玉你會怎麼做呢？前面所謂的白居易逼死關盼盼一事，應該是子虛烏有。但喬知之這首詩中，確有想「逼死」碧玉之意。當然，碧玉對喬知之也是一往情深的，不然，她對此詩置之不理，全心全意地博得武承嗣歡心，喬知之也無計可施，奈何不了她。

後人評價此事時，一方面固然覺得武承嗣為人暴戾，但是也有人覺得喬知之為了一個女人而破家滅族，很是不值。古代社會中，常以對女人無情絕情為真豪傑大丈夫，而真心真情地愛戀女人者為沒出息的男人。由此可見，古時身為家姬的女子想得到一個真心愛自己的男人，是何等之難！

七、杜秋娘

由於政治上你死我活的爭鬥，失敗一方的家妓，往往也成了勝利者的戰利品，在唐代，這種情況是經常見到的，杜秋娘就是這樣一個女子。

杜秋娘是唐朝元和年間的藩鎮——鎮海節度使李錡的家妓。說起李錡，應該算是唐室宗親，他是淮安王李神通（李世民的堂叔）的六代孫。杜秋娘能歌善舞，李錡最喜歡聽她唱這首〈金縷衣〉曲：

卷二十八 三十三【雜曲歌辭．金縷衣】

勸君莫惜金縷衣，勸君惜取少年時。花開堪折直須折，莫待無花空折枝。

這首詩，因選入《唐詩三百首》，故流傳極廣。當然也有人懷疑並非杜秋娘所作，已難以確切地考證。單說此詩，有人認為此詩是及時行樂的頹廢之音，有人卻一反其意，將詩意解釋成催人積極上進，激勵人把握住少年時光，依我看，未免有些偏頗。這首詩歌表現的是唐人開朗樂觀的精神，如將此詩只理解為沉迷酒色之樂，那就太狹隘了，就像將「醉臥沙場君莫笑」理解成為軍紀鬆懈，戰士臨打仗還在酗酒一樣。但單純理解為讓人刻苦上進，也不是此詩的本意。其實，怎麼才算「惜取少年時」？唐人的精神是樂觀的，所謂「一生大笑有幾回，斗酒相逢須醉倒」[39]這樣的豪氣和精神，正是盛唐人的氣質。盛唐時的人既想美人歡歌一醉方休；也想建功立業，如煙花一樣絢爛。這兩者，缺了一樣就不算精彩的人生。所以，懂得了唐人的精神，才會懂得這首〈金縷曲〉。

李錡後來因妄圖割據一方，被唐憲宗消滅。杜秋娘也被籍沒入宮，後來因秋娘靈巧聰慧，被指定為皇子的「傅姆」。所謂傅姆，就是師傅加保姆：既管生活又管學業。好不容易皇子長大後被封為漳王，此時杜秋娘也年老了，該過個平安的晚年了吧。殊料漳王被「甘露之變」的主謀之一鄭注誣告，皇帝削卻漳王的爵位，杜秋娘也被打發回老家，晚景相當淒涼。杜牧過金陵時，曾見過兩鬢如霜的杜秋娘，並為之感嘆，寫了這樣一首長詩，因此詩比較長，我們一段段地評：

卷五二〇二【杜秋娘詩】杜牧

京江水清滑，生女白如脂。其間杜秋者，不勞朱粉施。
老濞即山鑄，後庭千蛾眉。秋持玉斝醉，與唱金縷衣。

這段說杜秋娘是金陵女子，膚白如脂，相貌極美。「老濞」指李錡，用漢代典故《史記．吳王濞列傳》：「（吳王劉濞）乃益驕溢，即山鑄錢，煮海水為鹽。」舊時鑄錢和鹽政都是中央才有權辦的，私自經營就是不服從朝廷。這段大致是說杜秋娘是李錡的家妓，經常唱〈金縷衣〉給李錡聽。

濞既白首叛，秋亦紅淚滋。吳江落日渡，灞岸綠楊垂。聯裾見天子，盼眄獨依依。
椒壁懸錦幕，鏡奩蟠蛟螭。低鬟認新寵，窈裊復融怡。月上白璧門，桂影涼參差。
金階露新重，閒撚紫簫吹。莓苔夾城路，南苑雁初飛。紅粉羽林杖，獨賜辟邪旗。
歸來煮豹胎，饜飫不能飴。咸池升日慶，銅雀分香悲。雷音後車遠，事往落花時。

這段是說李錡被擒斬時，杜秋娘也不得不告別家鄉，被押入宮中。唐憲宗為她的美貌吸引，寵幸了她（「低鬟認新寵，窈裊復融怡」）。然而不久，唐憲宗就死去了，「銅雀分香悲」（用曹操臨死時分香給眾姬妾的典故）。

燕禖得皇子，壯髮綠緌緌。畫堂授傅姆，天人親捧持。虎睛珠絡褓，金盤犀鎮帷。
長楊射熊羆，武帳弄啞咿。漸拋竹馬劇，稍出舞雞奇。嶄嶄整冠珮，侍宴坐瑤池。
眉宇儼圖畫，神秀射朝輝。一尺桐偶人，江充知自欺。王幽茅土削，秋放故鄉歸。

這段說杜秋娘被任命為皇子傅姆，她精心照料皇子，讓他長成一個「嶄嶄整冠佩，侍宴坐瑤池。眉宇儼圖畫，神秀射朝輝」的英俊少年，但不幸卻被人陷害，「一尺桐偶人，江充知自欺」（用漢武帝時江充讒害太子的典故）。於是「王幽茅土削」，皇子漳王被幽禁，杜秋娘也被遣返回鄉。

觚稜拂斗極，回首尚遲遲。四朝三十載，似夢復疑非。潼關識舊吏，吏髮已如絲。
卻喚吳江渡，舟人那得知。歸來四鄰改，茂苑草菲菲。清血灑不盡，仰天知問誰。

寒衣一匹素，夜借鄰人機。

杜秋娘回到故鄉，已是三十多年後，「潼關識舊吏，吏髮已如絲」，她老了，她相識的舊人也老了，回到家中，也是面目全非，院中全是荒草，四鄰也都換了人，早不認識了。杜秋娘叫天不應，悲啼泣血。然而，沒有辦法，還要生活，她非常窮困，就連織布，也要趁夜深時借鄰居的紡機一用。

我昨金陵過，聞之為歔欷。自古皆一貫，變化安能推。夏姬滅兩國，逃作巫臣姬。
西子下姑蘇，一舸逐鴟夷。織室魏豹俘，作漢太平基。誤置代籍中，兩朝尊母儀。
光武紹高祖，本系生唐兒。珊瑚破高齊，作婢舂黃糜。蕭后去揚州，突厥為閼氏。
女子固不定，士林亦難期。射鉤後呼父，釣翁王者師。無國要孟子，有人毀仲尼。
秦因逐客令，柄歸丞相斯。安知魏齊首，見斷簣中屍。給喪蹶張輩，廊廟冠峨危。
珥貂七葉貴，何妨戎虜支。蘇武卻生返，鄧通終死饑。主張既難測，翻覆亦其宜。
地盡有何物，天外復何之。指何為而捉，足何為而馳。耳何為而聽，目何為而窺。
已身不自曉，此外何思惟。因傾一樽酒，題作杜秋詩。愁來獨長詠，聊可以自怡。

最後這段是說，小杜經過金陵，聽到杜秋娘這些事情後，為之感嘆不已。小杜在這段大掉書袋，什麼「夏姬」「西施」「薄姬」「馮小憐」「蕭后」（隋煬帝蕭后）等一系列被人搶掠的著名美人，統統數了一遍。接著又大發感慨，說女子固然紅顏薄命，我們文人何嘗不是呢。小杜又把管仲、姜子牙、李斯、蘇武、鄧通等一大堆人的不同命運說了一番，思前想後，還是說造化弄人，任何人都逃不出命運的安排。

確實，人世間無論是男人也好，女子也好，誰也擺脫不了那隻看不見的翻雲覆雨手。

八、柳氏

卷八九九　十六【楊柳枝】柳氏

楊柳枝，芳菲節，可恨年年贈離別。一葉隨風忽報秋，縱使君來豈堪折。

這首詩和柳氏的遭遇，後來被寫成《章臺柳》這樣一則故事。柳氏原來也是一名家姬，她的主人是長安城中的李生。有一次酒席宴間，柳氏遇到了有「大曆十才子」之稱的韓翃。古代男女彼此愛戀，往往一見鍾情。柳氏頻送秋波，韓翃也眉目含情。李生看到這些，不但沒有生氣，反而大大方方地將柳氏當場送給了韓翃，並拿出三十萬錢作喜禮。真是天上掉餡餅啊，韓翃財色雙收，也不知在哪燒的高香。

然而，好花不常開，好事不常有。不久，驚天動地的大浩劫安史之亂發生了。賊兵攻陷長安，一時腥風血雨，到處狼煙。韓翃此時投在平盧節度使侯希逸帳下，也無暇去尋找柳氏。柳氏姿色出眾，她生怕被亂兵污辱，於是剪去頭髮，塗黑了臉，寄居在尼姑廟裡。

後來安祿山、史思明二賊相繼覆滅，天下初平，韓翃才有機會派人尋訪柳氏。他命人帶了碎金，並寫了這樣一首詩去尋找：「章臺柳，章臺柳，昔日青青今在否？縱使長條似舊垂，亦應攀折他人手。」此人費盡周折，終於找到了柳氏。柳氏捧金大哭，於是寫下了這首詩回復韓翃。

韓翃雖然寫「縱使長條似舊垂，亦應攀折他人手」，但是他並沒有嫌棄柳氏的意思。唐代對於女人的貞節並不十分看重，韓翃聽到柳氏的下落後，十分高興，馬上派人迎接。豈知半路裡殺出個回紇蕃將沙吒利，這廝聽說柳氏是個光彩照人的絕色美女，就先下手把柳氏搶到自己府裡去了。前面在「太和公主」那一篇中說過，因唐朝平安史之亂時，曾借回紇兵助戰，於是這些回紇蠻兵就成了大爺，在大唐以功臣自居，「吃孫喝孫不謝孫」，搶掠起女人財寶來也是餓狼一般兇悍。《新唐書》評曰：「夷狄資悍貪，人外而獸內，惟剽奪是視……肅宗用回紇矣……所謂引外禍平內亂者也。」柳氏被搶，其實只不過是千千萬萬不幸女子中的一個縮影。

韓翃找不到柳氏，心急如焚，但也無可奈何。偶然的機會，他在道上遇到了柳氏坐的車，得知柳氏被沙吒利搶去，但是沙老粗有兵有將，韓翃一介書生，手無縛雞之力，又能如何。韓翃失魂落魄地回去後，同事們正飲酒歡宴，韓翃卻哪有心思喝酒啊，只是坐在那裡發愁。此時有個虞侯叫許俊，問明事情的原委後，拍案大怒，決意要為韓翃出氣。他讓韓翃寫了一封信，然後跨上戰馬，拿了弓箭就直奔沙吒利的宅第。許俊並非一勇之夫，他知道沙老粗勇猛過人，手下又有不少親兵，硬拚硬打實在是不理智的。於是他在門前等候機會。老沙是蠻人野性，哪裡會整天悶在府裡？出門打獵是天天要去的。正好這時老沙又要出門打獵去了，許俊看准老沙帶著狗、架著鷹走遠了，就冒充是老沙的手下，騎著快馬慌慌忙忙地衝到沙府門口說：「大事不好了，將軍突然暈倒了，快請夫人去看視！」護兵信以為真，也不敢攔他。許俊到了府中見到柳氏，將書信給她一看，柳氏登時明白。於是許俊將她帶上馬，快馬加鞭，一下子就跑到韓翃所在的軍中大營。這時候酒宴還沒有結束，許俊這手，當真夠俊的，比之「溫酒斬華雄」也不遜色。柳氏與韓翃「執手涕泣」，場面甚是感人。

由此可見，大唐之時，人們確實豪放俠義，若無許俊這等敢做敢當，有勇有謀的好漢，韓翃和柳氏必然百年長恨，永無了期。唉，焉得世上生萬千「鐵磨勒」、許俊之輩，讓天下有情人都成了眷屬，那有多好。然而，正如明陳繼儒《小窗幽記》中說的那樣：「而奴無昆侖，客無黃衫，知己無押衙，同志無虞侯，則雖盟在海棠，終是陌路蕭郎耳」（黃衫客見於《霍小玉傳》，押衙見於《無雙傳》，也都是俠人義士）。「費長房縮不盡相思地，女媧氏補不完離恨天」[40]，多少女子只能默默地忍受：「回首池塘更無語，手彈珠淚與春風。」[41]

註

38 出自明代著名對聯：「仗義半從屠狗輩；負心多是讀書人。」

39 出自唐．岑參〈涼州館中與諸判官夜集〉。

40 出自明．陳繼儒《小窗幽記》。

41 出自唐．京兆女子〈題興元明珠亭〉。

卷九　秋月春風等閒度——名妓卷

舊時女子，受到的拘束極多，當時的社會對於女子吟詩作畫之類的事情，是一手提倡，一手反對。提倡嘛，就是社會上也公認女子擁有寫詩作畫的才分是一種高雅華貴的象徵，而反對嘛，就是不希望女子才情外露，到處招搖。所以就形成這樣一種風氣，尋常文人的詩被四處傳誦，那自是無上榮光，而閨閣女子的詩四處傳誦，反而不好，似乎有不莊重之嫌。我們看《紅樓夢》中寶釵等也埋怨過寶玉將她們的詩外傳。所以對於舊時，才女或許不少，但能傳名後世的不多，身為閨秀者更少，尤其是明代知名的才女幾乎全是妓女。

在唐代，社會比較開放，這種情況還不是太嚴重。但恐怕也有相當一部分豪門閨秀的詩作不被流傳，就此湮沒無聞。比如我們前面說過的「光威裒三姐妹」，她們的詩作應該不僅只有那一首聯句詩，而且僅存的那首詩要不是拿給魚玄機來看，恐怕也就難以流傳下來。所以唐代女性詩中也有四分之一左右的詩作是出於妓女之手。

本章「名妓卷」中的女子，不包括家妓。因為家妓和一般的妓女還是有很大區別的，她們並非是公開賣藝賣身的女子。唐代的妓女，有官妓、營妓、私妓之分。官妓是直接屬於官府的，在官府舉辦的宴會上獻藝，當然也難免有獻身的行徑。營妓則是屬於軍營中的。官妓、營妓有不少是罪人家屬。而古代的私妓，一般是被賣到妓院中去的，沒有人身自由，如果想脫離妓女身分，一般都要有人出錢贖身才行。

有道是「座中泣下誰最多，江州司馬青衫濕」[42]，古時的文人和妓女之間似乎有千絲萬縷的聯繫。他們不但通常交往甚密，而且彼此之間也有一種惺惺相惜的感情，尤其是那些久試不第的書生。羅隱曾有詩贈妓女雲英：「鍾陵醉別十年春，重見雲英掌上身。我未成名君未嫁，可能俱是不如人。」說來也是，有些名妓，姿容才藝俱佳，卻依然不得歸嫁良人，而寒門苦讀之文士，縱才高八斗，也未必就能蟾宮折桂，高中金榜。所以，紅袖青衫俱濕的情景還是經常有的。

在唐代非常開放的社會風氣下，文人學士常視遊秦樓妓館為風流韻事。登第後，文人相約去長安的平康里（妓院雲集之處）冶遊，甚至成為一種習俗。唐孫棨著《北里志》中言道：「諸妓皆居平康里，舉子、新及第進士，三司幕府但未通朝籍、未直館殿者，咸可就詣。」也就是說舉子和新及第的進士，只要在朝廷中沒有正式入官籍的，都可以去平康里尋花問柳。平康里妓女的文化素養也相當高，「其中諸妓，多能談吐，頗有知書言話者。」所以文人和平康里的妓女之間就傳下來了好多故事。裴思謙登第後「以紅箋名紙謁平康」，大受妓女們歡迎。一名妓女寫給他這樣一首詩，只可惜竟沒有留下這個女子的名字：

卷八〇二二十五【贈裴思謙】平康妓

銀釭斜背解明璫，小語偷聲賀玉郎。從此不知蘭麝貴，夜來新惹桂枝香。

觀詩中之意，平康里的眾妓也以接待新及第的舉子為樂事，覺得能和這些「一登龍門，身價百倍」的才俊春宵一度，「夜來新惹桂枝香」，倒似乎沾上了福氣香氣一般。

然而，事無絕對，有些窮酸不知道自己幾斤幾兩，過度地張揚狂妄，結果惹得妓女惱怒，也寫詩加以回敬諷刺，甚至趕將出去，進士李標就是一例。此人來到平康里後，喝得半醉，索筆題詩於牆上道：「春暮花株繞戶飛，王孫尋勝引塵衣。洞中仙子多情態，留住阮郎不放歸。」這廝詩中一副搖頭晃腦擺譜的模樣，意思是說這裡的女子個個都搶著留他，好像他有多香似的。結果名妓王蘇蘇原來並不認識他，見他如此狂妄，於是也題詩道：

卷八〇二十七【和李標】王蘇蘇

怪得犬驚雞亂飛，羸童瘦馬老麻衣。阿誰亂引閒人到，留住青蚨熱趕歸。

意思是說：我說怎麼雞飛狗跳的，原來來了一個騎著瘦馬、跟著羸書僮，穿著麻衣的窮酸，是誰胡亂引了這個閒人來，趕快拿著你的錢滾出去吧！李標這廝羞得連脖子都紅了，氣呼呼地走了。此事一時廣為傳誦，引為笑談，大家給他起了個外號，叫「熱趕郎」。王蘇蘇有次遇見李標的一個朋友，還開玩笑說：「熱趕郎在否？」

當然，多數情況下，平康里的妓女還是比較喜歡這些書生的，她們很想離開風塵骯髒之地，和這些文人做明媒正娶的夫妻，甚至哪怕是當妾也好。然而，連這個願望往往也無法實現。對於舉子來說，娶妓女為妻，基本上根本不可想像，初唐文人薛元超曾說：「吾不才，高貴過人，平生有三恨：始不以進士擢第，不取五姓女，不得修國史。」薛元超在唐高宗年間曾當過宰相，位極人臣，但還是以沒有娶到貴族家的女子為妻而遺憾。可見當時娶貴族家女兒為妻，不但是攀附財勢的一個登天梯，也是一種身分和榮耀的象徵。妓女想做正妻，無異於天方夜譚，就算想做妾，也有不少人嫌棄。王福娘的故事就是這樣的。

一、王福娘

王福娘本是解梁（即關公老家）人，是個貧家女兒。但她卻容貌清麗，巧於針線，會誦歌詩。童年時就被人騙到長安來，一開始鴇母家裡還待她非常親熱，像是親人一樣。但過了一段時間，就強迫她學歌令，並逼她接客。王福娘的兄弟也來尋過她，但他們都是窮人，沒錢沒勢，告官也告不贏，打架也打不過龜公。王福娘取出數百兩銀子給她的哥哥，兄妹大哭一場，就此永別。福娘經常和客人們講這件事，每每淚下如雨。

王福娘雖然是貧家女兒，卻長得風姿綽約，並且談論風雅，氣質高華。天官崔知之侍郎曾經在筵席上見到她，一睹之下，驚為天人，當場贈詩，其中有「怪得清風送異香，娉婷仙子曳霓裳」之句，可見福娘確實美貌出眾。

一個叫孫棨的文人經常流連於平康里妓館，與王福娘也非常熟。他曾先後寫過四首詩給福娘，王福娘因容貌靚麗，平時經常得到文人的贈詩，但她覺得孫棨的詩最好，於是請他題在窗左的紅牆上，而且自己也寫了首詩題在旁邊：

卷八〇二十一【題孫棨詩後】王福娘

苦把文章邀勸人，吟看好個語言新。雖然不及相如賦，也直黃金一二斤。

當然，福娘誇孫棨的這首詩，詞句比較俗陋，似乎寫得不是太好，然而因福娘本是貧家女，沒有機會讀過什麼書，也就別作苛求了。福娘對孫棨已漸漸有意，她經常在歡宴上突然就神情鬱鬱，十分感傷。孫棨悄悄問她為什麼，她說：「這個地方哪裡是長久之計，哪能癡迷於眼前的快樂而不為將來打算？然而我一個弱女子，又有什麼方法能逃開這個地方呢？」說完又「嗚咽久之」。這一天，福娘突然遞給孫棨一個紅箋，上面有這樣一首詩：

卷八〇二十二【問棨詩】王福娘

日日悲傷未有圖，懶將心事話凡夫。非同覆水應收得，只問仙郎有意無。

福娘的意思是鍾情於孫棨，想讓他和自己成為正常的夫婦。然而，薄情寡義的孫棨推搪說：「我知道娘子的意思，但這不是舉子合適辦的事。」福娘傷感地說：「我不是教坊籍的人，君子倘有意，只費一二百兩銀子就可以。」但孫棨根本無心贖出福娘，他題詩道：「韶妙如何有遠圖，未能相為信非夫。泥中蓮子雖無染，移入家園未得無。」詩中意思，也不難明白，雖然稱福娘為蓮，但是他還是嫌棄福娘曾墜落風塵，猶如身在污泥。福娘一見，心全涼了，只好忍淚長歎，於是再也不和孫棨說話了。

後來，福娘嫁了一個開彩纈鋪的小老闆。孫棨有次經過曲水這個地方，正好聽到絲竹之聲，他聽出來是福娘在彈奏。於是又悄悄地過來搭訕，福娘不見他，讓自己的小妹團了一個紅巾拋給他，裡面有這樣一首詩：

卷八〇二十三【擲紅巾詩】王福娘

久賦恩情欲托身，已將心事再三陳。泥蓮既沒移栽分，今日分離莫恨人。

福娘說，我早就想把終身託付給你，再三將心事說給你聽，既然你嫌我是「泥蓮」不乾淨，那現在你就別怪我視你如路人。

說來就是，孫棨之類的讀書人多是這種貨色，他們平時勾三搭四，要的就是雲雨一時，真要向他們託付終身，卻一個個縮頭縮得比烏龜都快。福娘可能也並不愛那個滿身銅臭的綢緞商，但是她沒有更好的選擇。男人的愛向來就是比紙還薄，而煙花女子想要得到真愛更是難上加難。只能感嘆：無奈！無奈！

二、顏令賓

這一年，長安滿城的桃花又開遍了。「年年歲歲花相似，歲歲年年人不同」，多年的愁病煎心，顏令賓終於支持不住了。她是平康里的名妓，舉止風流蘊藉，最喜歡詩文。她每見到來狎遊的舉子，都是青眼有加，熱情相待。眾舉子贈給她滿箱的詩篇，她都一一珍藏。如今落花繽紛，春光難留，她也要走了，永遠離開這個世界。

顏令賓強撐病體，讓侍兒扶到階前坐下，花已落，人將亡。她索來筆墨，寫下這樣一首詩，讓小童送給那些常來此地的舉子書生：

卷八〇二 十八【臨終召客】顏令賓

氣餘三五喘，花剩兩三枝。話別一尊酒，相邀無後期。

顏令賓擺下酒果，勉力支撐著請前來的書生飲樂。酒席宴罷，顏令賓淚流滿面，對這些男人說：「我不久於人世矣，請給我寫幾首輓詩吧。」這些書生也感慨不已，於是紛紛奮筆，寫下不少詩篇，顏令賓含笑一一珍藏。但鴇母一開始以為她是向舊情人要錢發送後事，結果見她居然要的是幾首一錢不值的臭詩，心中大怒，怒罵了顏令賓一頓。沒有過幾天，顏令賓就默默地死去了。鴇母翻箱倒櫃，看看顏令賓有沒有私自收著什麼金銀財寶，豈知打開箱子，全是書生寫給她的詩文。鴇母盛怒之下，連箱子帶書稿扔到了大街上。

幸好有個叫劉駝駝的人，是個「凶肆樂人」，就是專門在喪事上唱輓歌的。他在街上撿到一些殘稿，於是在顏令賓出殯之時，劉駝駝在靈柩前一一唱遍，也算是滿足了顏令賓生前的心願。後來有些書生們對此事大感興趣，就找來劉駝駝，讓他再唱唱這些輓詩。劉駝駝忘了好多，只記得以下四首：

昨日尋仙子，輀車忽在門。人生須到此，天道竟難論。
客至皆連袂，誰來為鼓盆，不堪襟袖上，猶印舊眉痕。

殘春扶病飲，此夕最堪傷。夢幻一朝畢，風花幾日狂。
孤鸞徒照鏡，獨燕懶歸梁。厚意那能展，含酸奠一觴。

浪意何堪念，多情亦可悲。駿奔皆露膽，麇至盡齊眉。
花墜有開日，月沉無出期。寧言掩丘後，宿草便離離。

奄忽那如此，夭桃色正春。捧心還動我，掩面復何人。

岱嶽誰為道，逝川寧問津。臨喪應有主，宋玉在西鄰。

這些詩有些寫得倒還不錯，比如像「客至皆連袂，誰來為鼓盆」，大有諷刺之意，如花似玉的顏令賓當時有那麼多的客人爭先恐後地踏上門來，但當她櫻唇紅褪，杏臉香枯，芳魂已散時，又有誰能像丈夫對待妻子一樣來為她送喪呢？其他如「花墜有開日，月沉無出期」等在文采上也有可觀之處，然而，文人就是會空談虛吟，他們卻不會真正地幫她逃出火坑。更為可悲的是，有些對八卦奇聞感興趣的人拉住劉駝駝，斷定他就是顏令賓的情人，和他開玩笑說，「宋玉在西鄰」那句中，宋玉是說你小子吧？劉駝駝哂笑道，「大有宋玉在」，宋玉多得是哪！意思說顏令賓情人多多。我們看，這些人對顏令賓的遭遇並不十分同情，反而加以嘲笑，顏令賓身在妓館，當然有很多和她來往的男人，這也不能說是顏令賓的過錯。如果她是一個公主或貴族小姐，嘲笑一下她情人多多也無可厚非，但嘲笑顏令賓這樣一個早逝的風塵女子，不免讓人覺得人情是何等涼薄！

可笑的是，有些人寫文章時，卻胡亂發揮，將劉駝駝升級為第一男主角，但從顏令賓故事的出處唐代孫棨（就是上文那個）所寫的《北里志》中看，劉駝駝身分低微，名為駝駝，很可能就是個駝背之人，顏令賓素喜書生之輩，哪能看上他。再說既然他口中曾說出「大有宋玉在」這樣的話，他也不是鍾情於顏令賓之人。

身為妓女，她們都是無時無刻不想逃離這個地方，過上平凡夫妻的生活，雖然妓館中有肉山酒海、金珠綢緞，但是強顏歡笑，屈膝娛人的日子也是充滿淚水的，江淮名妓徐月英就曾發出這樣的感慨：

三、太原妓

當然，有些文人對風塵女子也是有感情的。舊時的婚姻往往是父母包辦，或者出於門第聯姻等因素。所以古代的婚姻，不但往往是女子不幸的淵藪，而且男人也頗受其害。當然，男人既可以納妾，又可以逛青樓妓館，而古代文人真正嘗到戀愛的滋味，往往是在風塵女子那裡。不過，真正癡情的卻也不多，歐陽詹算是極為罕見的一個。

歐陽詹並非一般平庸書生，雖然現在他的名字不是很響亮，但唐貞元八年的金榜上，歐陽詹名列第二，名列唐宋八大家之一的韓愈才是第三，排在後面的還有李絳、王涯這兩個後來成為宰相的人，可見歐陽詹是何等的優秀。由於這一年的榜中出了不少名臣，所以被後人稱之為「龍虎榜」。

歐陽詹在太原時，遇到一個妓女，二人一見傾心，兩情相悅，說不盡的山盟海誓。俗話說「戲子無義，婊子無情」，妓女逢場作戲慣了，確實也經常是虛情假意。白居易有一首〈醉戲諸妓〉的詩說：「席上爭飛使君酒，歌中多唱舍人詩。不知明日休官後，逐我東山去是誰。」意思是說現在歌妓對著我唱我的詩，如果我一旦休官，那她們誰跟追隨我啊？諷刺了歌妓們「人一走，茶就涼」的心態。然而，這個太原的歌妓卻不然，她是真心愛上了歐陽詹，而歐陽詹也是一名癡心男子。按說到了這個地步，並無好事不諧之理，但造化弄人，歐陽詹有公務要離開太原，他和歌妓約定不久就回來迎娶她。然而，歐陽詹一去之後，就再也沒有回來。

歐陽詹倒不是寡情負義之人，他離開太原時，心中十分依戀。他有首詩名叫〈初發太原，途中寄太原所思〉，其中道「驅馬覺漸遠，回頭長路塵。高城已不見，況復城中人……」可想而知，歐陽詹當時也是一步一回頭，一望陽一斷。歐陽詹回到京城後，遭遇很多變故，仕途上非常不順，以至於羈旅京師，生活上也窮愁潦倒，根本無力去迎娶太原妓。而太原妓以為他肯定是變了心，不會來了。於是心痛過度，一病不起。臨死前，她剪下自己的頭髮，裝入一個匣中，並寫了這樣一首詩：

卷八〇二五【寄歐陽詹】太原妓

自從別後減容光，半是思郎半恨郎。欲識舊來雲髻樣，為奴開取縷金箱。

可憐當年山高路遠，音信難通。太原妓誤以為歐陽詹變了心，於是愛中有恨，恨中有愛，所謂「半是思郎半恨郎」。她臨死時對自己的姐妹們說，如果歐陽詹再來看我的話，就把這個箱子給他。太原妓死後沒有多久，歐陽詹就派人來接她了，然而，此時佳人不在，空留餘恨。

當歐陽詹打開她的縷金箱時，忍不住捧著她的髮髻痛哭失聲，她的髮髻，他很熟悉，因為他有多少次親手為她簪上山花。而如今，芳魂已泯，他能握住的只有這一縷秀髮。

尋常男人，就算是有情有義，也就痛一陣，哭一場，然後假惺惺地寫上幾首悼亡詩就算了。而歐陽詹卻是一個至情至性的男子，他居然因此不飲不食，十日之後，歐陽詹就也追隨太原妓到了地下。說來太原妓既是不幸的，又是幸運的，不幸的是她和歐陽詹由於世事多變而難渡劫波；而幸運的是，她遇到歐陽詹這樣一個重情重義的郎君。

不過，有很多人並不這樣看，他們覺得歐陽詹居然為一個煙花女子殉命，大大地不值。歐陽詹進士出身，正是幹事業的大好時候，怎麼為了一個女人送了命？多可惜啊！好多人提及此事，都稱之為「惑太原妓而死」，似乎太原妓相當於妖狐之屬，歐陽詹是為她迷惑而死。韓愈因和歐陽詹交情不錯，所以在寫他的墓誌銘時諱言此事，並未提及。而當時的詩人孟簡卻寫了這樣一首詩：

卷四七三 十八【詠歐陽行周事】（歐陽詹字行周）孟簡

有客西北逐，驅馬次太原。太原有佳人，神豔照行雲。座上轉橫波，流光注夫君。
夫君意蕩漾，即日相交歡。定情非一詞，結念誓青山。生死不變易，中誠無間言。
此為太學徒，彼屬北府官。中夜欲相從，嚴城限軍門。白日欲同居，君畏仁人聞。
忽如隴頭水，坐作東西分。驚離腸千結，滴淚眼雙昏。本達京師回，賀期相追攀。
宿約始乖阻，彼憂已纏綿。高髻若黃鸝，危鬟如玉蟬。纖手自整理，剪刀斷其根。
柔情托侍兒，為我遺所歡。所歡使者來，侍兒因復前。抆淚取遺寄，深誠祈為傳。
封來贈君子，願言慰窮泉。使者回覆命，遲遲蓄悲酸。詹生喜言旋，倒履走迎門。
長跪聽未畢，驚傷涕漣漣。不飲亦不食，哀心百千端。襟情一夕空，精爽旦日殘。
哀哉浩然氣，潰散歸化元。短生雖別離，長夜無阻難。雙魂終會合，兩劍遂蜿蜒。
丈夫早通脫，巧笑安能干。防身本苦節，一去何由還。後生莫沉迷，沉迷喪其真。

孟簡這首詩，敘事倒比較詳細，等於將上面的事情又講了一遍，全詩大致可分為五段，從「有客西北逐」到「中誠無間言」一段，寫太原妓和歐陽詹（有客）相戀的經過，「此為太學徒」至「滴淚眼雙昏」一段說歐陽詹因公務在身而不得不暫時分手。「本達京師回」到「為我遺所歡」寫太原妓死前剪髮留給歐陽詹。從「所歡使者來」至「兩劍遂蜿蜒」寫歐陽詹看到信物後悲痛而死的情節。其中像「詹生喜言旋，倒履走迎門。長跪聽未畢，驚傷涕漣漣。」將當時的情景描寫得十分細膩生動，剛開始歐陽詹以為太原妓跟著使者回來了，喜得倒穿著鞋出門去迎，但聽到的卻是噩耗。他長跪於地，淚下如雨。此段後來寫「雙魂終會合，兩劍遂蜿蜒」，大有祈願兩人在泉下諧好之意，但最後一段卻突然又變了味：「丈夫早通脫，巧笑安能干。防身本苦節，一去何由還。後生莫沉迷，沉迷喪其真。」意思是告誡世人尤其是年輕人（後生），莫要沉迷於女色，以免像歐陽詹一樣喪身殞命。

宋人《韻語陽秋》一書中，也指責歐陽詹說：「嗚呼！詹能義陳蕃之不從亂，而不能割愛於一婦人……殆有所蔽而然也。」意思說，歐陽詹能像漢代陳蕃一樣正直，卻割捨不下一個女人的感情，實在是非常不明智的。

然而，「知我者，謂我心憂，不知我者，謂我何求？」[43] 有人將情字看得一分不值，有人卻看得比生命還貴。正所謂：「問世間情是何物，直教生死相許！天南地北雙飛客，老翅幾回寒暑。歡樂趣，離別苦，就中更有癡兒女」[44]，有些人，是一輩子也不會明白這些的。

四、楚兒

楚兒這個姑娘也是平康里的名妓。她字潤娘，非常聰明伶俐，亦精通詩文。她性格相當外向，十分開朗活潑，時人評為「狂逸特甚」。後來，鴇母貪圖錢財，將她賣給捕賊官郭鍜為妾。郭鍜是個粗人，自稱是郭子儀的後人（郭子儀兒孫眾多，孫子輩的他自己都認不全，倒也難說），但其人卻早無乃祖郭子儀的大智大勇，據載「為人異常凶忍且毒」。他將楚兒納為小妾後，並未帶回家，而是在外找了處房子，安置楚兒。

郭鍜事務繁忙，又是喜新厭舊之輩，因此到楚兒這裡來的時間很少。楚兒被鎖在這個院子裡，很是不耐。她性格倔強開朗，雖然被鎖在房中，但她並沒有像一般女子那樣終日鬱鬱苦愁，泣血悲啼。她整日隔著窗子向外望，遇到以前的舊相識，就打招呼。隔著窗兒聊得不亦樂乎，並從窗縫中遞出去紅巾香帕，或者題著詩的彩箋。不過，這一切一旦被郭鍜知道後，就會遭到一頓毒打。然而打歸打，楚兒依舊我行我素，還是不改原來的脾氣。

這天，一個叫鄭光業的書生經過此處，楚兒看見後，就掀開簾子，向他招手，呼他過來說句話。不想郭鍜正好來到，他大怒之下，將楚兒揪過來，直拉到大街上，用馬鞭子狠狠地抽打她。楚兒慘叫聲震天，眾人紛紛駐足，圍上來觀看。鄭光業驚懼，一溜煙跑了。第二天，鄭光業倒還有點良心渣渣，悄悄地又來到楚兒窗前，只見楚兒正在窗前撥弄琵琶解悶呢。楚兒看到鄭光業又來了，對他嫣然一笑，並在彩箋上題了首詩給他：

卷八〇二 十六【貽鄭昌圖】楚兒

應是前生有宿冤，不期今世惡因緣。蛾眉欲碎巨靈掌，雞肋難勝子路拳。只擬嚇人傳鐵券，未應教我踏金蓮。曲江昨日君相遇，當下遭他數十鞭。

楚兒在詩中說，應該是前世的冤孽吧，我居然和他（郭鍛）結了這樣一段惡姻緣。他那巨靈神一樣大的手掌，子路（孔子的徒弟中武功最高的）一樣猛的鐵拳打得我好慘。「只擬嚇人傳鐵券」，大概是說郭鍛自稱是郭子儀的後人，家中有免罪鐵券，打死人不用抵罪，以此恐嚇楚兒。「未應教我踏金蓮」一句，用步步生蓮的典故：南齊時東昏侯蕭寶卷寵愛潘妃，於是鑿金為蓮花狀貼在地面上當地板磚，讓潘妃在上面走，名曰：「步步生蓮」。這裡是指對女子的嬌寵。此聯意為，郭鍛對我只是打罵，一點也不對我憐愛嬌寵。「曲江昨日君相遇，當下遭他數十鞭」這句明白如話，不用解釋。不過單以詩歌而言，楚兒尾聯這兩句是「敗筆」，結句平淡，了無深意。但楚兒身為完全憑自學寫詩的青樓女子，總體也算寫得不錯了。

鄭光業文人德行，幹大事不行，吟詩唱和倒是很行，於是馬上取筆，當場也回了一首詩：「大開眼界莫言冤，畢世甘他也是緣。無計不煩乾偃蹇，有門須是疾連拳。據論當道加嚴箠，便合披緇念法蓮。如此興情殊不減，始知昨日是蒲鞭。」觀鄭光業詩中之意，對楚兒並無太多的同情，反而洗白自己，「無計不煩乾偃蹇」，「偃蹇」一詞，出於《楚辭》「望瑤臺之偃蹇兮，見有女戎之佚女」，用來比喻自己傾慕的女子。這裡鄭光業是說，我並不想著招惹你。更可惡的是，鄭光業竟然說：「如此興情殊不減，始知昨日是蒲鞭」，我看你今天興致還挺高的，依舊和男人調笑，看來昨天還是打得輕（蒲鞭是用很輕的蒲草製成的鞭子，落身不痛）。然而，鄭光業這還算是大膽的呢，畢竟還敢和楚兒搭訕。因為郭鍛當捕賊官，歷來警匪一家，郭鍛和當時社會上的流氓黑勢力關係很深，很多潑皮無賴，都為他效命，所以「聞者為縮頸」，所有人都非常怕他。

好在楚兒的性格比較開朗樂觀，換個多愁善感的恐怕早就死了。然而，誰又能體會到楚兒的辛酸？「哭不得，所以笑」，楚兒有多少淚，多少痛？也許她早已麻木和習慣。

我們看楚兒從良後的命運，也不是很好。青樓賣笑這個行當當然是屬於吃青春飯的，所以青樓女子們都不得不為自己的將來打算。一般來說，煙花女子們的出路大致有三種：第一種是多年媳婦熬成婆，轉化成鴇母的角色，甚至當上老闆。第二種就是從良嫁人。〈賣油郎獨佔花魁〉上的劉四媽，曾詳細分析過，有什麼「真從良」「假從良」「苦從良」「樂從良」等多種，差不多可以算篇小論文。然而身為風塵女子，接觸到的也多是浪蕩之徒，想找個真心真意的好男人實在難上加難。想學唐傳奇《李娃傳》中那樣由妓女變成貴夫人，比現在中千萬元大獎的樂透還難。大多數的青樓女子，就只能是「門前冷落車馬稀，老大嫁作商人婦」[45]。有人說：「遺老吊故國山河，商婦話當年車馬，人生古今一概。」舊時商人的地位非常低，而且行蹤不定，經常漂泊在外，文化素養也不高，所以「嫁作商人婦」，在當時是一種辛酸無奈的選擇。不像現在，眾多藝人都以嫁商界精英為榮。第三種當然更淒慘，就是老來之後，並無著落，流落街頭，淪為乞丐。

在唐代的名妓中，名氣最大，詩才最高，歸宿又比較好的，應該非薛濤莫屬。

五、薛濤

唐代的女詩人，最出名的除了李季蘭、魚玄機外，薛濤也是一位重量級的人物。薛濤的詩雍容大氣、高華不俗，很多人都覺得她的詩在女詩人中應該是魁首。前面說過，我覺得李季蘭的詩頗有林下之風，更為自然，而薛濤的詩中有不少奉迎、應酬之作，這是她的瑕疵所在。不過我也不得不承認，薛濤的詩確實相當不凡，世人稱薛濤「工絕句，無雌聲」，她的很多詩雄渾大氣，格調高古，不僅在唐代，就算放在整個古典詩歌全集中也是相當出色的。

對於薛濤，有人將她也算作女冠詩人，但是我並不這樣認為。薛濤是到了晚年，才隱居在望江樓中，穿起女道士的服裝。她一生中的大多數時間，都是以官妓的身分出現的。所以我覺得她應該算名妓詩人之列。當然，說起薛濤的身分，也有人堅稱薛濤並非妓女，而是樂妓（伎）的身分。我們知道唐代的「樂妓」主要是以歌舞娛人，薛濤身在樂籍，似乎於歌舞卻並不十分擅長，而是靠詩才成名，大概可稱之為「詩妓」。我的看法是，不能將薛濤看成是後世那種專門以賣身為業的妓女。然而，也不能說薛濤就完全守身如玉，唐代風氣一向開放，薛濤周旋於這些官員之間，一點事情沒有，恐怕也很難置信。到了宋時，曾有明令禁止官妓「私薦枕席」，但仍時有這樣的事發生，而在唐代這等事肯定少不了。

不過，薛濤確實無論是做詩還是做人，都透著一種莊重高貴的氣象，相比之下，「女道士」李季蘭、魚玄機等人，倒顯得不是妓女而勝似妓女，更加放浪無忌。

萬里橋邊女校書——韋皋的賞識

薛濤才情美貌非常出色，有人說「凡歷事十一鎮，皆以詩受知」，蜀地前後十一鎮節度使分別是：韋皋、袁滋、劉辟、高崇文、武元衡、李夷簡、王播、段文昌、杜元穎、郭釗、李德裕。當然，這其中不免有誇大之處，像袁滋上任時，劉辟正在鬧獨立，想割據一方，袁滋嚇得根本沒敢進四川，連薛濤的面也沒有見過，「以詩受知」從何談起？但即便如此，薛濤能在歷屆蜀地節度使在任時一直受賞識，也是相當難得了。

最先賞識她的是韋皋。對於西川節度使韋皋，在歷史上倒是個相當有名的人物。金庸先生的小說《鹿鼎記》中，有人拍韋小寶的馬屁，說他是「忠武王」韋皋的後人，這當然是虛構。韋皋諡號忠武，贈太師，並沒有封王。他曾殺了反賊朱泚的使者，擊敗吐蕃的進犯，威震蜀中，倒是事實。但韋皋也十分驕橫跋扈，大有割據一方的意思，西川後來幾乎成了他的獨立王國，手下的官職任用，全憑韋皋一句話。

貞元元年（七八五年），韋皋出鎮蜀地，他聽說薛濤貌美才高，於是將她召來侍酒賦詩。當時薛濤還是個正值豆蔻年華的少女，也就十六歲左右，她即席寫下了這樣一首詩：

卷八〇三十一【謁巫山廟】薛濤
亂猿啼處訪高唐，路入煙霞草木香。山色未能忘宋玉，水聲猶是哭襄王。
朝朝夜夜陽臺下，為雨為雲楚國亡。惆悵廟前多少柳，春來空鬥畫眉長。

如果我們通讀了《薛濤集》中的詩篇，就會覺得這首詩寫得尚且稚嫩，並不是薛濤的最佳詩作。詩中「朝朝夜夜陽臺下，為雨為雲楚國亡」這兩句對仗並不工整，看樣子也不像李白的「登舟望秋月，空憶謝將軍」那樣揮灑自如地故意不對仗。就整篇詩來說，繞來繞去，無非就是說楚王雲雨巫山的典故而已。不過這也難怪，當時薛濤還是十六歲的小姑娘嘛。

但韋臯看了後，卻覺得眼前一亮，不禁大聲稱讚。因為一般的歡場女子，就算有幾分才情，也只是像《紅樓夢》中陪薛蟠等作樂的雲兒那樣，只會說些「女兒愁，媽媽打罵何時休。女兒喜，情郎不捨還家裡」這樣的句子，哪有薛濤這種雍容大氣的神采？所以韋臯見了，驚歎不已，他又將詩遍傳客人，眾賓客也莫不嘆服稱絕。於是猶如現在晚會上少不了某些主持人一樣，每逢蜀中的官場盛宴，韋臯必定要召薛濤前來侍宴賦詩。

韋臯漸漸發現，薛濤聰慧過人，有時讓她在身邊做些文書，感覺她靈巧仔細，比那些鬍子老長的幕僚強多了，於是薛濤慢慢地就充任了韋臯的女秘書。韋臯覺得薛濤確實非常勝任這個職位，並突發奇想，想上奏朝廷，正式讓薛濤任校書郎的官職。有人勸阻說：「軍務倥傯之際，奏請以一妓女為官，倘若朝廷認為有失體統，豈不連累帥使清譽；即使僥倖獲准，紅裙入衙，不免有損官府尊嚴，易給不服者留下話柄，望帥使三思！」

看來，就算是唐代，也有觀感不好的問題，所以此事不了了之。不過我們說過，韋臯專權一方，薛濤雖然沒有轉入正式編制，但卻實實在在地擔任起了校書郎的工作。當時的人也都呼之為「女校書」。詩人王建有詩〈寄蜀中薛濤校書〉送薛濤：

萬里橋邊女校書，枇杷花裡閉門居。掃眉才子知多少，管領春風總不如。

薛濤的名氣愈來愈大，粉絲也愈來愈多，一時間，不單是蜀中之地，就連長安城內，也到處傳播著薛濤的芳名。然而，「自古名高累不輕」，凡名易居，清名難居，薛濤名氣大了之後，是非也悄悄地逼來。薛濤當時尚是個不諳世事的純真少女，想必在那些如蜂似蝶般逐來的貴家公子的迷魂湯內，也有些暈暈乎乎的。薛濤於是和他們往來唱和，一時不亦樂乎。然而，她忘了，她再有名氣，也只是一個官妓，她的命運掌握在韋臯的手心裡，韋臯輕輕一翻手掌就可以讓她苦不堪言。

聞道邊城苦，今來到始知——被罰邊地的辛酸

韋臯這時候開始不高興了，他可能有些吃醋。其實官妓的地位是非常低下的，《全唐詩》中有張保胤這樣一首詩，名曰〈示妓榜子〉：「綠羅裙下標三棒，紅粉腮邊淚兩行。叉手向前咨大使，這回不敢惱兒郎。」這詩是說一個官妓在酒席上不慎得罪了客人，被當場打了數棍，哭得臉上脂粉全花了，還要委委屈屈地向客人賠罪。薛濤雖然極受韋臯寵愛，但韋臯是什麼人？那是跺一下腳整個四川都要地震的主，薛濤現在居然將他冷落，哪裡還有好果子吃？於是他輕輕一句話就將薛濤貶到偏遠的松州。松州是什麼地方？就是現在的四川西部，即今阿壩藏族自治州境內，屬於松藩

高原，是荒無人煙的偏遠之地。薛濤嬌弱的身子如何吃得了這番苦，於是她明白了，既在矮簷下，怎能不低頭。於是她在路上先寫了這樣兩首詩：

卷八〇三 九【罰赴邊有懷上韋令公二首】薛濤

聞道邊城苦，今來到始知。羞將門下曲，唱與隴頭兒。

黠虜猶違命，烽煙直北愁。卻教嚴譴妾，不敢向松州。

從繁花似錦的成都，到荒涼苦寒的松州，簡直就是兩個世界。薛濤真正體會了現實的慘酷，而她也從此明白，她的命運完全掌握在人家手裡，天堂地獄，全在別人的一念之間。當時的松州，是唐朝和吐蕃兩軍對峙的地方，經常戰火不斷，所以有「黠虜猶違命，烽煙直北愁」之說。薛濤十分害怕，這簡直是讓她去送死啊！於是她思前想後，還是要向韋皋苦求，所以她又寫下了這組著名的〈十離詩〉：

卷八〇三 六十【十離詩．犬離主】薛濤

馴擾朱門四五年，毛香足淨主人憐。無端咬著親情客，不得紅絲毯上眠。

卷八〇三 六十一【十離詩．筆離手】薛濤

越管宣毫始稱情，紅箋紙上撒花瓊。都緣用久鋒頭盡，不得羲之手裡擎。

卷八〇三 六十二【十離詩．馬離廄】薛濤
雪耳紅毛淺碧蹄，追風曾到日東西。為驚玉貌郎君墜，不得華軒更一嘶。
卷八〇三 六十三【十離詩．鸚鵡離籠】薛濤
隴西獨自一孤身，飛去飛來上錦茵。都緣出語無方便，不得籠中再喚人。
卷八〇三 六十四【十離詩．燕離巢】薛濤
出入朱門未忍拋，主人常愛語交交。銜泥穢汙珊瑚枕，不得梁間更壘巢。
卷八〇三 六十五【十離詩．珠離掌】薛濤
皎潔圓明內外通，清光似照水晶宮。只緣一點玷相穢，不得終宵在掌中。
卷八〇三 六十六【十離詩．魚離池】薛濤
跳躍深池四五秋，常搖朱尾弄綸鉤。無端擺斷芙蓉朵，不得清波更一遊。
卷八〇三 六十七【十離詩．鷹離鞲】薛濤
爪利如鋒眼似鈴，平原捉兔稱高情。無端竄向青雲外，不得君王臂上擎。
卷八〇三 六十八【十離詩．竹離亭】薛濤

蓊鬱新栽四五行，常將勁節負秋霜。為緣春筍鑽牆破，不得垂陰覆玉堂。

卷八〇三 六十九【十離詩．鏡離臺】薛濤

鑄瀉黃金鏡始開，初生三五月裴回。為遭無限塵蒙蔽，不得華堂上玉臺。

這十首詩用犬、筆、馬、鸚鵡、燕、珠、魚、鷹、竹、鏡來比自己，而把韋皋比作是自己所依靠著的主、手、廄、籠、巢、掌、池、臂、亭、臺。只因為犬咬親情客、筆鋒消磨盡、名駒驚玉郎、鸚鵡亂開腔、燕泥汙香枕、明珠有微瑕、魚戲折芙蓉、鷹竄入青雲、竹筍鑽破牆、鏡面被塵封，所以引起主人的不快而厭棄。有些人評價薛濤這首詩時，常覺得薛濤將自己比成狗之類的，太低卑不堪，但薛濤身處在那個狀況下，不委曲求全行嗎？韋皋看到薛濤這十首悲悲切切的詩句，心中也軟了下來，其實韋皋的本意也並非想一下子將薛濤置於死地而後快，而是給她個教訓罷了。所以，韋皋又輕輕一翻手，薛濤就從邊地調回了成都。

薛濤經此一事，成熟了很多。她更加明白了世事人情，對韋皋也更加曲意逢迎，韋皋心中大悅，親自批示，為薛濤解除了樂籍，從此薛濤成了自由之身，她退隱於西郊浣花溪，在門前種滿了枇杷花，這時薛濤年方二十歲。

言語巧偷鸚鵡舌，文章分得鳳凰毛——周旋於歷任節度使前的薛濤

韋皋不久病逝。韋皋死後，朝廷派大臣袁滋來接替西川節度使。但當時全國到處藩鎮割據，人

人都想高度自治，韋皋當時也有這種傾向，只不過沒有公開向朝廷叫板而已。於是原為韋皋屬下的劉辟就自封為西川節度使，並得寸進尺，還要將東川和山南都歸自己管。袁滋膿包一個，看此陣勢，嚇得不敢進川。皇帝唐憲宗大怒，將其貶官。唐憲宗是一位英明神武之主，他派大將高崇文將劉辟擊敗後活捉，後押到京城斬首。劉辟其人，也是進士出身，《全唐詩》存詩兩首，要說這首還不錯：「皎潔三秋月，巍峨百丈樓。下分征客路，上有美人愁。帳卷芙蓉帶，簾褰玳瑁鉤。倚窗情渺渺，憑檻思悠悠。未得金波轉，俄成玉箸流。不堪三五夕，夫婿在邊州。」在他統治時，不知是否和薛濤有所唱和，但因劉辟後來是被朝廷明正典刑的反臣，所以薛濤就算和他有彼此唱和的詩作，料想也銷毀了。

高崇文率大軍入蜀後，當地官吏士紳又請薛濤去迎接。薛濤於是獻了這樣一首詩：

卷八〇三 十三【賊平後上高相公】

驚看天地白荒荒，瞥見青山舊夕陽。始信大威能照映，由來日月借生光。

「驚看天地白荒荒」，荒荒，指黯淡無際貌。杜甫有詩：「野日荒荒白。」這裡指天日無光的樣子，形容劉辟統治時一片昏暗。「由來日月借生光」當然是寫高崇文平亂後，川中百姓重獲光明。這詩中逢迎之詞當然是有的，但是寫得也確實氣勢不凡。高崇文只粗知文字，薛濤這首詩估計也就看個半懂。《全唐詩》中也錄有高崇文的一首詩：「崇文宗武不崇文，提戈出塞號將軍。那個髇兒射雁落，白毛空裡亂紛紛。」大家一看便知，這位高崇文十足的武夫本色，實在應該改名叫高崇武才對。

在蜀地士紳招待高崇文的酒席宴上，高崇文（舊本詩話有的作高駢，誤，高駢生活時代和薛濤完全不吻合）起令道：「口，有似沒梁斗。」薛濤當即機敏地回答：「川，有似三條椽。」薛濤的回答，不但十分貼切，而且落在「川」字上，比高崇文隨口亂說的更有意義。高崇文還有點不服氣，挑剔說：「你那個三條椽中怎麼有一條是彎的啊（指川字第一筆是撇）？」薛濤答道：「閣下是堂堂節度使，卻用『沒梁斗』，我一個小女子，用個彎了一條的椽有什麼不可啊？」逗得高崇文聽了大笑。元稹後來有詩誇薛濤是「言語巧偷鸚鵡舌」，實在也並非過譽之詞。

高崇文雖然打仗在行，但畢竟是武人，政治則不行，四川被他管得一團糟。朝廷於是派武元衡代替高崇文，武元衡是武則天一族的後人，但為人卻並不壞，長得一表人才，性情也溫和閒雅，雍容大度。武元衡開始很不願意到蜀地來，他動身之際，曾在嘉陵驛題詩一首：「悠悠風旆繞山川，山驛空濛雨似煙。路半嘉陵頭已白，蜀門西更上青天。」對出任蜀中充滿躊躇沮喪之意。薛濤知道後，寫了這樣一首詩給他：

卷八〇三 五十七【續嘉陵驛詩獻武相國】薛濤

蜀門西更上青天，強為公歌蜀國弦。卓氏長卿稱士女，錦江玉壘獻山川。

薛濤此詩，巧妙地先借了武元衡詩的最後一句，然後三句詩一續下來，立改武元衡詩中那種陰霾之氣。她誇蜀中山河錦繡，才子才女俱佳，暗示武元衡會不虛此行。武元衡讀了後，頓時轉愁為喜，覺得蜀中之遊，倒也不錯。由此可見，薛濤的才情和巧思。武元衡嘆服之下，對薛濤敬慕有加，到任後，就正式上書向朝廷申奏，授薛濤校書郎一職。

他家本是無情物，一任南飛又北飛——薛濤茫然無依的愛情

薛濤一生，以美貌和才情著稱，寵愛她的人應該有不少，但這些人並非是出於真正的愛情。她曾發明了用胭脂染成，花紋精巧、顏色鮮麗的「薛濤箋」，成為後世男女互達情意的必用紙品。然而，薛濤此生，卻找不到真正愛她之人。

作為一個寂寞的女人，薛濤詩中也常常流露出愛無所依的感慨，比如這四首〈春望詞〉：

卷八〇三 二【春望詞四首】薛濤

花開不同賞，花落不同悲。欲問相思處，花開花落時。

攬草結同心，將以遺知音。春愁正斷絕，春鳥復哀吟。

風花日將老，佳期猶渺渺。不結同心人，空結同心草。

那堪花滿枝，翻作兩相思。玉箸垂朝鏡，春風知不知。

讀罷這四首詩，我們不難從其中讀到薛濤當年那顆空蕩蕩的心。雖王建稱她為「管領春風總不如」，但明豔的春光卻並不屬於她。在喧鬧的酒宴之間，招惹她的男人自然不少，然而，她真正想要的，是一個能和她兩心相知，陪她花開同賞，花落同悲，共嘗甘苦，共度風雨的人。

〈牡丹〉這首詩也表達了薛濤寂寞的心情：

卷八〇三 十二【牡丹】薛濤

去春零落暮春時，淚濕紅箋怨別離。常恐便同巫峽散，因何重有武陵期。
傳情每向馨香得，不語還應彼此知。只欲欄邊安枕席，夜深閒共說相思。

「只欲欄邊安枕席，夜深閒共說相思」，薛濤雖然在當時人的眼中，如同一朵解語花，時常逗得那些官紳開顏解頤，但是她自己的寂寞愁苦卻無處可訴。

薛濤一度和來四川巡視的元稹，有過一段情緣。當時是元和四年（八〇九年）。據說元稹自負才高，剛開始還非常看不起薛濤。然而當他讀到薛濤的〈四友贊〉時，卻不得不驚服。薛濤此文以擬人的手法說硯、筆、墨、紙：「磨潤色先生之腹，濡藏鋒都尉之頭，引書媒而黯黯，入文畝以休休。」前面我們說過，元稹是那種「情多累美人」的男人，他確實有才有貌，也挺有女人緣的。薛濤也很喜歡他，當時元稹才三十歲，薛濤已經是四十多歲，據說下面這兩首詩就寫於薛濤和元稹共度的這段甜蜜時光中：

卷八〇三 七【池上雙鳥】薛濤
雙棲綠池上，朝暮共飛還。更憶將雛日，同心蓮葉間。

卷八〇三 八【鴛鴦草】薛濤
綠英滿香砌，兩兩鴛鴦小。但娛春日長，不管秋風早。

詩中充滿了溫馨甜蜜的氣息，這是薛濤其他詩作中所沒有的。然而，好景不常在，元稹隨即就要離開蜀地。薛濤戀戀不捨，寫下這樣兩首詩：

卷八〇三 五十四【贈遠二首】薛濤

芙蓉新落蜀山秋，錦字開緘到是愁。閨閣不知戎馬事，月高還上望夫樓。

擾弱新蒲葉又齊，春深花落塞前溪。知君未轉秦關騎，月照千門掩袖啼。

這兩首詩，應該是寫給元稹的。「月高還上望夫樓」，在薛濤的心目中，元稹似乎就已是她的夫君。元稹或許在枕邊說過無數的甜言蜜語，兩人私下裡或許也以夫妻相稱，但元稹卻不會給她真正的名分。後來元稹再也沒有到過四川，只是又寄了首詩，誇薛濤說：「錦江滑膩峨嵋秀，幻出文君與薛濤；言語巧偷鸚鵡舌，文章分得鳳凰毛。紛紛詞客多停筆，個個公侯欲夢刀；別後相思隔煙水，菖蒲花發五雲高」，這就是這段愛情的休止符。

元稹並非專情之人，他是以始亂終棄聞名的情場殺手，薛濤雖然冰雪聰明，卻也入其彀中。所以，這註定是一場只能開花不能結果的因緣，薛濤惆悵中寫道：

卷八〇三 五十六【柳絮】薛濤

二月楊花輕復微，春風搖盪惹人衣。他家本是無情物，一任南飛又北飛。

晚歲君能賞，蒼蒼勁節奇——晚年閱盡滄桑的薛濤

薛濤年紀漸老，青絲間換了星星白髮，她也漸漸厭倦了這些應酬。於是當長慶元年（八二一年），節度使段文昌再邀薛濤參加宴會時，薛濤就婉言謝絕了：

卷八〇三 五十八【段相國遊武擔寺，病不能從，題寄】薛濤

消瘦翻堪見令公，落花無那恨東風。儂心猶道青春在，羞看飛蓬石鏡中。

「羞看飛蓬石鏡中」，意思是說自己已經容光不再，兩鬢如蓬了。從而謝絕了這類邀請。然而，必要的應酬還是免不了的，薛濤寫過詩給段文昌的兒子段成式（《酉陽雜俎》的作者），誇他：「公子翩翩說校書，玉弓金勒紫綃裾」，當然，段公子和薛濤之間不會有什麼故事，薛濤此時，已是五十多歲了。

時光匆匆，急如流水。轉眼間已是太和四年（八三〇年），蜀中又換了三任節度使。這一年，新任劍南西川節度使的李德裕建了一座雄偉壯觀的「籌邊樓」，是節度使與僚屬將佐們瞭望遠近情況並籌謀大策的地方；樓上四壁彩繪著蠻夷地形險要圖，作戰時此樓還可以充當最高指揮所。高樓建成之日，李德裕大擺酒宴，一時冠纓四集，高朋滿座。其中一個身穿道袍白髮蒼蒼的老婦人特別引人注意，有好多人不知道，她就是當年明媚照人的薛濤。然而，當李德裕請她即席賦詩時，她鋪開白紙，飽蘸濃墨，落筆如風，氣勢蒼勁如松，寫下了這樣一首詩：

卷八〇三 七十一【籌邊樓】薛濤

平臨雲鳥八窗秋，壯壓西川四十州。諸將莫貪羌族馬，最高層處見邊頭。

此詩意境豪邁，風格雄渾，見地深遠。歷經諸多的滄桑，多年的校書生涯，使薛濤對於軍國大事，也有一般人莫及的高瞻遠矚。「諸將莫貪羌族馬，最高層處見邊頭」這句就是告誡眾將不要貪功輕動，以致兵禍相連。我們知道，但凡用兵老手，都是謹慎再謹慎。愈是趙括之類坐而談兵的人，什麼也覺得容易，恨不得一天席捲三千里，立馬就把對方幹掉。其實愈是這樣，愈敗得慘。我們看薛濤此詩的氣度，老辣沉穩之極，簡直就是久經沙場，胸有百萬甲兵的軍中主帥。所以在座諸公，紛紛對薛濤油然而生敬仰之意。此時的薛濤，已不是那種憑媚姿討人歡喜的官妓了，她已是歷任節度使瞭解蜀中軍政大事，風土人情的重要參謀。

薛濤晚年，隱居在望江樓中。她穿起道服，靜心讀經。以薛濤的性格，倒是適合隱居讀經的生活，也許，只有到了晚年，她才能安安心心地過一段自己想要的日子。大家不要只看到薛濤經歷十一鎮節度使，卻始終如月季花一般無時不豔，「只道花無十日紅，此花無日不春風」[46]，可你知道，在此背後，又有多少辛酸和艱難？十一鎮節度使，哪個是好對付的，這裡面要花多少心思，賠多少小心？實在是如履薄冰，如臨深淵。晚年的薛濤，才終於可以舒一口氣。

薛濤始終帶著高貴、超脫的氣質。如果不是造化弄人，薛濤完全可以成為尚宮五宋、上官婉兒，甚至武則天那樣的人。薛濤這首詩，很能反映她一生的風骨：

卷八〇三 一【酬人雨後玩竹】薛濤

南天春雨時，那鑑雪霜姿。眾類亦雲茂，虛心能自持。
多留晉賢醉，早伴舜妃悲。晚歲君能賞，蒼蒼勁節奇。

《全唐詩》的編者，將薛濤這首詩放在她集中的第一篇，想來也是最為推崇此詩吧。清代陳矩刻本的《洪度集》中也說：「〈雨後玩竹〉一詩，何啻濤自寫照。」是啊，這首詩更像是晚年薛濤的寫照，她晚歲的蒼蒼勁節，更讓人崇仰。

如果有機會讓我去見一見薛濤的話，我更想去拜訪晚年的薛濤，穿過那片鳳尾森森，龍吟細細的竹林，來到一燈如豆的望江樓，坐在白髮蒼蒼的薛濤面前，聽她講蜀中的風雲變幻，世情的空幻炎涼。

太和六年（八三二年），薛濤安然離世，享年六十三歲。一年後，段文昌又來到蜀中，親自給她題寫了墓碑，上書「西川女校書薛濤洪度之墓」。薛濤一生少有才名，老得安樂，生前享高壽，身後有盛名，過得也並不算太差。成都至今尚有望江樓的古跡，相傳曾有這樣一副對聯：

古井冷斜陽，問幾樹枇杷，何處是校書門巷？

大江橫曲檻，占一樓煙雨，要平分工部草堂。

掃眉才子、西川校書薛濤，能直追詩聖老杜，要平分工部草堂，誰敢以輕賤視之？

註

42 出自唐．白居易〈琵琶行〉。

43 出自《詩經．王風．黍離》。

44 出自金．元好問〈摸魚兒〉。

45 出自唐．白居易〈琵琶行〉。

46 出自宋．楊萬里〈臘前月季〉。

卷十 那作商人婦，愁水復愁風——商婦卷

這裡所說的「商婦」，是指商人婦。前面說過，在唐代，商人的地位相當低，經常為士人所歧視。當時的官員並不像今天這樣四處招商，將那些大老闆們奉為上賓。他們對商人通常都非常看不起，甚至厭惡。元稹〈估客樂〉的詩中就斥責商人「父兄相教示，求利莫求名，求名有所避，求得無不營。」意思是說商人毫無道德的約束，唯利是圖。劉禹錫也說：「賈客無定遊，所遊唯利並」，富商比較難混入社會的貴族階層。個別情況下，如中宗皇帝當政時，韋后、安樂公主等收了錢就給官做，商人也有可能當官。但此舉頗受人非議，時稱「斜封官」，很快也就被朝廷廢止。

所以，在當時商人就算有錢，在政治上也沒有發言權，社會地位不高。加之不少商人也確實唯利是圖，見風使舵，甚至坑蒙拐騙，無所不為。故舊時常有「無商不奸，無奸不商」一說。而且商人行蹤不定，古時路途艱險，也經常出事故，所以唐代的女孩很少有喜歡嫁給商人的。當時社會上的人對於商人乃至商人婦，都有一種歧視的眼光，白居易曾寫過這樣一首詩：

卷四二七 十八【鹽商婦】白居易

鹽商婦，多金帛，不事田農與蠶績。南北東西不失家，風水為鄉船作宅。
本是揚州小家女，嫁得西江大商客。綠鬟溜去金釵多，皓腕肥來銀釧窄。
前呼蒼頭後叱婢，問爾因何得如此。婿作鹽商十五年，不屬州縣屬天子。
每年鹽利入官時，少入官家多入私。官家利薄私家厚，鹽鐵尚書遠不知。
何況江頭魚米賤，紅膾黃橙香稻飯。飽食濃妝倚柁樓，兩朵紅腮花欲綻。
鹽商婦，有幸嫁鹽商。終朝美飯食，終歲好衣裳。
好衣美食來何處，亦須慚愧桑弘羊。桑弘羊，死已久，不獨漢時今亦有。

白居易詩中辛辣地諷刺了這個嫁給鹽商的女子，說她本是揚州窮人家的女兒，嫁了鹽商後吃得肥胖，連原來的銀釧也戴不住了，她窮人乍富，作威作福，隨意叱罵奴婢。白居易認定鹽商的所得，都是非法收入，他們不耕田，不做工，卻「終朝美飯食，終歲好衣裳」。他呼籲官府要像漢代桑弘羊那樣嚴厲打擊投機的行為，打擊富商大賈的勢力。這很能代表當時人們對於商人的態度。

不過，相當多的商人和商人婦，並非像白居易說的那樣可惡，其中很多商人婦更是值得可憐。李白出身於富商家庭，可能對商人家的生活更熟悉一些，李白這首〈長干行〉，講的就是身為商人婦的苦惱：

卷一六三_二十五【長干行二首】李白

妾髮初覆額，折花門前劇。郎騎竹馬來，遶床弄青梅。同居長干里，兩小無嫌猜。
十四為君婦，羞顏未嘗開。低頭向暗壁，千喚不一回。十五始展眉，願同塵與灰。
常存抱柱信，豈上望夫臺。十六君遠行，瞿塘灩澦堆。五月不可觸，猿聲天上哀。
門前遲行跡，一一生綠苔。苔深不能掃，落葉秋風早。八月蝴蝶來，雙飛西園草。
感此傷妾心，坐愁紅顏老。早晚下三巴，預將書報家。相迎不道遠，直至長風沙。

憶妾深閨裡，煙塵不曾識。嫁與長干人，沙頭候風色。五月南風興，思君下巴陵。
八月西風起，想君發揚子。去來悲如何，見少離別多。湘潭幾日到，妾夢越風波。
昨夜狂風度，吹折江頭樹。淼淼暗無邊，行人在何處。好乘浮雲驄，佳期蘭渚東。
鴛鴦綠蒲上，翡翠錦屏中。自憐十五餘，顏色桃花紅。那作商人婦，愁水復愁風。

身為商人之婦，最不堪忍耐的就是離別。李益曾有詩說：「嫁得瞿塘賈，朝朝誤妾期。早知潮有信，嫁與弄潮兒。」非常簡練透徹地表達了商人婦的情懷。這商人一走也不知道是不是還會回來。尋常人有家有田，一般不會隨處就安家，而商人卻不然，他們往往有時候就乾脆住在異地，家中的老婆卻不管不問了，這等事絲毫不稀罕。

江南名伶劉采春，常在民間走動，接觸客商及其家眷的機會比較多，所以她所唱的這六首曲子，反映商婦的心情，別具滋味：

卷八〇二四【囉嗊曲六首】劉采春

不喜秦淮水，生憎江上船。載兒夫婿去，經歲又經年。

借問東園柳，枯來得幾年。自無枝葉分，莫恐太陽偏。

莫作商人婦，金釵當卜錢。朝朝江口望，錯認幾人船。

那年離別日，只道住桐廬。桐廬人不見，今得廣州書。

昨日勝今日，今年老去年。黃河清有日，白髮黑無緣。

昨日北風寒，牽船浦裡安。潮來打纜斷，搖櫓始知難。

元稹曾寫詩誇劉采春道：「更有惱人腸斷處，選詞能唱〈望夫歌〉。」所謂〈望夫歌〉就是指這六首曲子。整體說來，這六首都相當不錯，而最妙的當屬第一首、第四首。第一首寫商人婦獨在江邊，盼自己的丈夫回來，心事百無聊賴之際，不免就恨水恨船，可謂常中見奇，別有風味。第四首則寫夫君遠去，音信相隔，只道是在桐廬做生意，然而突然收到一封家書，才知道老公居然又跑到離家鄉更遠的廣州去了。陸機有一首詩叫〈為周夫人寄車騎〉：「昔者得君書，聞君在高平。今者得君書，聞君在京城」，和劉采春這首類似。陸機雖是歷史上有名的文壇大腕，這首詩卻不及劉采春的。兩者相比，陸機寫得比較粗直平淡，而劉采春更加婉轉生動。究其原因，正是因為劉采春充分瞭解商人婦的生活，才能夠道出她們的心聲。

我們再來看一首真正出於商人婦之口的詩。郭紹蘭是長安的一名女子，她的丈夫任宗到湖南去經商，數年不歸。郭紹蘭思念不已，也不知道任宗身在何處，失望之中，寫了一首詩繫在燕子的足上。也許是她的真心感動了上蒼，任宗當時正在荊州，這隻燕子忽然就落在他的肩上，他驚奇地發現信後打開一看，原來是這麼一首詩：

卷七九九七【寄夫】郭紹蘭

我婿去重湖，臨窗泣血書。殷勤憑燕翼，寄與薄情夫。

明鐘惺《名媛詩歸》中曾說：「本不成詩，以其事之可傳耳。」意思是說郭紹蘭這首詩並不怎麼樣，只是因為故事比較奇特而流傳罷了。看郭紹蘭的這首詩，確實平白如話，然而這不代表這首詩就沒有價值，我覺得這首詩和故事的流傳，正是因為它代表了商人婦的心聲，也並非完全是因故事離奇。郭紹蘭是比較幸運的，任宗看了這首詩後，「感泣」而歸。他們終於夫妻團圓。

可是，有些商人婦就沒有這樣的好運了，她們好不容易盼星星盼月亮，盼回了自己的老公，卻發現他身邊又有了新人，而自己卻被拋棄了。像李端的〈代棄婦答賈客〉一詩就描述了這樣的情形：「玉壘城邊爭走馬，銅鞮市裡共乘舟。鳴環動佩恩無盡，掩袖低巾淚不流。疇昔將歌邀客醉，如今欲舞對君羞。忍懷賤妾平生曲，獨上襄陽舊酒樓。」

當然，話說回來，商人們也不容易，自古錢能招盜，商海風險多多。尤其在古時社會不安定的情況下，商人到處奔波，也非常兇險，劉駕有一首〈賈客詞〉寫道：

賈客燈下起，猶言發已遲。高山有疾路，暗行終不疑。寇盜伏其路，猛獸來相追。
金玉四散去，空囊委路岐。揚州有大宅，白骨無地歸。少婦當此時，對鏡弄花枝。

詩中寫這個商人天不亮就起早趕路，不想遇到強盜劫道，又遇到猛獸相追，結果金銀財寶被強盜搶走，屍身也全餵了野獸。而此時他遠在揚州的大宅裡，他那毫無所知的嬌妻此時正怡然自得地對鏡梳妝哪。可見，商人也不是那麼好幹的。敦煌曲子詞裡有一組按「長相思」的詞牌而填，題為〈作客〉的三首詞，其中兩首也道出商人在外的辛酸：

作客在江西，寂寞自家知。塵土滿面上，終日被人欺。朝朝立在市門西。風吹淚點雙垂，遙望家鄉長短。此是貧不歸。

作客在江西，得病臥毫氊。還往觀消息，看看似別離。村人曳在道傍西。耶娘父母不知，身上綴牌書字。此是死不歸。

是啊，商人在外面經商，雖然古時沒有交通事故，但卻有強盜猛獸的威脅。此外，生意場上也是風波多多，賠錢乃至血本無歸的事情是常有的，這些商人有的窮困不堪，沒有路費，回不了家，有的甚至直接死在異鄉，被當做無主野屍處理掉了。

當然，不少商人還是發了財的，前面所說的曲子裡，除了「貧不歸」「死不歸」外，也有「富不歸」一說：

作客在江西，富貴世間稀。終日紅樓上，□□舞著詞（原詩缺二字）**。頻頻滿酌醉如泥。輕輕更換金卮，盡日貪歡逐樂。此是富不歸。**

商人在外面，發了財就大吃大喝，去青樓妓館偎紅倚翠，從而樂不思蜀。而如果失敗了，就又潦倒不堪，難以回鄉。那商人婦就註定就要寂寞孤獨？也不盡然。在唐代，也有一部分女子選擇了出軌。

柳祥《瀟湘錄》一書中有這樣一個故事，維揚有個叫萬貞的人，是個鉅賈，他的妻子孟氏，十分美貌，又能歌善舞，並會吟詩作文。這天孟氏在自家花園中獨遊，看到春光明媚，自己卻孤身一人，於是吟詩道：

卷八〇〇 二十二【獨遊家園】孟氏

可惜春時節，依前獨自遊。無端兩行淚，長只對花流。

這時忽然有一個美少年從牆外跳了進來，和孟氏詩文互答，孟氏於是春心萌動，就將這個少年偷偷帶回自己的房裡。兩人同居有一年之久，直到萬貞回來，該少年才戀戀不捨地離去。孟氏的行為，雖然在舊時看來十分不端，但是也情有可原，商人在外邊可以隨意尋花問柳，難道商人婦就只能當金絲籠中寂寞的鳥兒嗎？這也是不公平的。說來商人婦和后妃宮女有點相似之處，都是物質生活還相對寬裕，但卻情愛難求。

卷十一　蓬門未識綺羅香——貧女卷

唐代社會雖然曾經盛極一時，但畢竟有高低貴賤分明的社會階層。唐代的「士族門閥」雖遠不如兩晉時更典型，但亦能明顯感覺到士族階層的存在。出身寒族的李義府，欲為兒子在當時的七大名門望族中找個媳婦，竟到處碰壁。人家七姓豪門一般是相互通婚，平常人家根本不入眼。李義府氣得不行，便勸說皇帝下詔，禁止這七姓子女互相通婚。當然，李義府其人，名聲不好，一般認為他是個奸臣。但我們從此事中也可以看出來，那些所謂的高門大姓是何等的傲氣。

翻看唐朝歷史上大官的花名冊，我們會發現，什麼姓崔、盧、鄭、裴、楊的數量極多，這些人都是出身貴族。正像顧炎武所說過的那樣：「高門巨族，以泰山壓卵之勢，凌忽寒士。稍鑠其鋒者，驅迫有司，排抑多端。」尋常寒士想躋身於貴族階層，那是相當不容易的。

不過，對於男人來說，還有科舉這條通天之路可走，只要你寒窗苦讀，坐冷板凳，下死功夫，一朝金榜有名，那就可以一登龍門，身價百倍，並有可能風風光光地娶到貴族家的「五姓女」，從此成為社會上流人物，再也不是那個滿身牛糞味的窮小子了。但是女子卻沒有這樣的門路好走。貧家女被貴族之家娶為正妻者，極為罕見。就算是容貌出眾，品質高潔，也沒有人理睬，秦韜玉這首〈貧女〉說得很深刻：

卷六七〇五【貧女】秦韜玉

蓬門未識綺羅香，擬托良媒益自傷。誰愛風流高格調，共憐時世儉梳妝。
敢將十指誇偏巧，不把雙眉鬥畫長。苦恨年年壓金線，為他人作嫁衣裳。

當然，身為窮書生的秦韜玉，在詩裡寄託了一些自己懷才不遇的種種感慨，而另一方面從中我們也可以知道，唐代的貧家女兒也是那樣的悲苦——自己地位低賤，就算再心靈手巧，再吃苦耐勞，卻也比不上人家既驕又嬌的富家女。

邵謁為縣吏時，被縣令找碴開除，邵謁氣憤欲狂，截下髮髻掛於城門，就此發憤讀書，但一直到了三十多歲，也沒有考上，因此他對窮苦生活的體會更為深刻，這首詩說得也是非常細緻生動：

卷六〇五 二十一【寒女行】邵謁

寒女命自薄，生來多賤微。家貧人不聘，一身無所歸。養蠶多苦心，繭熟他人絲。織素徒苦力，素成他人衣。青樓富家女，才生便有主。終日著羅綺，何曾識機杼。清夜聞歌聲，聽之淚如雨。他人如何歡，我意又何苦。所以問皇天，皇天竟無語。

確實如此，貧家的女兒生來就要織布養蠶，日夜不能好好地歇息，因家裡窮，所以沒有人來提親，而人家那些富家女兒，生來就有豪門大戶來禮聘，正是「他人如何歡，我意又何苦」，苦樂何其不均！這種現象，就算在我們今天似乎依然存在。

其實，娶富家女的人未必就家庭生活幸福，《圍爐夜話》中曾道：「最不幸者，為勢家女作翁姑，最難處者，為富家兒作師友」，也就是說有財有勢家的女兒，大多驕橫，十分難纏，卻又說不得罵不得，公婆（翁姑）只有忍氣吞聲的份兒。同樣道理，給富家兒當師傅，也是件棘手的事情。

白居易有一首詩曾勸誡過世人：

卷四二五二【秦中吟十首．議婚（一作貧家女）】白居易

天下無正聲，悅耳即為娛。人間無正色，悅目即為姝。顏色非相遠，貧富則有殊。
貧為時所棄，富為時所趨。紅樓富家女，金縷繡羅襦。見人不斂手，嬌癡二八初。
母兄未開口，已嫁不須臾。綠窗貧家女，寂寞二十餘。荊釵不值錢，衣上無真珠。
幾回人欲聘，臨日又踟躕。主人會良媒，置酒滿玉壺。四座且勿飲，聽我歌兩途。
富家女易嫁，嫁早輕其夫。貧家女難嫁，嫁晚孝於姑。聞君欲娶婦，娶婦意何如。

白居易的詩一向以好懂著稱，據說連老太太都能懂，這首詩確實也明白如話。大家看詩中也是說富家女有很多人攀親，但是貧家女卻無人問津。然而，富家女雖然早早地被人迎娶，但她一貫驕橫，輕賤自己的老公乃至公婆等夫家人，而貧家女卻會老老實實，恪守婦道，孝敬公婆。白居易最後說：「聞君欲娶婦，娶婦意何如」，用現在的話說就是，聽說你想找女朋友，那你會找什麼樣的對象呢？其實白居易這首詩，也只是看到了表象，富家女雖然霸道，但娶了富家女，攀上了朱第高門，以後仕途順利，官運亨通。所以白居易也是白呼籲，照樣是富家女搶手。

所以，舊時大量男人在四處征戰中死亡的情況下，有的貧家女甚至一生都嫁不出去，杜甫有詩寫這種情況：

卷二二一 十五【負薪行】杜甫

夔州處女髮半華，四十五十無夫家。更遭喪亂嫁不售，一生抱恨堪咨嗟。
土風坐男使女立，應當門戶女出入。十猶八九負薪歸，賣薪得錢應供給。

至老雙鬟只垂頸，野花山葉銀釵並。筋力登危集市門，死生射利兼鹽井。
面妝首飾雜啼痕，地褊衣寒困石根。若道巫山女粗醜，何得此有昭君村。

從老杜詩中看，這些女子之所以「嫁不售」，除了戰亂外，主要還是因為一個「窮」字。所以她們只能一輩子自己辛辛苦苦地打柴換錢，孤孤單單地過苦日子。貧家女子，就算嫁到夫家，也經常受氣，還有可能被男人隨意休棄。

許敬宗當時支持唐高宗廢掉王皇后而立武則天，就在朝堂大講：「田舍翁多收了十斛麥，尚欲易婦」，可見在當時是非常普通的現象。所以張潮有詩道：「婿貧如珠玉，婿富如塵埃，貧時不忘舊，富日多寵新。」這個女子說，夫婿貧窮時才會將我如珠玉一樣珍視，而一旦富了就會棄我如塵土。如果可能的話，恐怕有不少女人寧可受窮，也不願意讓丈夫富貴後變心。然而，這卻不是女子所能左右的，還是有相當多的女人被無情地拋棄，李白有一首詩名為〈寒女吟〉，入木三分地揭示了這種醜惡現象：

昔君布衣時，與妾同辛苦。一拜五官郎，便索邯鄲女。妾欲辭君去，君心便相許。
妾讀蘼蕪書，悲歌淚如雨。憶昔嫁君時，曾無一夜樂。不是妾無堪，君家婦難作。
起來強歌舞，縱好君嫌惡。下堂辭君去，去後悔遮莫。

從詩中可以看到，這個男人布衣（貧賤）之時，尚能和妻子共甘苦，然而一旦當上了官，就想拋棄了結髮之妻，另尋新歡。這人既然有了這樣的心思，自然看自己的妻子時處處討厭，妻子怎麼做也能雞蛋裡挑出骨頭來。而這個女子也挺有志氣的，她憤憤地說：「不是妾無堪，君家婦難作」，她主動離開了這個男人，「下堂辭君去，去後悔遮莫」，確實是位很有性格的盛唐女子。

舊時的女子如一時沒有生育子女，那就更加給夫家以口實，因為沒有生育，在舊時就屬於「七出」之列，夫家是有權休掉妻子的。上面李白詩中「妾讀蘼蕪書」一句，或許只是借用古樂府〈上山采蘼蕪〉一詩中的「將縑來比素，新人不如故」的典故，但也許還有另外一個意思，舊時相傳蘼蕪是一種香草，女子服食可以多生兒子。詩中的「寒女」也有可能是因為沒有兒女而被休棄的。《全唐詩》中有一首詩，是一名叫做慎氏的女子所做，她就因為無子被其夫嚴灌夫休走。臨行時，慎氏淚下如雨，寫了這樣一首詩：

卷七九九 三十七【與夫訣】慎氏

當時心事已相關，雨散雲改一餉間。便是孤帆從此去，不堪重上望夫山。

是啊，「不堪重上望夫山」，那些遠別的妻子還可以登上望夫山來思念自己的丈夫，雖然不知道他什麼時候才能回來，也不知道他能不能回來，但心中畢竟存著一絲希望，一種溫暖。而慎氏作為被休出門的女人，連這個資格也沒有，又情何以堪！幸好，據說慎氏的老公良心未泯，看了她的詩後被感動了，當下十分慚悔，將她留了下來。然而，並不是人人都能如此幸運，張籍〈離婦〉一詩中，就講了這樣一個悲慘的女子：

卷三八三 十四【離婦】張籍

十載來夫家，閨門無瑕疵。薄命不生子，古制有分離。托身言同穴，今日事乖違。
念君終棄捐，誰能強在茲。堂上謝姑嫜，長跪請離辭。姑嫜見我往，將決復沉疑。
與我古時釧，留我嫁時衣。高堂拊我身，哭我於路陲。昔日初為婦，當君貧賤時。
晝夜常紡織，不得事蛾眉。辛勤積黃金，濟君寒與饑。洛陽買大宅，邯鄲買侍兒。
夫婿乘龍馬，出入有光儀。將為富家婦，永為子孫資。誰謂出君門，一身上車歸。
有子未必榮，無子坐生悲。為人莫作女，作女實難為。

從詩中我們可以看到，這個苦命的女子，因為一直沒有生育兒子，結果被夫家休棄。她嫁過來時，其夫還非常窮（昔日初為婦，當君貧賤時），因此晝夜勞作，沒有享過什麼福。但現在夫家闊了，就買了大宅院，有了丫環僕人，而她等來的卻是被休掉！從「將為富家婦」一句看，究其原因，無子只是藉口，實際上還是嫌她窮，嫌她門第低微罷了。假如她是豪門高第的富家小姐，自己生不出兒子，可以納妾嘛，甚至就算是既不生兒子又不准納妾，那些臭男人們也不敢得罪自己。

此外，身為貧家女，所嫁的夫君也往往就是一般的窮人。在唐代，這些人要服兵役、勞役，男人一走，女子身上的負擔非常重。正像葛鴉兒所寫的詩中所說：

卷八〇一 三十【懷良人】葛鴉兒

蓬鬢荊釵世所稀，布裙猶是嫁時衣。胡麻好種無人種，正是歸時不見歸。

從詩中看，葛鴉兒應該是一位標準的貧女，她頭髮蓬亂，只能戴樹棍做成的髮釵，身上的衣裙還是當年出嫁時的舊衣服，看來自成婚後就沒有做過新衣服。生活上窮困倒也罷了，葛鴉兒最大的希望就是丈夫能陪在她的身邊，和她一起種胡麻。民間傳說，胡麻（即芝麻）必須要夫妻倆一同來種，有道是：「長老種芝麻——未見得。」就是說芝麻一個人種它不長，老和尚種它當然不長，寡婦種也不長，必須要一男一女種才長得好。

當然這只是傳說，但葛鴉兒這裡借機來思念她的老公，我們也可想而知，連田裡種什麼都能聯想到身在遠方的夫君，可見是無時不在思念，無處不在思念。情切之狀，溢於紙外。故而此詩也得了很多詩家的好評。沈德潛在《唐詩別裁集》卷二十中評此詩時說：「以耕鑿望夫之歸，比『悔教夫婿覓封侯』，較切較正。」依我看，「較切較正」倒未必見得，不過「悔教夫婿覓封侯」乃是富家女的相思之情，這裡卻是貧家女的相思之苦，兩者身分不同情境不同。不過，富家女是逼著（或者是鼓動）自己的老公去建功立業而造成夫妻別離的，多少有點咎由自取的意思，而葛鴉兒的老公卻是被迫服役而離開，相比之下，葛鴉兒更值得同情。

貧女通常都沒有機會來讀書習文，所以出自貧女自己口中的詩句並不是很多，然而，也有這麼一兩位貧寒女子，她們蘭心蕙性，所寫的詩句也是卓爾不凡，絲毫不弱於那些豪門名媛，甚至比鬚眉男子的手筆還要俊逸風流。下面我們看一個叫程長文的女子。

程長文

程長文的詳細情況，後世人所知甚少。她的生平事蹟連古人的筆記小說中也找不到一絲痕跡（也可能是我沒有找到）。然而，從她自己留下來的三首詩中，我們可以感受到，程長文是一位雖家境貧寒，卻才質高華，容貌嫻雅的女子。

我對程長文的詩非常喜歡，覺得她的詩才絲毫不弱於李冶、薛濤，甚至較魚玄機猶有勝之。我們先來看這首〈春閨怨〉：

卷七九九 五十四【春閨怨】程長文

綺陌香飄柳如線，時光瞬息如流電。良人何處事功名，十載相思不相見。

此詩是程長文懷念遠去的夫君而寫的，從詩中看，她的夫君居然一去十年，就再也沒有回來。也許是死了，也許是有了新人而拋棄了她，總之，程長文始終沒有他的消息。像這樣的題材，本來也並不算新鮮獨特，然而，程長文的這首詩讀來，卻是相當地出色。詩中起句先用「柳如線」暗喻扯不開理還亂的相思之情，開頭尚比較平淡柔媚，然而第二句開始就筆鋒陡轉，猶如疾風山雨齊來，詩中形容時光過得之快用了「瞬息」「電」這樣的字樣，顯得格外觸目驚心。輕輕一轉眼，十年就沒有了，她的青春時光就這樣在等待中度過了十年！這首詩比較少見地押了仄聲韻，讀起來更顯得低抑悲憤，如怨如歎。確實是一流的好詩。

程長文還有一首詩，名〈銅雀臺怨〉，寫得也氣勢不凡：

卷七九九　五十三【銅雀臺怨】程長文

君王去後行人絕，簫箏不響歌喉咽。雄劍無威光彩沉，寶琴零落金星滅。

玉階寂寞墜秋露，月照當時歌舞處。當時歌舞人不回，化為今日西陵灰。

鐘惺在《名媛詩歸》中曾評道：「如此寫事不必情傷，便已淒然淚下。」程長文身為一女子，詩句卻如此清麗飄灑，神韻飛逸，像「雄劍無威光彩沉，寶琴零落金星滅」之類的句子就算是放在李太白的集中，也不見遜色。

可憐的是，程長文獨居清寒之所，卻又才華出眾，有天人之姿，於是就引來一個歹人的侵犯。這廝手持鋼刀，偷偷潛入程長文的閨中，想加以強暴。程長文寧死不從，被這廝砍傷多處，但在她的拚死反抗下，這個歹人畢竟沒有得逞。結果這個歹人大概和官府有勾結，居然惡人先告狀，將程長文關進了大牢，真是天理何在！

在獄中，悲憤難抑的程長文寫了這樣一首長詩托獄卒轉交給長官，詩是這樣寫的：

卷七九九　五十二【獄中書情上使君】程長文

妾家本住鄱陽曲，一片貞心比孤竹。當年二八盛容儀。紅箋草隸恰如飛。
盡日閒窗刺繡坐，有時極浦採蓮歸。誰道居貧守都邑，幽閨寂寞無人識。
海燕朝歸衾枕寒，山花夜落階墀濕。強暴之男何所為，手持白刃向簾幃。
一命任從刀下死，千金豈受暗中欺。我心匪石情難轉，志奪秋霜意不移。
血濺羅衣終不恨，瘡黏錦袖亦何辭。縣僚曾未知情緒，即便教人縶囹圄。
朱唇滴瀝獨銜冤，玉箸闌干歎非所。十月寒更堪思人，一聞擊柝一傷神。
高髻不梳雲已散，蛾眉罷掃月仍新。三尺嚴章難可越，百年心事向誰說。
但看洗雪出圜扉，始信白圭無玷缺。

也正是從這首詩中，我們才瞭解到程長文的一些情況。從詩中可知，程長文是鄱陽人，當年容光照人，文采飛揚，草隸俱精。想來當時的生活還是比較寬裕的，然而後來家境發生變化，於是獨自「居貧守都邑」。從前面「良人何處事功名，十載相思不相見」來看，大概就是因為其夫君一去不返而致。

然後程長文訴說了自己堅貞不屈，力拒強暴的過程，「我心匪石情難轉」用的是《詩經．邶風．柏舟》一詩，〈柏舟〉中有段說：「我心匪石，不可轉也。我心匪席，不可卷也。威儀棣棣，不可選也。」意為：我的心不是石頭，不可被人輕易轉動；我的心不是草席，不可被人隨意捲起；我的儀容莊重，舉動高雅，不可以調戲。程長文用此來表明自己凜然不可侵犯的高潔之志，向官長申明自己的冤屈。

可想而知，當這個官兒讀到程長文的這首詩時，一定會驚詫於她的才情，正如鐘惺《名媛詩歸》卷十二中評的那樣：「引情敘事，不亢不激。每從憤烈處作排遣語，而慷慨自明，仍不傷溫厚之氣。如此事，如此詩，學問與性情兼至，尤不當以捨生取義目之矣。」是啊，如此事，如此詩，如此人，是如此的讓人感嘆不已！

程長文的這首詩是不是打動了官長，將她昭雪出獄，史書和任何資料中似無記載，我狂搜網路也無結果。於是我的一顆心懸在半空，始終不得著落。按說任何一個尚有一絲良心的官，看到程長文的詩，都會為之感動，從而替她洗雪冤情的。然而人心險於山川，難於知天。假如遇到個收了歹人賄賂的贓官，程長文的詩寫得再好，也不如歹人手中的銀子好。那程長文可就要含冤莫名，甚至會死於獄中了。

程長文無端引來一場牢獄之災，可見貧家女子確實活得太不容易了。貧寒之人，到了官府，很少能打贏官司的，像唐代詩僧王梵志就說：「我有一方便，價值百匹練。相打長伏弱，至死不入縣。」挨打受辱，就只有「伏弱」，說什麼都不去縣裡告狀，就是因為衙門口向南開，有理無錢莫進來，你根本就告不贏。

其實整個唐代應該有好多程長文這樣的女子，她們品質高潔，堅貞不屈，比起那些驕奢淫逸的公主、貴婦們來要強得多，只可惜，她們的命運卻是那樣的不堪，難道清貧就是她們的罪過嗎？

跋　桃花亂落如紅雨

洛陽城東桃李花，飛來飛去落誰家。洛陽女兒惜顏色，行逢落花長歎息。
今年花落顏色改，明年花開復誰在。已見松柏摧為薪，更聞桑田變成海。
古人無復洛城東，今人還對落花風。年年歲歲花相似，歲歲年年人不同。
……

唐代劉希夷〈代悲白頭翁〉這首詩，我已忘記是何時初次見到。然而，正像傳奇故事中的青衫書生遇到紅樓佳人一樣，只一眼，就終生難以忘記。我不止一遍在心裡暗誦過這首詩，為之感嘆，為之癡狂。我甚至懷疑，我一定在唐代生活過，只因和唐代的紅顏有未了之緣，所以我的記憶中依舊殘存著盛唐的碎片，依然會讓我流出又悲又喜的淚水，也讓我不時地想在時間的長河中溯流而上，再去看一眼那夢中的大唐。

大唐的紅顏，似乎也只有在夢中才能見到。我曾夢到過「夜市橋邊火，春風寺外船」[47]的江南水畔，夢到過年年春色折柳傷別的灞陵，夢到過草風沙雨的渭河邊，夢到過望江樓旁的竹林，也夢到過長安一片月下的紫殿玉閣。然而，我始終沒有夢到過一個唐代的女子。幾個月來，我找遍了《全唐詩》，我終於發現，暗黃發脆的《全唐詩》書頁裡，有大唐紅袖的鏡裡容、月下影、隔簾形。於是，聞解佩而踟躕，聽墜釵而惝憂，粉殘脂剩，盡招青塚之魂；色豔香嬌，願結藍橋之眷。

窗外不知不覺已綻放了今年春天的第一枝花，我終於寫完了本書的最後一個字。今夜月華如水，春風沉醉。小酌幾杯，枕著《全唐詩》入睡，我終於來到那巍峨壯麗直聳天穹的明堂之巔。碧

長安月下紅袖香

在唐詩中，看見埋隱千年的唐朝奇女子

作　　者　石繼航
裝幀設計　葉佳潾
行銷業務　王涵、張瓊瑜、汪佳穎、陳雅雯
　　　　　王綬晨、邱紹溢、郭其彬
副總編輯　王辰元
總 編 輯　趙啟麟
發 行 人　蘇拾平

出　　版　啟動文化
　　　　　台北市 105 松山區復興北路 333 號 11 樓之 4
　　　　　電話：（02）2718-2001　傳真：（02）2718-1258
　　　　　Email：onbooks@andbooks.com.tw

發　　行　大雁文化事業股份有限公司
　　　　　台北市 105 松山區復興北路 333 號 11 樓之 4
　　　　　24 小時傳真服務（02）2718-1258
　　　　　Email：andbooks@andbooks.com.tw
　　　　　劃撥帳號：19983379
　　　　　戶名：大雁文化事業股份有限公司

初版一刷　2018 年 6 月
定　　價　350 元
I S B N　978-986-493-089-0

國家圖書館出版品預行編目 (CIP) 資料

長安月下紅袖香 / 石繼航著 .-- 初版 .-- 臺北市：啟動文化出版：大雁文化發行，2018.06
面；　公分
ISBN 978-986-493-089-0（平裝）
1. 唐詩 2. 詩評
820.9104　　107007327